公元787年，唐封疆大吏马总集诸子精华，编著成《意林》一书6卷，流传至今
意林：始于公元787年，距今1200余年

青春最美，梦想出发
中国式好看轻小说优鲜品牌

灯火阑珊／著

木兰帝·白狐劫

吉林摄影出版社

·长春·

图书在版编目（CIP）数据

木兰帝. 白狐劫 / 灯火阑珊著. -- 长春：吉林摄影出版社, 2017.12
（意林·轻文库. 绘梦古风系列）
ISBN 978-7-5498-3456-3

Ⅰ. ①木… Ⅱ. ①灯… Ⅲ. ①长篇小说—中国—当代Ⅳ. ①I247.5

中国版本图书馆CIP数据核字(2017)第317298号

木兰帝·白狐劫
Mulan Di·Baihu Jie

著　　者	灯火阑珊
出 版 人	孙洪军
总 策 划	安　雅　张　星　非　非
责任编辑	施　岚　胡晓路
图书统筹	三木卷卷
特约编辑	雷凌云
绘　　图	饼子会飞
书籍装帧	胡静梅
美术编辑	王　春
开　　本	700mm×1000mm　1/16
字　　数	400千字
印　　张	15
版　　次	2017年12月第1版
印　　次	2017年12月第1次印刷

出　　版	吉林摄影出版社
发　　行	吉林摄影出版社
地　　址	长春市泰来街1825号
	邮编：130062
电　　话	总编办：0431-86012616
	发行科：0431-86012602
网　　址	http://www.jlsycbs.net
经　　销	全国各地新华书店
印　　刷	北京嘉业印刷厂
书　　号	ISBN 978-7-5498-3456-3　　　定价：26.80元

版权所有　侵权必究
如发现印装质量问题，请与印务部联系退换，电话：010-51908584

目录
CONTENTS

- 001　第一章　黑蛟幽灵
- 023　第二章　蓝晶迷雾
- 041　第三章　一个人的战争
- 055　第四章　孤帆远影碧空尽
- 067　第五章　孤岛惊魂夜
- 083　第六章　窈窕君子，淑女好逑
- 095　第七章　为君愿作掌中舞
- 115　第八章　会向瑶台月下逢
- 131　第九章　阴影中的刺客

目录
CONTENTS

221	209	197	181	167	149
第十五章 万里江山万里雪	第十四章 黎明前的黑暗	第十三章 冰与血之歌	第十二章 魔鬼的新娘	第十一章 战与和，火与沉	第十章 一波三折逃亡路

第一章 Mulan Di 黑蛟幽灵

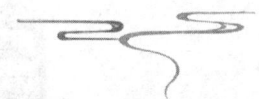

随便问一个走在路上的行人,大胤朝最繁华的地方是哪里?答案必定是灵州城。

再问灵州城最热闹的地方又是哪里?那自然是汇聚天下珍馐美味、歌舞评书的八大名楼了。

八大名楼之中,公推锦鲤舸为第一。

锦鲤舸建在灵州城海边,楼高五层,层层偏移,叠加奇石,饰以金漆,形如一尾肥硕巨大的锦鲤,通体金鳞,光彩闪耀,凌空飞跃,直扑海面。

这里原本是一处乱石遍布、嶙峋陡峭的海崖,孤悬万丈,壁立千仞。被有眼光的商家相中,聘请能工巧匠,耗费了整整三年时光,硬生生在这险恶无比的巨岩缝隙里开辟了一处绝世名楼。

巨石为壁,孤悬海面,坐在锦鲤舸中,不仅能俯瞰灵州城的如画风景、繁华鼎盛,更能遥望海上惊涛拍岸、浪堆如雪。

时值半夜,锦鲤舸里依然灯火通明,宾客云集,往来不绝。

一个容姿灵秀绝顶的紫衣少年正坐在顶楼靠窗户的座位上,一边用筷子挑着盘子里的花生米,逗弄一只圆嘟嘟的小仓鼠,一边竖起耳朵,聆听着中央高台上的声音。

高台上正在讲评书,这锦鲤舸的评书与平常茶楼酒肆里的可不一样,不仅说书人口齿伶俐,妙语连珠,更兼有一帮伴当,负责跟着评书的内容表演,可谓唱作俱佳,是这锦鲤舸的招牌之一。

如今台上讲的,正是时下最流行的《海龙东征记》。

五丈见方的高台上,说书人醒木一敲,随着清脆的一声响,好戏开场。

"话说这永嘉帝上承天命,四岁登基……"

伴着说书人的话语,台面上也热闹起来,巨大的木盒里,一个金光灿烂的小人儿出场，缓步迈向高台，一群锦衣玉带的官员纷纷叩拜，高呼万岁。

虽然盒子里表演的都是一尺来长的傀儡人，但布景华美，木偶精致，动作流畅，宛如真人一般。

厅中诸人聚精会神地看着。

说书人舌灿莲花，将永嘉帝四岁登基以来的丰功伟绩一一道出。在他口中，这永嘉帝简直是绝世神童，五岁学文，出口成章，七岁习武，冠绝群伦，智谋无双，巧辨忠奸，在亲政之前就亲赴海上，剿灭横行多年的凶残海寇黑蛟王，并诛杀了勾结海寇、聚敛钱财的大奸臣沈崇安。

随着他的讲述，台上场景不停变换。深蓝色的绢布在木盒底部被风吹动，宛如起伏不定的海浪，数艘船航行其上，眨眼之间，那金光灿灿的小人化身为一条金光灿灿的巨龙，在盒子里盘旋游动，与一只巨大的海龟、一条牙齿锋利的青紫海蛇斗了起来。

"这沈崇安不甘心失败，驾船逃往海上，妄图东山再起。永嘉帝哪里容得下这种奸佞小人，立刻化为巨龙，追索上去。这沈崇安情急之下，现出原形，又有那黑蛟王的残党龟丞相不甘心失败，与其联合……"

说书人语气急促，声如滚珠，而高台上一龙一蛇一龟更是杀得金光闪烁，鳞甲横飞。楼中诸人无不屏息静气，凝神细看。

终于永嘉帝化身的金龙从口中吐出一柄长剑。

"此剑一出，顿时浩然之气冲破云霄，神鬼辟易。长剑一挥，将二妖斩作四截。

"谁知此二妖功力深厚，命数不绝，只见两团黑雾从断口处涌出，其中海蛇妖声音尖细，高声嚷着：'此城负我，天可明鉴！我死后怨念不绝，必化作妖雾，困锁此城，断绝生机！'

"那海龟妖则诅咒：'我兄弟尽遭屠灭，血海深仇，不共戴天，我死后必亡灵不绝，行走海上，吞噬人命……'"

这说书人口技甚是了得，两个妖怪临死前的诅咒声音尖细，言语恶毒，听得众人无不心颤神摇。

座位上的紫衣少年惊讶地睁大了眼睛，什么时候又添了这一段？是为了再写续篇吗？这《海龙东征记》真是越编越长了。

"金龙追之不及，两团黑气凌空而去，不知所终。"

说完这模棱两可的一句话，说书人醒木一敲："正是东边方静西头乱，你方唱罢我登场,这些魑魅魍魉杀之不绝,眼看着四海清平,北方又有妖孽狼子野心……"

讲述完杀灭海寇的事迹,说书人话锋一转,又说起永嘉帝返回京城的故事。亲政之后面临北凉入侵,这位少年勇武的天子又亲自带兵深入敌营,一剑斩杀北凉少君,平定战火,天下归一。

众人收敛精神,继续聆听。

"诸位客官,你可知道永嘉帝这一剑下去是何光景?"说书人高声问道。

众人按捺不住,纷纷询问。

紫衣少年无奈地托着下巴,明明去刺杀狄族少君的是白望舒,怎么变成自己了?

没错,少年正是去年退位的元泓,也就是这《海龙东征记》里的主角永嘉帝。民间话本要避讳贵人,所以将天宏帝改作了永嘉帝,但是其中事迹,众人一听就知道是去年刚刚退位让贤的大胤前任天子,如今坐镇灵州城的永安王元泓。

也不知道裴正源是怎么想的,本以为他会封自己个长公主的名号,谁知却封了亲王,自己女扮男装的秘密依然没有对外公开。好在元泓从小习惯了易装,从女扮男装的皇帝到女扮男装的王爷,她适应得极快,甚至比以前更轻松。

昨天裴正源还寄来诏书,打趣地问起她当王爷的日子比起皇帝来怎么样。

元泓大笔一挥,只回了一句:"此间乐,不思蜀也!"

想想以前,每日数之不尽的公务朝政,出宫一趟还要费尽心机,现在的日子简直像老鼠掉进了米缸里,豆沙躲进了果仁堆里,别提多轻松惬意了!

揉了揉小仓鼠豆沙的耳朵,元泓将注意力放回台上。

眼见吊足了大家的胃口,说书人才开了口:"这一剑下去,势如奔雷,那凉族少君反应不及,顿时被斩作两段。巨大的脑袋在地上骨碌一滚,竟然变成了一颗狰狞狼头,一张血盆大口腥气刺鼻,再看身体,也变成了青脊的巨狼。原来这北凉国少君是一条在北荒山中修炼了千年的狼妖……"

在座众人纷纷惊呼不止。

唯有角落里的元泓把头埋进胳膊里,强忍着笑声。

这也太夸张了吧!尤其想到主角就是自己,她就忍俊不禁。

去年以来,这民间流行的《海龙东征记》越编越长,不仅有元泓微服出巡灵州城,击杀海寇黑蛟王残党,并诛灭临川侯沈崇阳的故事,连同去年冬天北狄入侵的事迹也被编了进去。只是体贴地将北狄改作北凉,沈崇阳变成了沈崇安。

想当初,击杀黑蛟王她还算是主角,而北狄入侵,可是裴正源跟陆天祈联手剿灭的。她落入北狄俘房营中，险些暴露身份不说，最后为了给白望舒争取行刺时机，在狄人马厩里放火，险些将自己的小命搭进去。幸好陆天祈救援及时，才死里逃生。在这民间话本里，她却成了独一无二的主角，英明神武，大展神威，将反派一一剿灭，然后功成身退。中间更掺杂了诸多妖孽横行、怪力乱神的东西。

初听的时候，元泓只觉遍体酥麻，如遭雷击，但听的次数多了，反而生出一种莫名的喜感来，每次听到都忍不住狂笑。

这锦鲤舸的评书精彩，傀儡戏巧妙，两者配合无间，让人叹为观止。而菜肴的味道也是一绝，更兼风景优美，别具一格，所以元泓闲暇时，经常从王府溜出来微服光顾。

听评书的间隙，一个眉清目秀的孩子上前，为她更换茶水点心，还殷勤地奉上一盏梅花冰瓷碟，里面堆满了刚剥开的松子仁，送到豆沙面前。

连讨要赏钱的小厮都这么有眼色，元泓客气地冲着小厮道了声谢，然后将两粒金瓜子扔进赏钱盘子里。

一身蓝衣的孩子脸颊飞红，躬身行礼，退了下去。

又消磨了一段时间，眼看着再拖延下去，白望舒又要抱怨了。

元泓伸了个懒腰，站起身来。

桌上毛茸茸的小仓鼠豆沙看着主人的动作，抱着一颗松子也站了起来，吱吱叫着。

"必须得回去了，改天我再带你出来。"元泓板着脸教训宠物。这小东西一出门就不想回去，比自己还要乐不思蜀。

豆沙委屈地叫唤两声，知道抗议无效，只好老老实实跳到元泓摊开的掌心上。

元泓将豆沙揣进怀中，起身离开大厅。

而台上的戏也到了尾声。这永嘉帝将天下潜伏的危机逐一扫荡干净，然后安心地将皇位交给了自己的兄弟，之后自言乃天上星辰转世，如今天命已至，需要回归。

高台上金光灿灿，也不知用了什么戏法，金色的小人转眼间化作一粒星星，消失在幕布深处。

此时，元泓正迈下最后一级台阶，将满堂喧嚣喝彩抛在身后。

走出锦鲤舸的大门，清爽的海风吹来，元泓拢紧了大氅。

这锦鲤舸什么都好，就是建在海崖上，风又冷又急，只是初秋就已经甚是难耐了。

一辆马车早已稳稳停在门口,元泓正要登上,突然身边传来一声呼唤。

"这位公子,要不要买傀儡偶啊?"

元泓转头看去,是一个十三四岁的清秀少年,一身朴素的粗布麻衣,提着一个编织精美的大竹篮,里面摆着十几个傀儡木偶。

这些日子由于这傀儡戏班表演新鲜又出众,锦鲤舸周围迅速聚集了一些兜售相关物品的小摊贩,比如缝制得金光闪耀的巨龙、憨态可掬的大乌龟、色彩艳丽的海蛇……从锦鲤舸出来的很多客商都会顺手买下两三个回去送给妻儿当礼物。

元泓也兴致勃勃地买过两只,可都没有眼前这少年兜售的精致。

少年殷勤地招呼着生意,拿起一只胖嘟嘟的大乌龟,不同于其他店铺的厚布料,乌龟壳竟然是金属所制,上面悬着细如毛发的傀儡丝。

元泓来了兴趣,问道:"这个傀儡偶能动吗?"

"当然,我们的玩偶都是特制的,不仅精致,还有巧妙的机关,都会动呢。"少年一边说着,也不知按动了什么机关,乌龟的嘴巴张开。

锐芒一闪即逝。

元泓一怔,却见千百道细如牛毛的银针从乌龟嘴巴里喷射而出,劈头盖脸地袭向她。

千钧一发之际,突然一道巨力冲开车厢大门,插入元泓和小贩中间,硬生生将那铺天盖地的银针冲歪了数寸。

让人牙酸的"扑哧"声响成一片,是银针纷纷扎入车厢,触到了内层坚硬铁板的结果。

元泓微服出游的马车虽然看起来普通,内里却打造得极其坚固。

那小贩被掌风逼退数步,眼见银针行刺不成,立时将手里的机关乌龟朝着元泓一扔。同时脚下发力,飞身后退。

元泓这才反应过来,踉跄闪避。

一只手抵住她后背,助她稳住身形,同时掌风扫过,衣袂翻飞,将乌龟傀儡甩向远方。

轰然一声巨响,乌龟撞在了锦鲤舸门边的石狮子上,整个儿爆炸开来,火光闪烁,当场将一人多高的石狮子炸成了碎块。

元泓看着心有余悸,转头望向身后的人:"望舒,你来得正好。"

来人白衣胜雪,宛如谪仙,正是如今担任她侍卫统领的白望舒。

第一章 黑蛟幽灵

白望舒面色凝重，遥望着飞檐走壁、试图逃跑的小贩。

"幸好这一趟是我过来接你。"

十几个身影从锦鲤舸周围跃起，追逐而去，很快将刺客围住，同时更多的护卫如幽灵般冒出来，将马车围拢得水泄不通。

因为剧烈的爆炸声，锦鲤舸内的客商纷纷涌出，却被阻拦在门内不得外出。连同周围零散的小摊贩都有专门的护卫上前，将他们驱逐到远处。

严苛的禁令压不住大家的好奇心，众人探头探脑，议论纷纷，最终将目光落在马车前的紫衣少年身上。

能在灵州城拉起这么大阵势的，只有一个人了。

曾经的大胤天子，如今灵州城的主人——永安王。

元泓苦笑，这锦鲤舸最近一段日子是不能来了。

很快，白望舒命令手下送来新的马车。

元泓登上，顺着窗口遥望远处，众侍卫已经与刺客交上了手，然而两三招之后，刺客突然如失去引线的纸鸢，从半空中跌落下去。

元泓惊呼一声，转头看向白望舒。

白望舒皱眉，这样离奇的行刺事件，王府侍卫不可能不留活口，刺客应该是自绝身亡了。

"麻烦啊……"元泓喃喃念叨着，心中纳罕，到底谁这么无聊，来行刺自己这个退位多日的闲散王爷呢？

自从将皇位禅让给裴正源，来到灵州城之后，她这个永安王每天都是走鸡斗狗，吃喝玩乐。除了没有调戏民女之外，堪比纨绔子弟，这样也能结下仇家吗？

马车一路疾驶，回到王府。

街头遇刺的消息已经送到，整个王府都警戒起来，巡逻的侍卫多了两三倍，这还是摆在明面上的，底下还不知有多少双眼睛盯着呢。

回了房间，侍卫送来消息，果然，那刺客眼见逃生无望，当场服毒身亡了。

之后侍卫沿着刺客出现的方向一路查访，此人是生面孔，今日酉时末第一次出现在锦鲤舸附近，贩售玩偶，却并不积极。在元泓上钩之前，他也卖出过两个傀儡玩偶，入手之人都是本地的客商。据两个人的口供，在挑拣玩偶的时候并未见过那只金

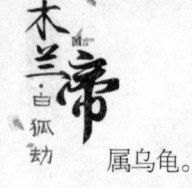

属乌龟。

而扎入马车的针上淬着白鹭霜,这是一种入血无救的奇毒。中毒者遍体森寒,体凝白霜,不出一个时辰就会身亡。

那个金属乌龟因为剧烈爆炸,已经碎裂不成形了,工匠正在取其残余部件进行分析。但是按照乌龟的尺寸来看,内中所藏的,多半是暴雨梨花针之类的机关暗器。

白望舒迅速汇总着侍卫送来的消息。

元泓听着,一脸严肃地点点头:"这么快就能整理出这些线索,今天大家辛苦了。"

白望舒瞥了她一眼,表情比她更严肃:"这刺客就是冲着殿下来的。在将他们连根拔起之前,请殿下保重自身,不要擅自外出了。"

"等等,这个不要外出的界限是什么?"元泓警惕地睁大了眼睛。

"当然是希望殿下先暂居府内,反正王府够大,不逊于皇宫,殿下喜欢看戏,召他们进来献艺就好……"

"望舒,'万宝东来'马上就要开始了。"元泓提醒道。

万宝东来是灵州城每年一度的盛事,商旅海客云集,奇珍异宝无数,既是一场盛大奢靡的拍卖会,也是各地商贾豪客互通有无的交谊会。万宝东来由灵州城商贸联合会举办,官府保驾护航,身为灵州城新任城主,这一届的万宝东来自然少不了元泓的身影。

"臣知道,但殿下自身的安危,岂不比区区一届万宝东来更重要?"白望舒一脸严肃。

"这可是我封王以来的第一个盛典啊!而且万宝东来作为灵州城的招牌之一,招揽天下豪门客商,去年因为朝政变动剧烈,灵州城的商贸大受影响,连赋税都减了三成。孤王自来到灵州,自知任重道远,时时刻刻兢兢业业,如临深渊,如履薄冰,才有如今这样繁荣兴盛的好局面,怎么能因为惧怕刺客而缺席呢,那置自己的职责于何地?"元泓理直气壮地说道。

一番话掷地有声,连跪地回禀的侍卫都感动得热泪盈眶。

白望舒却不吃这一套,先命房中侍卫婢女退下,才瞥了她一眼:"你就是想去玩吧?"

"望舒。"元泓学着豆沙的卖萌特技,眨着眼睛。

白望舒转过头去,坚持道:"刺客在暗,我们在明,君子不立危墙,岂能轻易

第一章 黑蛟幽灵

涉险？"

"不行，孤一定要去！"元泓斩钉截铁地说道。

白望舒正无奈，一个清越的声音传来："就算拿不住刺客，万宝东来去也无妨。"

一身银甲的陆天祈正拾级而上，迈进殿内。

他刚刚从西府水军大营归来，就听到元泓遇刺的事情，连甲胄都来不及更换就过来了。眼见元泓精神极佳，他才稍稍放下心来。

"到时候臣跟随王爷过去走一趟，重兵把守之下，难道还有人能够飞天遁地不成？"

陆天祈眯起眼睛，眸光闪烁，冷若寒冰。

安稳了这么久，竟然有人在他眼皮子底下对她下手，这几乎是触犯了他最大的禁忌。

"哈哈，还是天祈你最体贴。"

白望舒无奈地看了陆天祈一眼，这家伙只知道毫无节制地宠着她。

算了，只能辛苦一下，在万宝东来之前将刺客连根拔起了。

在紧锣密鼓的调查下，线索一条条被挖掘出来。

刺客是在十天前抵达灵州城的，共有三个人，居住在灵州城西的一家中等客栈里，深居简出，事发之前，三个人便已退了房，不知所终。

根据客栈伙计的描述，剩余两个同党的画像被绘制出来，四处张贴缉拿。这样天罗地网之下，第二天就有消息传来。两个人分别在码头现身，想要乘船逃亡，结果被搜查的士兵认出，短暂的交手之后，两个人都当场自尽身亡。

这种事先放进嘴中的毒丸，根本防不胜防。线索再一次中断。

王府侍卫对刺客身上的衣物，以及随身物品进行鉴定，发现所用布料是川蜀特产的黄麻布，制作傀儡的布料也是，甚至包括刺客提着的竹篮，用的都是川蜀一带特产的紫玉竹编制而成。

川蜀一带曾经是怀德王的封地，先帝在位的时候，身为王弟的怀德王一直密谋篡位，手下多蓄养死士刺客，搜集奇门兵器。但怀德王谋反距今已过去十多年了，而且以彻底失败而告终，怀德王一系的势力早被绞杀殆尽，怎么可能出现在灵州城，行刺

一个早已退位的闲散王爷呢?

虽然线索都指向川蜀一带,但太过集中也让人生疑。尤其是这个竹篮……

"只是盛放道具所用,川蜀距离灵州城千里之遥,何必连这种东西也捎带呢?"元泓皱着眉头道。

"殿下所言正是我们所想的。真凶只怕是刻意制造线索,意图混淆我们追查的方向。"白望舒点头道,"当然也不排除刺客逆向思维,故意以这个竹篮来误导我们。"

"另外就是乌龟傀儡内藏着的果然是暴雨梨花针,一种川蜀一带曾经流传的暗器,如今已经失传,但仍有少量存留,大多落在权贵或者富豪人家手中。最近一次出现是三年前,正好是在灵州城万宝东来拍卖会上,当时被贵字座的丁号房的主人买走。"

元泓惊讶了,万宝东来,贵字座的丁号房,不就是东海三大寇之一的黑蛟王吗?

万宝东来在海外孤心岛上的荣华富贵楼举行,荣华富贵楼凿山而建,因将宾客分为荣、华、富、贵四等而得名。其中最顶级的贵字座,只有四家有资格进入,分别是当年的临川侯沈崇阳和三大寇,而黑蛟王正是丁号房的主人。

白望舒点点头:"之后黑蛟势力败亡,这暗器也不知所终。"

难道这刺客跟黑蛟王残党有关?

联想到前几天在锦鲤舸听到的新评书,元泓心中掠过一丝不安。她甩甩头,不管怎么样,刺客已经被剿杀干净,来历可以慢慢调查。

元泓很轻松,因为她对陆天祈和白望舒有着百分之百的信赖,而陆、白二人就没有这么轻松了。

纵然刺客已经剿灭,但幕后必定还有隐藏势力。

不将其掘地三尺,连根挖除,两个人一天都不可能放松。

在这样紧张森严的气氛中,灵州城最大的盛典——万宝东来如期举行。

银浪翻飞,沉鳞竞跃,苍茫大海之上,一队舰船排成整齐的队列飞速前行。

最中央也最宏伟的主舰上,元泓站在船楼顶端,凭栏而立,目光所及,尽是碧蓝澄净。

天与海的交融是如此完美,自己仿佛立身于一块明澈的蓝水晶之中。海风呼啸而

第一章 黑蛟幽灵

过，带起淡淡的水雾，烟气浩渺，缭绕徘徊，让人心旷神怡，如入仙境。

她情不自禁地展开双臂，感受这清新的气息。

正沉浸在飞鸟伸展翅膀般的梦幻感觉中，一个不速之客打断了她的幻想。

"殿下，前方巡逻的舰艇发现了一点儿意外。"

元泓瞬间警醒，转头看向正拾级而上的陆天祈。

凝重的脸色让元泓惊讶，她忍不住调侃道："怎么，难道有不长眼的海盗上门打劫？"

自从剿灭黑蛟王，荡平青鳞公之后，大胤的西府水军在海上再无敌手，灵州城附近的海寇更是近乎绝迹。

就算有，这次陆天祈亲自率领十二艘西府水军最精锐的战舰为她护航，再愚蠢的海盗看到这架势也不会上门送死吧。

然而，让元泓震惊的是，陆天祈对她的调侃，竟然面色沉重地点了点头。

真的有海盗？

"殿下随我过来看看吧。"陆天祈简单说道，带着元泓下了楼。

宽阔的甲板上，探路的士兵立刻上前回禀刚才探查到的情况。

就在主舰前东南方十二里处，发现了多处海船残骸，经西府水军士兵仔细核对，都是前来参加万宝东来的贵族世家。

五艘船上从贵族到水手，共计三百七十二人，其中三百六十九人都被残杀，只有三个人重伤幸存，分别是东阳王氏的幼子王畅、信和张氏的小公子张天珩，还有一名水手。

根据他们的口供和现场推测，惨剧发生在今晨拂晓时分。

代表东阳王氏、信和张氏这几家前来参加拍卖会的都是第一次来灵州城的年轻人，心心念念着海上风光。因此天还没亮，五家年轻人就迫不及待地出发了。本想在附近海岛游玩一番，黄昏时候正好抵达孤心岛，参加拍卖会。

"没想到行至半途，遇到了……"

说到一半，士兵略一犹豫，抬头看向陆天祈。

陆天祈凛然道："据实回禀。"

士兵低头道："是，根据三个幸存者的描述，五家的船只行至附近海域，突然天降浓雾，笼罩四周，隔绝日光，恍如黑夜……"

正在慌乱之际，十余艘残破不堪的怪船突然出现在他们周围，无声无息，犹如

幽灵。

然后，无数面目狰狞的黑影从天而降，扑向他们的船只。

虽然几家贵族也都带着精锐的护卫，但都已经被这些残暴的幽灵吓得肝胆俱裂，不多时就被屠戮干净。之后海盗将船上的财物洗劫一空，将船体穿凿破坏，很快离开。

幸存的三个人都是重伤昏迷，才逃过一劫，被随后赶到的西府水军救了性命。

元泓张大了嘴巴，她这是在听灵州城流行的话本小说吗？

她转头看向陆天祈："这世上真的有幽灵船吗？"

陆天祈看了她一眼："死人好像不需要金银财宝吧？"

纵然气氛压抑，元泓还是忍不住笑出声来。

杀戮之后，幽灵还不忘将五艘船上的财物洗劫一空，能干出这种事情的，多半是人非鬼。毕竟幽灵劫掠了金银也没处花销啊！

陆天祈分析道："战场之上瞬息万变，伪装惑敌也是常事。海寇凶残，伪装成水鬼幽灵瓦解敌人的反抗之心之前也有过。这样能让他们快速解决战斗，避免泄露行迹。"

"只是前面说的天降大雾，恍如黑夜是怎么回事儿？这世上有神仙能颠倒日夜不成？"元泓指出了最关键的问题。

陆天祈叹了口气，这也是他百思不得其解的地方。

三位幸存者被救醒之后精神极度混乱，仿佛受了极大的刺激，直呼幽灵作乱，鬼怪杀来。只有信和张氏的公子尚有些精神，勉强能够应对，但描述的情形也极为夸张。

只能勉强解释为当时天色尚昏暗，海上雾气浓重，两家人猝不及防就被凶徒杀上门来，受惊过度，所以魔怔了。但三个人是一样的症状，可能吗？

元泓问道："船上可有发现海盗的痕迹？"几家贵族也带着不少护卫，与海盗交战不可能没有斩获。

陆天祈摇摇头："船只残骸已经搜索完毕，并未发现海盗尸首，应该是战后被清理带走了。西府水军正在附近打捞，希望能找到线索。"

两个人短暂交谈的间隙，信和张氏唯一的幸存者被送到了主舰上。

第一章 黑蛟幽灵

看着在医官扶持下缓步而来的少年，纵然忧心忡忡，元泓还是忍不住眼前一亮。

信和张氏一族素来以容貌俊美而著称，眼前的少年在张氏一族想必也是翘楚。

刚经历过生死大劫，少年面色苍白，身形纤瘦，更兼服饰残破，血迹斑斑，然而一切狼狈都遮掩不住贵族少年的绝代风华。还有那精致如画的容颜，元泓本以为白望舒已是登峰造极，想不到今日竟然见到了与他相比毫不逊色的美。

也许是因为失血过多，他连唇色都近乎莹白，像是一片白茶花瓣，不慎零落在这残酷的海面上，让人望之生怜。

看到元泓和陆天祈，他眼前一亮，想要挣脱身后医官的扶持，跪拜行礼。

陆天祈伸手拦住他："张公子身上带伤，就不必多礼了。"

少年被海寇一刀刺穿腹部，西府水军发现他时，已经奄奄一息，幸好随军医官尽力抢救，这才挽回性命。

少年粗重地喘息了一声，目光落在陆天祈身上，泪光盈盈："您就是陆将军吧，求将军为我们，还有王兄、蔡兄他们报仇啊！"

陆天祈冷静地安抚道："张公子请勿心急，西府水军断不容海寇猖獗，更何况永安王在此，王驾之下，不容宵小！"

张家的小公子张天珩的目光这才落在元泓身上，满是激动，几乎要再一次跪倒在地："参见王爷……"

元泓连忙拦住他，又安抚了几句。

陆天祈趁机问道："张公子能否将当时的情形再说一遍？"

张天珩点点头，颤声道："我们急着出海，本是听说这灵州城的海上日出也是一道盛景，所以天不亮就出发了。"

"当时船行海上，日出在即，天光放亮，突然之间风云涌动，天象剧变，大雾袭来，遮蔽天光。我等正惶惑之中，却看到远处有船只靠近。本来还以为是同去参加万宝东来的伙伴呢，王兄还想着上前打招呼，结果靠得近了，才见那些船只……一艘艘残破不堪，行迹诡秘，上面的人哪里是人啊，都是一群恶鬼，一个个奇形怪状，衣衫残破，满身漆黑，不见脸孔……"说到这里，张天珩脸色发白，声音颤抖。

"几十根绳索带着铁钩被扔了过来，然后他们顺着绳子往这边爬。

"我当时便察觉事情不妙，叫护卫将绳索砍断，可那些绳索也不知是什么所制，竟然坚如钢铁，我身边二十多个护卫合力才砍断了一根。那些恶鬼却快如闪电，蹿到了船上，开始挥刀砍杀……"

张天珩断断续续地说着，想起地狱般恐怖的记忆，抖如筛糠。

陆天祈连忙问道："不知交手的间隙，那些海寇可有交谈或别的特殊动作？"

张天珩仔细回想："当时我吓得连连后退，躲闪的时候，好像听到有人喊什么'四爷说了，一个都不能留'，之后我被人从背后刺了一刀，昏迷过去……"

"对了，那些船上，好像都挂着残破的旗帜，上面黑漆漆一团，像是水蛇什么的，还有一团红色在中央。隔着大雾，看不分明。"

元泓和陆天祈对视一眼。

黑色巨龙盘旋，中央围绕一颗赤红的心脏，正是昔日黑蛟王的旗帜。

眼看着张天珩脸色惨白，精神不济，陆天祈安抚了几句，命侍从送他下去歇息了。

"四爷……"元泓摸着下巴，这个名号真有点儿熟悉呢。

"当年的海战，黑蛟王首领中排名第四的汪晏的尸首一直未曾打捞上来。我本以为战船碎裂，他必定葬身鱼腹了。现在看来，也许被他逃过一劫呢。"陆天祈眼中闪烁着危险的光芒，在灵州城的地界里，敢打出黑蛟王的旗帜，其中挑衅的意味不言而喻。

而以黑暗为遮掩，悄无声息地潜到猎物附近，冲杀上船，不留活口，本就是黑蛟王惯用的劫掠手法。

联想到之前灵州城内的行刺，暴雨梨花的机关盒曾经被黑蛟王买走……是黑蛟王残党再现吗？

莫名地，元泓脑中闪过一段话。

"谁知此二妖功力深厚，命数不绝，只见两团黑雾从断口处涌出，其中海蛇妖声音尖细，高声嚷着：'此城负我，天可明鉴！我死后怨念不绝，必化作妖雾，困锁此城，断绝生机！'那海龟妖则诅咒：'我兄弟尽遭屠灭，血海深仇，不共戴天，我死后必亡灵不绝，行走海上，吞噬人命……'"

她摇摇头，将这可笑的念头抛之脑后。两次剿灭，黑蛟王残党几乎覆灭殆尽，但也可能有一些海岛上的残余小据点未曾扫荡干净，留下一些漏网之鱼。

身边的陆天祈安慰道："殿下无须忧虑，臣已经传信回水师大营，出动快船搜索附近海域，必定将这帮装神弄鬼、迷惑人心的贼寇一一诛灭。"

元泓叹息一声："这些海寇，怎么就杀不尽呢？"

陆天祈笑了："海寇这种东西，就好像是海里的鲨鱼，生来追逐血腥，闻风而动,只要这东海之上财源滚滚,商贸不绝,便注定会吸引这些虎狼之辈聚众而来。"

"难道就没有一劳永逸的根治方法?"

"有。"

在元泓期盼的目光中,陆天祈悠然说道:"只要殿下下令断绝灵州海贸,没有了利益吸引,自然也就没有了逐利而来的海寇。"

元泓瞪了他一眼:"那岂不是因噎废食,舍本逐末?"

陆天祈笑出声来:"既然如此,那就让臣来为殿下,为大胤保这四方海域清平,百姓安乐吧。"

短暂的停留之后,舰队再一次加速,终于在午后抵达了孤心岛。

白望舒带领护卫早早迎候在岸边,他已经接到了黑蛟王旗帜再现的消息,立刻将原本就严密的警戒整顿得更加固若金汤。

元泓下了船,立刻被数百名侍卫高手簇拥着往荣华富贵楼去了。

看着十步一岗、五步一哨的孤心岛,元泓不禁笑道:"望舒,你只是提前来了一天,就将这孤心岛打造得如铁桶一般。"

"殿下过奖了。"白望舒沉着脸回道。

元泓明白,他对自己冒险参加万宝东来始终不赞同。听到黑蛟王旗帜再现的消息后,更加不赞成了。

有一瞬间,元泓心中也升起一丝悔意,也许她更应该为了关心她的人着想一下。

短暂的沉默中,两个人抵达房间。

元泓咳嗽了一声,点头道:"辛苦了。"

"臣这点儿事务算什么辛苦,陆将军要指挥大军,护送王驾,还要转头接应宝船,才是忙碌呢。"白望舒叹了一口气,"我只是烦忧,自己太无能,无法彻底保证你的平安。"

元泓笑起来:"别担心,只是一夜的盛宴罢了,明日我回到王府,在刺客被逮住之前,彻底闭关不出门了好不好?"

白望舒松懈下来,瞥了她一眼:"君子一言既出,驷马难追,到时候可别哭着喊着非得要出门玩啊!"

"咳,我有那么赖皮吗?"

想到接下来不能出门，元泓对这筹备了大半年的盛典更加期待了。

"也不知道宝船到了没有，赶紧将宝物送过来吧，孤还等着一饱眼福呢。"

万宝东来的拍卖品都是各大商号和地方势力提供的，直到昨天晚上才全部汇集，清点完毕，顺利装船，由灵州城商贸联合会负责运送。所以元泓虽然贵为城主，也未曾见过全部的拍卖品。

然而，一直等到黄昏时分，宝船迟迟没有消息。按照惯例，宝船应该在中午就抵达孤心岛，交由官府进行编号，准备拍卖。

宝船在今日凌晨时分就出发，用的是商贸联合会最庞大最坚固的商船，从最大的船坞载满珍宝驶往孤心岛。只是半日的行程却整整一天都没有消息，陆天祈立刻派出巡逻舰艇，前往周边海域探查。

一个时辰之后，一艘巡逻舰返回孤心岛，带回了一个坏消息。

"这是……"看着呈上来的旗帜残片，元泓立时变了脸色。

狰狞的黑龙，赤红的心脏，正是黑蛟王的旗帜，而旗上残破的裂痕和猩红的斑点昭示着这面旗帜经历过多少血与火的洗礼。

旗帜是在距离孤心岛西方二十里处发现的，正是宝船的必经之道。同时被发现的还有少量宝船的碎木残骸和十几名水手的尸体。

真的是黑蛟王的势力，在截杀了王张几家的船队之后，又对宝船下手了！

陆天祈的脸色前所未有地凝重起来。

几家贵族少年只有五艘船，几百人手，劫掠他们只要计划周密，攻其不备，并不需要太强大的实力。

但宝船不仅船体庞大坚固，船上有商贸联合会聘请的八百名精悍护卫，更有西府水军提供的六艘护卫舰，两千精兵专程护航。能将这样一支队伍无声无息地截杀在海上，并且不使一人逃脱，至少需要十倍于此的兵力才能办到，否则根本无法形成合围。也就是说，汪晏此番复出，至少拉拢了不少于五十只船、两万人的队伍。这在海上绝对是不容小觑的一股势力！

"先派人通知灵州城，万宝东来暂缓举行！"陆天祈当机立断，一边派出快艇返回灵州城通报，同时集合西府水军船队，入海巡查。宝船出事不久，海寇应该走不远。

舰队很快集合完毕，留下十二艘战舰护送元泓的主舰，其余在陆天祈的指挥下，整装待发。

"把这个带上吧。"站在船坞上送陆天祈出发,元泓突然伸出手,洁白的掌心上,毛茸茸的豆沙被寒风一激,竖起了小耳朵。

"好歹也算是个好彩头,不是吗?"元泓压下心头的不安,笑道,"毕竟这小东西还叫作寻宝鼠来着。"虽然它除了吃和睡什么都不会。

"那就谢殿下的赐福了。"陆天祈笑了笑,伸手接过一脸茫然的绒毛团子塞进怀里。

"殿下无须忧心,臣必凯旋。"

夕阳沉落,将天幕染成温暖的橘红色,连带着眼前之人的笑容,都带着温暖的色彩。

元泓站在岸边,看着陆天祈登舰出发,西府水军的庞大舰队穿过孤心岛裂缝,渐行渐远,直到消失。一丝不安如同眼前迷茫的白雾,缭绕在她心头,盘旋不绝。

海面波光粼粼,点点碎金浮动其上。

白望舒来到她身后:"殿下,咱们也要出发了。"

暮色渐深,天光黯淡,夕阳余晖终于消散,只余一片昏暗的水光。

在这样静谧的景象中,高大坚固的巨船劈开巨浪,在海上疾驰而过。十二艘舰船围拢在巨船周围,警惕护卫。

回首望去,灯火通明的孤心岛掩在一片迷雾中。

随着暮色渐深,海水中泛起点点光亮的,是蓝晶水母。

今年的蓝晶水母似乎比往年更多,散落在海上,荧光闪烁。遥遥看去,整座孤心岛像是浮动在天空星海之中的虚幻之城。

元泓站在船楼上,白望舒站在她身边。

暮色深沉,幽暗难测,雾气渐浓,笼罩海上。

两个人远眺着海面,都没有说话。

队伍行走不久,前方的巡逻舰突然传来急促的警报声。

发现敌袭!

随着战舰尖锐的警报声,数十艘黝黑的船只如幽灵般,无声无息地出现在大雾中。

它们出现得如此突兀，如森林中蛰伏的野狼，将躯体埋伏在茂密的灌木丛里，只待猎物经过的瞬间，一跃而起，露出狰狞的爪牙。

终于来了！

元泓接过白望舒递给她的望远镜，一艘艘幽深残破的船体映入眼帘，在雾气缭绕中，更显出一种诡异的恐怖感。

战争开始了！

整个世界由静谧转为躁动，变化之剧烈让元泓甚至有种错觉，是舰队瞬间驶入了另一个世界。

铁索横飞，无数道闪烁着锐芒的钢爪穿过重重迷雾，落到战舰上。无数蚂蚁一样的黑衣人攀附其上，迅速往战舰攀爬。同时数艘海盗船冲破护卫，向着主舰方向气势汹汹地扑杀而来。

刀剑交击，杀伐声不绝于耳。

元泓再一次举起望远镜，看到水军精锐奋力抵挡，黑衣人身上喷涌出鲜血，惨叫声不断。

会流血，会死亡，必定都是活人！

果然是假冒的幽灵，纵然这海上真有冤魂，也应该是死在黑蛟王之手的无数无辜的海商水手，哪轮得到这帮应该下十八层地狱的海盗呢？

白望舒放下望远镜，笑道："装神弄鬼，这次必定揭露这帮人的真面目。"

明明是中了埋伏，元泓和白望舒脸上却不复刚才的沉重，反而显出一丝轻松来。

再凶猛的海盗，也不可能与西府水军最精锐的士兵相提并论，虽然冲上战舰的黑衣海盗在人数上占优势，但遇袭的战舰士兵纹丝不乱，指挥若定。十二艘战舰配合默契，队形不断变化，任凭数十艘海盗船左冲右突，硬是无法接近元泓所在的主舰一丝一毫。

海盗着急起来，越来越多的黑影冲破迷雾，向着猎物围拢过来。

眼看着越来越多的海盗涌上十二艘护卫舰，纵然西府水军将士个个勇猛，但以少敌多，也开始渐渐不支。

"应该差不多了。"元泓放下手中的望远镜。

白望舒笑了笑："殿下仁慈，怜惜船上浴血奋战的将士们。"

他转身示意身后的侍卫，侍卫立刻开启一个铁盒，一道绚烂的火光从盒中钻出，扶摇而上，直冲天际。

第一章 黑蛟幽灵

火光在这漆黑的夜空如最明亮的星辰，便是浓重的白雾也丝毫遮挡不住它绚丽的光辉。

火光信号在天际燃放了许久才缓缓熄灭。

远处传来海盗的呼喊声："是信号弹，他们在求援！"

"赶紧杀，在援军到来前……"

连幽灵都这么上进啊！眼看着海盗们跟打了鸡血似的奋勇上前，一个个争前恐后，元泓举着望远镜，暗暗感叹。

这帮蠢材还没有意识到，那不是求援，而是合围的信号啊！

黑暗和浓雾，不仅能遮蔽他们的袭击，同时也遮蔽了他们的眼睛。

当数十艘坚固的舰船从西方悄无声息地接近时，甚至有海盗还以为是他们的同伴呢。

直到陆天祈一声令下，西府水军的战舰齐齐点起明灯，海盗才终于发现，自己陷入了包围圈。

主舰上的元泓终于松了一口气。

早在孤心岛上时，他们就紧急制订了这个计划。

当初元泓落入贼窝，迫不得已假扮黑蛟王遗孤，才把黑蛟王残党一网打尽。

如果真是黑蛟王的残党，必然对她恨之入骨，一定不会放过这个袭击的好时机。陆天祈假装被失踪的宝船吸引，带兵前去追击，实则根本没有走远，而是在附近的海域埋伏下来，静候时机。等待元泓以自身为饵，将这帮海盗钓出来。

战争再一次升级，而这一次，攻守双方的形势完全逆转了。

陆天祈指挥着西府水军气势汹汹地冲入战阵，像一把尖刀插入米袋子。

数十艘幽灵船在短暂的抵抗之后，迅速溃败，四散奔逃。

虽然战况逆转，元泓却皱起眉头。

幽灵船的大小和装配都远远不及西府水军，但数量多而且灵活，尤其海上雾气浓郁，四面奔逃，极难合围。

这些海盗一旦走脱，便如游鱼入海，再想要围剿就难了，耗费十倍百倍的精力都未必能再找到他们的行迹。

这也是为什么陆天祈和白望舒会同意她以自身为饵，行此险招。

也许是自己的信号弹放得太早了些……

白望舒察觉到元泓的沮丧，安慰道："殿下不必忧心，陆将军已经指挥大军跟上去了，这次必定能剿灭匪首，成功凯旋。"

目光尽头，陆天祈正指挥着最精锐的战舰队伍，紧紧咬住幽灵船的主舰，向北驶去。

不仅匪首需要剿灭，宝船也需要找回来。

看着陆天祈带着舰队越追越远，消失在一片茫茫雾海中，元泓强压下心中难以名状的忧虑。

又看了片刻，白望舒劝道："战事将尽，殿下在这里看了一整夜了，进去歇息片刻吧。"

眼前的战事已经结束，只剩下十几艘船在清剿残寇，收拢俘虏和船只。

元泓恍然惊觉，竟然一整夜过去了。

天亮了吗？海上雾气越来越大，天边隐约泛起白光，确实是白昼已至，但因为雾气浓重，竟然昏沉宛如黄昏。

平常的灵州城这个季节会有如此浓雾吗？

带着满心疑惑，主舰开始返航。

抵达灵州城官用码头已经是中午，本应阳光灿烂的时间，却昏沉沉一片。浓郁的大雾不仅笼罩了海面，更源源不绝地向着陆地蔓延。

隔着厚厚的雾气，高耸入云的城墙、鳞次栉比的阁楼，看起来都如梦似幻，仿佛整个天地已被大雾充斥。

因为海盗重现，灵州城方面也提高了警惕，码头上船只整齐肃穆，来往的水手客商都不见了。往日里这个时间喧嚣沸腾的码头此时寂静了很多，但依然有些杂音叫嚷不停。

隔着浓雾，隐约可见一只只小舟竹排，正灵巧地在大船间隙里钻进钻出。

元泓在侍卫的保护下离开主舰，行走在码头的栈桥上，远远望着，不禁惊讶地问道："他们在干什么？"

一个精通海事的侍卫回禀道："殿下，他们应该是在捕捉蓝晶水母。今年这种水母特别多，很多外地客商都来高价收购，导致有些人罔顾禁令前来捕捉，属下这就将他们驱离。"

元泓"哦"了一声，道："不必了，随他们去吧。"

　　就算是在遍地黄金的灵州城，也有很多生活不易的底层百姓，顶着如此浓雾，冒着禁令来捕捞海货，何必驱逐呢？而且海上会战已经结束，只待陆天祈返回，将残寇剿灭完毕，灵州城的戒严禁令也就能结束了。

　　然而，理想很美好，现实却很残酷。

　　返回王府，一直等到晚上，迟迟不见陆天祈凯旋。

　　也许他们已经剿灭了海寇，正在搜索宝船……也许他们已经收缴了宝船，正在返程，只是海雾太大，路途难辨，一时耽搁了……元泓竭力安慰着自己，却压抑不住越来越重的忧虑。

　　就如眼前黑不见底的夜色。

　　浓郁的雾气笼罩住整个灵州城，使原本就森寒的秋日夜晚更加冷寂，几乎伸手不见五指。

　　元泓心中忐忑，每隔一个时辰就要派人前往码头，询问在近海巡逻，等候接应的水军舰船是否有前方军情，然而每一次的回答都让她失望。

　　纵然已是深夜，两天未合眼的元泓却没有丝毫睡意。

　　连白望舒的劝说也无法让她放松心情，回房休息。

　　一直等待到后半夜，传信士兵急急奔入，带来的却不是陆天祈凯旋的消息，而是幽灵海盗船再一次出现的噩耗。

　　这一次的海盗船，目标不是海上的财宝和船只，竟然直接杀奔灵州城来了！

第二章 Mulan Di 蓝晶迷雾

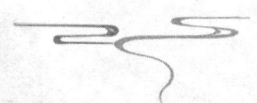

　　站在城楼俯瞰,数百艘海盗船正汇聚到灵州城外,远处还有更多的船只,如同闻到了血腥味的鲨鱼,向着城墙蜂拥而至。

　　元泓站在城楼最高处,遥望着盘踞在城墙下黑黝黝的船只,只觉头脑一阵晕眩。

　　隔着重重迷雾,盔甲残破的海盗宛如从地狱深渊里攀爬而上的恶鬼,凶猛诡异而又无穷无尽。

　　这么多海盗,究竟是从哪里来的?汪晏真有本事拉拢起这么庞大的队伍?

　　汪晏当年只是黑蛟王手下大将之一,在黑蛟王覆灭之后,他急切想要拥立黑蛟王幼子,重振昔日雄风。不料元泓却在机缘巧合之下,取代了黑蛟王幼子的"小王爷"身份,让他的计划彻底破产,再加上陆天祈带领西府军全力绞杀,最终汪晏只能带着残存部属和不甘的野心消失在海上。

　　就算他之后死里逃生,也不可能在短短一两年内经营起这样庞大的船队吧?

　　元泓绞尽脑汁也想不通这个问题,这样的声势规模,已经远超当年三大寇之一的黑蛟王了吧?当然,野心和狂妄也在黑蛟王之上。当年东海三大寇中任何一个,都没敢打过灵州城的主意,且黑蛟王当年在三大寇之中实力最弱,远不如白宸侯和青麟公。

　　所以,在听到有海盗攻城的时候,元泓的第一反应不是忧惧,而是难以置信。

　　东海盗匪横行,但纵然在海盗最猖獗的时候,也从未有过攻击灵州城的举动,这不仅是攻击一座城池,更是挑衅整个大胤朝的威严!几乎是自寻死路。

　　而且灵州城墙近年来经过数次修整,厚重高深,守城器械精锐完备。再加上城内百姓富庶,存粮丰沛,想要攻陷这样一座城池,几乎是不可能完成的任务。

　　沈崇阳就曾经在朝堂上公然宣称,就算狄族三十万精兵,围困三年,都不可能将灵州城攻下。话中虽然不免有夸口的成分，但也从侧面反映了灵州城防备之完善，库存之富足。

眼前竟然真的有海盗来挑战这个不可能完成的任务了，估计就算临川侯沈崇阳复生，也会目瞪口呆吧？

汪晏也是纵横海上的老人了，会这样自寻死路？或者说，他们真有什么鬼神之术作为依仗？

元泓放在城墙上的手不自觉地握紧了。

还有一个更沉重的疑问压在她心头，陆天祈去了哪里？他麾下所带领的，是西府水军最精锐的战船，不可能无声无息地消失在海上。

"殿下请勿忧心。陆将军纵横沙场多年，岂是这帮装神弄鬼的宵小之辈所能对付的？"看出了元泓的忧心，白望舒安慰她道。

"这帮海寇，也许是察觉城内防备力量空虚，所以想铤而走险，臣等必然让他们有来无回！"说话的是西府水军的副统领窦文峰。

入夜的时候，他正在码头准备接应归来的陆天祈，等了大半夜正主没来，却来了这群不速之客。

好在他反应迅速，立刻命令城外的战船沿着水道入坞，同时派出兵马收拢散落在城外的百姓。待盗匪开始攻城，灵州上下已经有了防备。

元泓点点头："此番城中防务就有劳窦将军了。"

窦文峰单膝跪地，朗声应道："臣职责所在，必万死不辞，保殿下和满城百姓安全。"

西府军作为大胤这几年新成立的精锐军队，军中从将领到战士，都是以年轻人为主，朝气十足，同时历经数次大战的磨砺，毫不逊色于北疆的百战之旅。

虽然这一次陆天祈为追击海寇，带走了大部分驻军，如今留守在城中的兵马极少，但丝毫不见慌乱。

在窦文峰的指挥下，很快城防诸般事务都井井有条地筹备起来。

安排完城防，看了看浓重的白雾，元泓又转身道："白统领，有一件重要的事情交给你。"

这样正式的称呼让白望舒立刻撩起衣襟，跪倒在地："请殿下吩咐。"

元泓思忖着开口："灵州虽然坚固，但城中百姓从未经历过如此围城之战，再加上这些盗匪形貌诡异，装神弄鬼，传入城中，难免人心惶惶，谣言浮动。这几日命你彻查城内，但凡有妖言惑众、扰乱人心者，一概视为盗匪奸细，格杀勿论。"说到最后一句，元泓神色转冷，斩钉截铁。

白望舒眼中闪过一抹亮色，坚定地道："臣必不辱使命。"

将内外事务分派完毕，元泓总算松了一口气，心情却依然压抑。

自古以来，坚固的城墙最易从内部攻破。沈崇阳经营灵州城多年，难保他不会在城中留下内线伏兵之流，且这次海盗来袭太过诡异，明明之前海上一战，已经将其主力剿灭，哪里又钻出来这样多的船只盗匪？

短短一两年能经营起这样庞大的队伍，汪晏如果有这个本事，当年还用得着屈居人下当副手吗？

眼前越来越浓郁的白雾，如同密布的愁云，沉甸甸地压在她心头。

观看了片刻战事，确定己方占据着绝对的优势，元泓稍微放下心来，在众人的再三劝说下，离开城楼。

白望舒亲自带人护送着她回到王府。

刚进门，管事急匆匆来报："殿下，那位张公子急着求见您，在偏殿那边等了一上午。"从孤心岛返回之后，元泓就命人将几个幸存者送进王府，请了医官诊治。

白望舒皱起眉头："殿下疲惫，我去处理吧。"

元泓摆摆手："不必，现在回去也睡不着觉，先见见他也好。"

进了客厅，一个纤瘦的身影正在那里徘徊，面色焦急，见元泓进来，大喜过望。

"殿下……"

元泓挥手拦住他："你有伤在身，就不必多礼了。"

张天珩依言起身，只是这样简单的动作，却险些摔倒。他苍白的脸色中浮动着一抹不正常的潮红，应该是正在发烧。

伤势这么重，还急着来见自己？元泓不想耽搁时间，直奔主题："张公子求见孤王，不知有何指教？"

张天珩连忙问道："听闻城外有海盗来袭，在下极为忧虑。"

白望舒接口道："城防之事自有城中兵马应对，殿下刚刚已经安排妥当，张公子不必忧虑，安心养伤即可。"

"这次的海盗，可还是那些……"似乎连说出"恶鬼"两个字的勇气都没有，张天珩声音低落。

"不过是装神弄鬼之辈罢了。"元泓冷然道。之前海上一场胜仗，已经让她确定这些盗匪都是有血有肉的真人，绝不是什么妖魔鬼怪。

张天玞着急起来："殿下请听我一言，这些盗匪只怕没有那么简单，纵然是有心人假扮，但内中真有些呼风唤雨的神道之术。"

说到这里，他面露苦笑："圣人云，子不语怪力乱神，在下也算苦读圣贤书多年之人，按理说不应相信这个，只是，回想起当时场景……"

"那怪船之上站着很多身穿黑衣，头脸都遮蔽了的人，手里举着数人高的黑旗。双方对峙之时，黑旗一挥，便有阵阵冷风袭来，紧接着就是漫天白雾涌出，天地之间幽光闪烁，宛如星辰，地狱门开，恶鬼乍现。此等奇异景象，只怕不是常人可为。"

"这两日养伤之时，在下反复回忆当时的情形，竟然只有鬼怪之说才能解释。"

元泓和白望舒对视了一眼。

"张公子可看得真切？"

"千真万确，不敢妄言。"

元泓仔细回想，刚才在城头之上遥观敌人，确实有一些从头黑到脚的人，挥舞着海盗旗，哇哇乱叫。但盗匪大都装束怪异，她也没有放在心上。

明明是阳光灿烂的正午，外面却一片暗淡。隔着浓浓的白雾，太阳灰蒙蒙的，宛如黄昏时分。要说这场袭击有什么地方最离奇，还真就是这场大雾了。

白望舒转头吩咐侍卫："迅速传令城头，齐备弓弩手，对这些执旗之人重点射杀！按人头论功行赏。"

两个侍卫得令，急奔出去。

元泓继续安慰张天玞："张公子不必忧虑，待城内弓弩手试过，便知这些人有没有神通了。"

张天玞见他们毫无惧色，也只能无奈地苦笑。

正准备告辞，白望舒反而叫住了他，用话家常一般的口吻笑道："张公子，听闻你的名字是张家长辈前往普度寺，请高人卜算所起，鬼神辟易，怎么还这样胆小？"

"在下惭愧，出生的时候身体孱弱，家祖生恐养不活，便亲自前往普度寺，请了相熟的大师赐了名字。只是，在下所用之字，曾经也是……"话说到一半，他看了元泓一眼，才迟疑着开口，"曾经也是泓字。刚定下名讳，便听闻朝中皇后诞下皇子，圣上赐名为泓，为避讳殿下，才改为这个玞字。"

元泓愣了愣，原来眼前少年曾经与自己重名啊！不过帝王名讳是尊号，不能与百姓重合的。自己被立为太子之后，天下估计得有不少人需要改名。

只是突然提起此事干什么？

"珩为美玉，正合公子风仪。"白望舒笑道，"之前家中长辈也曾提起过张兄才学过人，是我辈中的翘楚。"

"多谢白将军夸赞，愧不敢当。"

谈了几句，张天珩忍不住咳嗽起来。

白望舒才笑道："是我想起旧事，多说了两句，险些忘了张兄还有伤在身，快去歇息吧。"

张天珩这才松了一口气，在侍从的扶持下缓缓转身离去。

元泓瞥了白望舒一眼："他有什么可疑的地方吗？"刚才的试探之意太明显了。

"任何从海盗劫掠中活下来的人都值得怀疑。"白望舒摸着下巴，看起来似乎并没有什么破绽呢。

傍晚时分，城墙上传来消息，已经射杀数十名海寇中的执旗之人，连带着攻城的普通海盗，也有近千斩获。

这时候雾气浓郁，已经近乎黏稠了。天色黯淡如深夜，连城外的战事都受到影响，不得不缓慢下来。

灵州城有记载以来，还从未有过如此浓重的白雾，伸手不见五指。

再加上海盗形貌诡异，来历莫测，城中果然如元泓所忧虑的那样，开始人心浮动，谣言四起。

灵州城知府黄德安亲自上阵，带着府衙兵丁彻查各处酒楼茶肆，但凡有妖言惑众、擅论鬼怪之言的，一概抓了投入大牢。短短半天时间，就抓捕了三四百人，更有十几人因为言辞过激，试图反抗等原因被当街处死。

在这样严酷的打击下，总算将流言暂时压制了下去，但恐慌的情绪依然在蔓延。

"只是这样不是办法啊！暂时虽无人胆敢议论了，但大家都在私下说，下官也无法闯进每一家去抓人。而且牢里都快关满了，也不能将人全都当奸细砍了吧？"

黄知府站在王府大殿上，对着元泓连声抱怨。

这位黄知府也够郁闷的，身在灵州这天下一等一的繁华之地做父母官，本是人人称羡的肥差，奈何头上却始终压着一座大山，先是临川侯沈崇阳，如今则是永安

第二章 蓝晶迷雾

王元泓。

元泓坐在书案后，揉着眉头，刚刚她回房补了一觉，头脑还昏昏沉沉的。

"孤也知道事情不易，不知黄大人有何高见？"

"听说城外妖人作祟，对这些奇门诡术，咱们不如也用专业手段。"

"什么专业手段？"元泓呆呆地问道。

"城中也有一处占阳观，虽然平时香火冷落了些，但也有几个道士居住其中，危急时刻，保家卫国，人人有责，不如先请他们来抵挡一番。还有民间传说黑狗血和糯米等物，也要多多益善……"

元泓险些将一口茶水喷出来。

搁下白玫瓷的茶杯，她问了一句："黄大人，你是天宏四年的探花吧？"

"正是。"对自己的履历，黄知府还是颇为自得的。

堂堂探花郎，朝廷命官，这书都读到狗肚子里去了！元泓强忍着骂人的冲动，问道："黄大人读圣贤书数十年，难道没听过'子不语怪力乱神'？而且，公然使出这样的手段，岂不是对着百姓宣告，城外有妖人作祟，反而助长了这股妖风吗？"

黄知府似乎也意识到这个问题，连忙补充道："当然，军中也不好公然行此手段，以免动摇军心，但总可以暗中试一试嘛。"

"不必了。"元泓抬手，断然否决。

黄知府还想再说，元泓冷笑一声，厉声喝道："听闻昔年有一朝廷，面临外寇入侵，不思积极备战，反而请民间术士登楼作法，自诩能招来天兵天将，击退外敌。结果自然是城破人亡，此等昏君，也沦为阶下囚，被人百般折辱，生不如死！黄大人熟读史书，知不知是哪朝哪代啊？"

黄知府打了个哆嗦，猛地想起，眼前这位王爷虽然年轻，可是亲政之前就能深入敌营，亲自袭杀魁首的猛人啊！再说下去，万一给自己安个动摇军心的罪名就麻烦了。

他赶紧点头称是，退了下去。

待人走后，元泓头痛地按住额头，这像是朝廷三品大员的样子吗？

白望舒笑道："何必跟这些酸儒书生一般见识？再说，黄大人日常处理民政裁决公务还是很精干的，只是未曾经历过战事罢了。"

是啊，没有经历过战事，所以充满了惊慌，如这满城的人心一样。

大胤天下承平数十年，之前虽有怀德王谋反以及北狄入侵，都只在京城乱了一阵就完结，并未横扫天下。而灵州城又是难得的富庶安宁之地，战事继续下去，也不知城中会出现什么骚乱。

转眼之间，战事已经持续两天了。

元泓再一次登上城楼，隔着厚重的浓雾，她甚至无法像上一次一样，看清楚城外的船只分布。

凉风袭来，阴沉沉的，因为白雾遮蔽了日光，最近几天灵州城内气温骤降，明明是夏末秋初，却阴冷宛如寒冬。

两天时间，白雾不仅没有消散，反而越聚越多。纵然元泓心志坚定，也开始有些动摇。

眼下可是阳光最热烈的正午啊！

难怪如今城中谣言四起，花样翻新。

最近甚至有一种说法，灵州城已经不在大胤的疆土上，而是被这从地狱飘出的浓雾拖入了另一个世界。

对灵州城百姓的想象力，元泓叹为观止，不愧是天下话本戏曲最繁荣昌盛的城市啊！

黄知府站在身边，高举观海镜，眯着眼睛竭力想要看清楚远处，却只是徒劳。只有模糊零星的喊杀声从远处传来，更加让人胆战心惊。

站了半晌，黄知府不时向后探看。

元泓注意到了，顺着他的视线望过去，无奈地叹了一口气。

黄知府自从上次的提议被元泓否决之后，他明面上不敢多言，背地里却不死心，根据侍卫禀报，他这两天偷偷请了不少高僧道士，聚集在知府府里。

好在黄知府明白她不喜这些，也不敢让这些人公然出现。今天还特意伪装成亲兵模样，跟着上了城墙，后面这两位气度不凡的想必就是了。

慈眉善目，长须飘飘，看着还真是仙风道骨，一派威严，只是听着城外的喊杀声，两个人都吓得面色惨白，哆哆嗦嗦，抖如筛糠，比寻常百姓壮丁都不如，根本毫无用处啊！

对这种行为，元泓也懒得多管，只能睁一只眼闭一只眼了。

第二章 蓝晶迷雾

片刻之后，窦文峰风尘仆仆地上了楼，他刚刚指挥着步兵队出城冲杀了一阵子，连甲胄都来不及更换。

元泓扶住他的双臂，阻止他的跪拜："窦将军辛苦了。甲胄在身，无须多礼。刚才出城一趟，可有斩获？"

"末将惭愧，刚才我军冲入敌营，发现其营内空虚，船只散乱，只有少数匪类盘踞。"

黄知府连忙追问："营内空虚！难道是贼寇退走了？还是更换了扎营的地方？"

白雾浓郁，给城防带来了极大的不便，就是海盗可以任意变换地点，无法看见，难以捉摸。而灵州城是固定的，不可能挪动。

窦文峰摇摇头："应该不是退走了，船上还都留着看守呢。我等将看守的少量残寇剿灭后，本想放火焚船，可惜还没来得及动手，便有大批贼寇返回。我等寡不敌众，只好退走。"

黄知府连呼可惜。

元泓开动脑筋："贼寇既然没有离开的意思，为何会空置营地？难道后方发生战事了？"

"难道是我们的援军来了？"黄知府眼前一亮。

窦文峰老成持重："未必，也许是在布置什么工程，或者后方炸营也未可知。"炸营就是军中内乱，是每一个带兵者的噩梦。

"这样我们是不是应该一举冲杀出去？如果是援军，里应外合，立刻破敌；如果是炸营，趁机进兵，击败他们。"黄知府跃跃欲试。

元泓还没回答，白望舒的声音传来："黄知府先不要着急，说不定是诱敌之计。敌暗我明，一切小心为上。"

黄知府悻悻然叹了口气，隔着这层恼人的白雾，敌方的一切行为都只能靠猜测了。

白望舒回禀元泓道："殿下，之前带回来的俘虏尸身，仵作们都已经检查完毕。"

这些盗匪极为凶残难缠，作战时悍不畏死。窦文峰率兵冲击了几次，斩杀虽多，却只俘虏了七八个贼寇，元泓命人严加审讯，却得到了贼寇都自杀身亡的消息。

无奈之下，只能让仵作检验尸首，看看有没有线索了。

元泓问道:"有什么发现吗?"

"其中有数人背后都有被火焚烧过的伤口,从伤口的处理情况来看,极有可能是自己焚毁的,底下应该是文身。其中一个人毁得不彻底,有少量残存,看着像是狼头标记。"

狼头,难道是北狄之人?元泓悚然一惊。虽然之前北狄少君率领的精锐部下在京城外全军覆没,但北狄经过多年的休养生息,势力庞大,数十万铁骑称霸北方,仅仅之前数万精锐的折损,不足以让这个庞然大物伤筋动骨。

尤其借助青麟公的势力,他们习惯了海贸带来的巨额利润,不肯放弃这块肥肉也是正理。难怪,单纯的海盗不可能有如此坚定的意志和严明的组织,也不可能有这么庞大的胃口想要吞下灵州城。

"狄人!"黄知府吓了一跳,这可不是普通的对手啊!

白望舒无奈道:"黄知府勿惊,只是怀疑罢了。算算时间,援军应该很快就到了。"

灵州周边有数个府郡有驻军,只是白雾锁城,交通断绝,周边郡县看不分明,所以迟迟未曾援助。但再怎么反应迟钝,也应该有所动作了。

所以如今他们最好的战略就是固守城池、静待后援。因为无论来犯的是什么敌人,他将要面对的不是一座城池,而是整个大胤朝。

眼看着今日战事不会再起变化,元泓跟白望舒下了城楼。

正要上马车,突然一个巴掌大的物件骨碌碌冲着她滚了过来。

她脚步一顿,旁边白望舒已经一步抢上前,将那东西一脚踢飞出去。

小东西重重撞到了城墙上,"咔嚓"一声破碎开来。

同时远处响起了稚嫩天真的哭喊:"我的小兰啊!"

元泓这才看清楚,原来那物件是一只乌龟玩偶。看模样似乎就是前一段日子流行的《海龙东征记》的配套玩偶之一,模样粗糙,想必是路边小贩售卖的。

也难怪白望舒这么谨慎,冲上去就一脚踢飞了。之前的刺客事件他还记忆犹新呢。

玩偶的主人,是一个六七岁的小女孩,正眼泪汪汪地看着地上的玩偶——白望舒那一脚力气极大,玩偶直接碎成片了。

小女孩的母亲见女儿惹了贵人，连忙冲出来一把捂住她的嘴巴，拉着她跪倒在地。

"幼儿无知，阻挡了贵人的路，请勿见怪。"

城墙东侧是数百顶帐篷，这里住的都是紧急撤回城内的百姓。其中大多数都返回家中了，只有少数在城内无处可居的百姓被安置在这里。他们都是灵州城内最穷苦的渔民，平日里以船只为家，生活起居都在船上，以打鱼贩卖为生。

对这些贫寒之人，元泓很是同情。

"大娘不必惊惧，刚才是我唐突了。家中还有几个这样的玩偶，送一个给这个孩子吧。"元泓柔声安慰道。

白望舒也觉得有些不好意思，立刻吩咐身边的侍卫去府中取玩偶。

中年妇人大喜，想不到贵人如此通情达理，连忙躬身道谢。

然而小女孩依然泪光闪烁，委屈道："可是小兰被他一脚踢死了啊。"

小兰？是这个玩偶的名字吗？元泓看着地上肥胖臃肿的白眼乌龟，这名字取得还真文艺啊！

白望舒心头一动，上前弯腰拾起那个残破不堪的胖乌龟，才发现看似粗糙的乌龟竟然内有玄机，里面缝着一个鱼皮袋子，似乎装满了水，已经裂开了，弄得整个乌龟湿漉漉的。

难怪刚才一脚踢上去发出"砰"的一声。

袋子里面，咦，这不是一只蓝晶水母吗？不过已经肠穿肚烂，死得彻底。

白望舒拎着湿软黏腻的水母爪子，深深后悔自己的好奇心。

"别嚷嚷了，娘亲待会儿再给你从桶里拿一只。"中年妇人安抚女儿。

小女孩却不依不饶地拉着母亲的手臂："不要，只有小兰会喷气，好像小仙女，整天生活在云雾里，别的都不会。"

"待天冷就都会了！你快别嚷嚷了。"中年妇人生恐惊扰了贵人，连声呵斥，终于让女儿停止哭泣。

小女孩安静了一会儿，转而又抬起头："娘亲，那我们能把小兰吃掉吗？"

喂，这态度转得太快了吧？元泓无语。

"好，娘亲今晚就给你炖了吃。"中年妇人爱怜地摸着女儿的头发。

然后小女孩含着手指头，垂涎欲滴地看着白望舒手里那只软趴趴的蓝色水母。

元泓看着白望舒手里的水母残骸，突然心念一动。

她弯下腰，柔声问道："这只小兰会喷气吗？"

小女孩连连点头:"是啊,小兰是水母里面的小仙女,不仅长得漂亮,还会喷气呢。"

"喷什么气?"元泓心跳加快。

"就是像水雾一样的,白白的,润润的,又漂亮又舒服的雾气。跟这几天飘荡在城里的一样。"

"蓝晶水母会喷雾气?"元泓喃喃说道,转头看向白望舒,两个人都在对方眼中看到了闪光。

"蓝晶水母经常喷雾吗?灵州城四周有很多这种水母,怎么没有见过呢?"元泓连珠炮似的问道。

那中年妇人被她吓了一跳,定了定神才回道:"贵人见到的水母都是烹饪好的,放在盘子里,自然不会喷雾了。再说,这水母喷雾也就产卵那几天的工夫,都是极冷的时候……"

一番追问下,元泓才终于明白。

蓝晶水母这种大寒之物,会在产卵的时候喷出水雾,持续三五日时间。冬天本就雾气浓重,所以也不引人注目,只有经年以捕捉这种东西为生的老渔民才知晓这个特点。

这只叫小兰的水母前两天碰到了船底的冰块上,也不知怎的,可能以为冬天到了,便开始喷雾准备产卵了。

"蓝晶水母往年都分布在远海,数量也少,我们想要捉,都得去很远的地方,来回一趟可不容易啊,遇到风暴还经常有去无回。我们家当家的就是两年前冬天出海捕捞的时候丢了性命。

"唉,今年总算赶上好年头了,连近海也有这么多水母,还有外地的客商来收取,本以为能多赚点儿银子,也能在城内赁个房子,不用日日住在船上了,没想到竟然会……这些杀千刀的海贼。"

中年妇人还在絮絮叨叨地说个不停。

今年蓝晶水母格外多,这几日气温骤然降低,还有张天珩描述的水雾出现时,海面上星辰闪烁,恍如异界之门开启……

诸多线索连成一串。

元泓脸上浮起数日未曾有过的笑意:"大娘不用愁,如果你所言为真,可是立下了大功,房子的问题自然有人帮你们解决。"

在中年妇人惊讶的目光中，元泓和白望舒起身飞快地奔上了城楼。

招来十数名经验丰富的老渔民，又挑选了数十只鲜活的蓝晶水母，配合着从地窖里取来的冰块，元泓亲自反复试验之后，终于确信中年妇人没有撒谎。

看着房中弥漫的白雾越来越多，元泓紧绷的心情终于开始放松。

连黄知府都摸着胡子，满面惊讶："造化神奇，这小小水母，竟然有此神通？"

元泓却在想，要完成封锁全城的水雾，那需要多少只水母啊？还得同时向海内倾倒大量的冰块等物，让水温降低。

难怪这些天灵州城气温骤降，宛如初冬。

好大的手笔啊，这样的举动，非倾国之力无法完成。

难道真是北狄人动的手脚？

既然推测出迷雾形成的原因，元泓立刻同众人商议起解决的办法。

刚开了个头，突然侍卫来报，说有一个人紧急求见，称找到了破敌制胜、解除迷雾的办法。

元泓看着眼前气喘吁吁的美少年。

看来这几天张公子并没有好好养病，只是登上城楼就让他累得脸色惨白，气息紊乱了。

张天珩扶着侍从勉强调整好呼吸，迫不及待地道："王爷，在下发现了一些线索，所以急着过来求见。"

"什么线索？"遮蔽在心头的迷雾终于迎来了消散的迹象，元泓此时心情大好。

"这几日在下睡难安寝，食不知味。闲暇时在书籍中翻找，发现灵州古志上记载了这样一段话。"

跟着他的王府侍从连忙将古书奉上，泛黄的书页显示着书籍悠久的岁月，元泓飞快地扫过文字。

"……海域往东百里之遥，有蓝皮之鲊，大者如床，小者如斗。净如水晶，夜泛蓝光，其色明丽，其味甘美，春潜海底，夏露其形，秋聚骨肉，冬化水雾……"

蓝皮之鲊！不就是蓝晶水母吗？

春潜海底，夏露其形，秋聚骨肉，冬化水雾！原来古人也发现了这个秘密，元泓抬起头来，与白望舒相视一笑。

"张公子辛苦了，难得能从这么古老的书籍里找出这个秘密。"看他的脸色，想必这些日子几乎没有休息。

张天珩愣了片刻，恍然大悟："难道你们已经找到了能够破解妖术的方法？"

"只是偶有所得罢了，比不得张公子才学过人。"元泓将书递给他，笑着将刚才的发现过程说了出来。

张天珩先是震惊，然后是佩服，最后深深地弯下腰去："是在下唐突了。"

"有功无过，何来唐突？"元泓心情爽朗，"既然张公子也在，不妨一起看一看吧。"

既然知道了迷雾形成的缘由，那么应对便不难了。

眼下，黄知府正亲自指挥着军中支起了几十个大灶，烧起水来，然后倾倒入海。没错，就是这么简单，只要使海水温度上升，蓝晶水母不耐温热，喷吐的雾气减少，很快就能破解迷雾。

然而刚倒了两趟，变故又生。

对面的盗匪发现了他们的行动，开始派出小队人马骚扰倒水的队伍。

灵州城毕竟不是紧挨着大海，到码头还有一段距离，士兵需要带着水桶等物，作战大受影响。

北边锦鲤舸那边倒是紧挨着大海，可那一侧都是悬崖峭壁，距离水母的分布地区太远，倒了热水也无济于事。

眼看着往海边送水的队伍再一次被盗匪缠住，缠斗片刻，有海盗一刀砍在水桶上，几十桶水霎时流走一半，继续纠缠下去，桶中的水就算平安送到，也已经凉透了。

窦文峰请战道："不如由属下先带兵下去冲杀一阵，将这些贼人驱逐干净。"

"就是一时驱逐，也难以持久，关键是送水的目标太大，路线又长，防不胜防。"白望舒摸着下巴。关键还是灵州城内兵力太过缺乏，无法建立一条完善的防御线。

"干脆就在海边设灶算了。"黄知府建议道。

"那岂不是直接竖起了一个靶子给敌人打？"元泓皱眉。知道了敌军中有狄人之后，她就尽力避免跟对方野战。

要知道，对狄人来说，攻城是他们最不擅长的，但城外野战，尤其是战马冲击，几乎个个以一当十。要是在城外设灶，伤亡必重，而且需要源源不断地增兵。城中守军大部分被陆天祈带着入海追击海寇了，每一分力量都很宝贵。

众人犯了愁。

张天珩犹豫片刻，上前道："在下有一计，不知是否可行。"

"什么计谋？说来听听。"元泓转身望着白衣如雪的公子。

张天珩微一沉吟，开口道："直接烧炭，再用城头巨弩将其投掷入海。"

众人听后眼前一亮，愁色消散，元泓一声令下，将士们立刻行动，城头上数十个火灶上的开水被卸下，换成了滚烫的铁块和石头。

一列列士兵将烧得赤红滚烫的铁球石块用铁筐抬着，送到巨弩之上。负责弹射的士兵调制巨弩，对准方向。寒气森然的秋日夜晚，城墙上的士兵一个个热得满头大汗。

一颗颗赤红的铁球被送上天空，如划过天际的流星，闪烁着光芒，没入重重迷雾之中，直到清脆的"扑通"声传来，同时响起的还有水遇到热铁石的"哧哧"声。

对面的海寇队伍很快发现了城墙上的动作，发出阵阵惊呼，夹杂着愤怒的咆哮。

虽然隔着迷雾看不清楚对面敌军将士的模样，但元泓依然能够想象对方气急败坏的样子。

一时间整个城墙上的气氛都缓和下来，欢喜之后，元泓转身望着张天珩："张公子立下了大功！此战过后，本王会上表朝廷，以求嘉奖的。"

少年腼腆地低下头："不敢当，还是王爷府中藏书丰富，才让天珩有此良机。"

黄知府也赞不绝口："张公子才学过人，果然家学渊源深厚，不愧是名门之后啊！"

张天珩脸色微微发红，"在黄大人面前怎么敢称家学渊源，大人才是学究天人。"似乎黄知府的夸赞比元泓许诺的嘉奖更加让他欢愉，他兴奋而又惶恐地道，"在下在家时，还学过大人的文章，《论制衡之道，载明德之身》，读起来朗朗上口，珠玉在喉。"

"真的吗？这可是本官的得意之作。这两年我也有几篇新文章，改日请贤侄一同品鉴。"黄知府摸着胡子，神情大悦。

元泓无语地看着眼前热切地谈论文章的两个书生。

黄知府近来屡遭打击，被元泓连番训斥，正觉垂头丧气，有人说到了他最得意的领域，顿时精神振奋。张天珩一脸对大儒的崇敬神情更让他精神百倍，说得口沫横飞，全是指导后辈的热情。

元泓摸摸鼻子，张公子看着芝兰玉树一般，没想到也是这种满口之乎者也的酸儒书生。

白望舒不耐烦地咳嗽了两声。

黄知府恍然止住了话头，干笑两声："哎呀，这些经学典义想必白统领这样的武将是不喜欢的。"

白望舒懒得理会话中隐约的嘲讽之意，只道："城头风冷，张公子旧伤未愈，黄知府、张公子不如早些回去歇息吧，明日雾气散了，还有一场硬仗呢。"

改变水温要靠积累，至少要投上一整夜，甚至几天几夜的工夫，才能见成效。

黄知府思及自己数日未曾安歇，确实够累，待大战开始，又不知有多少天能安睡。

"那我先回府中处理这几日积攒下的公务，顺便送张公子回去歇息。"黄知府答应着。

张天珩腼腆地笑了笑，跟在黄知府身后下了城楼。

黄知府热情地邀请张天珩坐上他的马车，在车上还不忘得意扬扬地谈论："……所以文止一句，争端持续多年，圣人之解，才是真知灼见。哎呀，刚才说了这么久，还没问过，张公子在哪家书院进修，师从何人？习的是文圣一脉，还是明德一脉？"

张天珩似笑非笑地看着他："在下自幼在深溪，修习的是刃之一道。"

"什么？那是什么道？"黄知府绞尽脑汁，也想不出这深溪是哪家书院，只好问道，"是我孤陋寡闻了，这深溪是哪家书院？所学为何？"

"深溪在极东之方，日出之地，至于所学嘛，耳听为虚，眼见为实，不如就让在下为黄大人演示一番吧。"

张天珩笑得温和而纯良，宛如一只青翠山林中的小鹿。

他一抬手，素白的衣袖挥过对方眼前。

这是什么演示啊？黄知府没有反应过来，只觉脖颈一凉，惊诧还停留在他的面庞上，像是一幅凝固不变的图画，僵硬的肌肉却再也不可能转换下一个表情了。

纤瘦的手伸出，将黄知府的尸身折向一个诡异的角度，流淌的鲜血悉数堵在软垫上，没有一滴泄露在外。

刺杀在无声无息中完成，张天珩素白的衣衫纤尘不染，宛如谪仙。不知内情的人看了，只以为眼前的贵公子正在煮茶品茗，风雅无比。

外面有护卫数十人，跟随在马车两侧，竟然无人听见内中声响。

就算有些微杂音，也被车内随即响起的大嗓门盖过了。

那是"黄知府"低哑的笑声："原来贤侄师从王悦先生啊，说起来，他与本官早年拜入的文华书院也有渊源，咱们也算是师出同门了。听说这家书院提倡君子六艺，文武兼修，贤侄自幼有不足之症，在这里修习也是极好的……"

"知府大人过奖了，还要多亏大人指点。"清亮的少年嗓音充满了崇敬。

"好说好说，我们黄家与信和张家祖上还曾经联姻……"

知府大人还真能说啊！车外的侍卫们感慨着，好在前面不远处就是官府衙门了。

浓雾之中，一整队人马像是走在黄泉鬼道上一般。此时此刻，如果有人看见车内的情景，只怕会毛骨悚然。

风采映丽的少年依然与知府大人相对而坐，目光明澈，神态恭谨，仿佛坐在对面的是一位德高望重的大儒，年轻的弟子正在恭谨地请教。

只是大儒眼珠已经全无神采，而弟子嘴巴开合，在两种声音之间不停转换。

"哎呀，本官的鹤氅还落在城门口那边呢。""黄知府"像是突然想起了什么，嚷嚷起来。

"派一名仆役过去取来就是了。"少年建议道。

"不行，那是我前几日亲自去城西广胜寺求来的，是经过大师开光的，保我这几日平安大吉，怎么能让那些下人碰触，岂不污了大师法力？"

一边说着，车帘掀动，露出"黄知府"半张脸孔，瞪着眼睛。

"速速掉头，我们回去一趟。"

随行的侍卫仆役无不在心底暗骂这个多事儿的上司，奈何不敢违逆命令，驾车的仆役只好掉转车头，又往城门方向驶去。

第三章 Mulan Di 一个人的战争

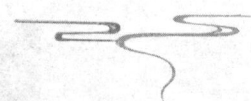

城墙上,元泓还在紧盯战况。

对灵州城内改变战略,投掷烧铁的行为,海寇毫无办法,之前组织了一次对准城门的冲击,被窦文峰率领的骑兵轻而易举地击退了。

元泓松了一口气,白望舒劝她休息。

元泓也不敢下城楼,只在城楼上收拾了个房间准备小憩。然而,元泓刚躺下,就被外面一阵喧嚣声惊醒了。

"怎么了?"她连忙起身问道。

"殿下,是援军来了!"前来通报消息的侍卫声音中带着激动。

好消息来得如此突然,元泓匆匆起床,来到城墙上。

海寇后方隐约发生一阵骚动,由后向前,骚乱范围正在急剧扩大,很快逼近城门方向。白雾依然浓郁,加上夜色掩映,让人看不清楚外面的情形,但杀声震天,惨叫连连,竟是这几日来难得的激烈大战。

"我们是振州兵马,奉命前来查探!"

城外响起热切的呼喊声,城墙内坚守的士兵纷纷动容。

真是援军来了!

元泓立刻派人出城查探。

不久士兵回来禀报:"看旗帜和服饰确实是振州兵马,有两三千人,正在与海寇厮杀,不久便要冲击到城门这边了。"

振州位于灵州南,是距离灵州最近的城池,那里驻扎着一支机动兵马,若是有援军前来,确实应是他们最早赶到。

元泓站在城楼俯瞰,经过大半夜的火弹攻势,浓雾消散了少许,可惜如今正是夜色最深的时候，依然难以看清楚外面的状况。

但是"援军赶到了！正在城外厮杀"这个好消息已经像长了翅膀般飞快地传递出去。

整个城墙上都雀跃起来，形貌怪异的海盗，配合着妖异诡谲的大雾，纵然是面对十倍的敌人亦毫无惧色的西府军也不免心里发虚。尤其民间最近流行的谣言版本已经进化为灵州城全城被这些妖人施法，拖入了黄泉之地，不在大胤地界上了。

此时有援军到来，至少能让这个谣言不攻自破。

军心振奋，立刻有将领请战："末将带一队兵马杀出去，立刻将这帮宵小之徒杀个一干二净，将援军接应进来。"

元泓正要答应，旁边，窦文峰却低声提醒道："殿下，兵不厌诈啊！"

元泓立时醒悟过来，援军早不来晚不来，偏偏在事情出现转机的这一刻出现。

白望舒皱起眉头："从我们开始破解大雾到现在不到两个时辰，海寇再狡诈，也不可能这么快组织起这样大手笔的布局吧？"

这样想也有道理，眼看着援军就要杀到城门口了，这城门开，还是不开？

友军千里迢迢前来支援，自己忍心耽搁，看着他们被屠杀在城墙之下吗？这样不仅不仁，更是对城内民心军心毁灭性的打击。可是一旦有诈，自己贸然开启城门，想要关闭就不是那么容易的事情了。

所有人的目光都聚集到了元泓身上，刹那间她竟然面临人生中无比艰难的抉择。

城楼下方，黄知府的车驾正堪堪停留在城门口。

众目睽睽之下，"知府大人"从车上匆匆下来。

什么，援军来了？突然而至的好消息让"黄知府"激动莫名，几乎是半滚一般冲下车驾。

来不及站稳身形，这位灵州城名义上的最高行政官员扶了扶遮蔽到眉角的官帽，身上厚重的毛领掩住了大半张脸，问道："来了多少人，到哪里了？可将外面的贼寇杀灭了？"

对"知府大人"连珠炮一般的发问，守城军官不得不低下头："回禀大人，据查探，到了两千人左右，是振州的兵马，正在城外与贼寇厮杀，已经逼近城门了。"

"只有两千人啊……""知府大人"的音调里是明显的失望，转而又提高了声

音,"到城门了,赶紧开门接应啊!速速将城门打开。"

守城士兵们一愣,纷纷看向值守的校尉。

"还傻愣着干什么?援军来了!拿我手令,速开城门!"也许是因为激动,"黄知府"的声音带着几分尖锐,鹤氅竖起的毛领遮蔽了大半张脸,却挡不住那颐指气使的姿态。

他一边伸手将腰间悬着的虎符扯下,递给身边的亲兵,一边粗暴地吩咐道:"快去开城门。"

知府大人身边的两位亲兵都是新近提拔的,但知府对他们极为信任看重,日常出入,尤其是接近战场,都带在身边。城门处的将士也都认识他们,知道这两位其实是城西广胜寺的大师。

对黄知府这种神神道道的行为,虽然有人私底下嘲笑,但无人敢当面指出。

守城校尉的目光落在金光灿灿的虎符上,确实是虎符,这兵符分为两半,分别掌握在永安王元泓和灵州知府手中,紧急时刻可调派城中兵马,连西府军都要受其节制。

"这……知府大人,还得取来永安王殿下手中那一半,方可打开城门啊。"校尉犹豫着。

"城外援军浴血奋战,军情如火情,岂能耽搁?快开城门!王爷便是在这儿,也会让你们赶紧开门。"

"快开城门,我们是振州团练使王宏的麾下!"外面传来急促的叫喊声,援军终于抵达城门了。

"黄知府"的吩咐很有道理,但校尉依然犹豫:"这……王爷就在城楼上,不如下官这就派人去取。"

"黄知府"勃然大怒:"什么都要请教,难道我堂堂府尊,理政多年,还比不得一个黄口小儿?"

众人无不大惊,黄知府真是气糊涂了,竟然当着这么多人的面对永安王出言不逊。

"知府"身边的两位大师亲兵倒极为尽职,见主人生气了,立刻上前,一把揽住守城校尉的肩膀,打圆场般笑道:"我们大人吩咐了,王爷难道还会责怪不成?"

那守城校尉毫无防备,正要推托,突然感觉胸口一凉,旋即身体僵硬起来。

两个大师亲兵与他勾肩搭背,外人看来,只看到校尉僵硬着身子,似乎在抗拒着对方的拉扯。无人注意,校尉胸口,深红的血迹正在纯黑的衣服上洇开。

"黄知府"火冒三丈，冲上去就是一巴掌："你是什么东西，也敢耽误军情？本官这就上奏朝廷，将你革职查办。"

这黄知府平日里还端着读书人的架子，行事颇为文雅有度，面临战事，这些天却越发暴躁了，连军中将官都随意辱骂，如今更是一把攥住校尉的衣领，瞪着对方。

似乎是近距离感受到"知府大人"的压迫，校尉无奈地垂着头，但周围士兵都清晰地听到他的声音，那是一句："下官遵命，开城门吧。"

数百名士兵驻守在城门前，隔着重重迷雾，看着这场无奈又滑稽的闹剧，好在这场闹剧持续的时间很短。

虽然声音充满了憋屈无奈，但既然校尉发话了，便是不可违背的军令。

一切都笼罩在迷雾之中，在两个大师亲兵的拉扯下，校尉肢体僵硬地退避在一边站着，所有人的注意力都集中在了城门上。

八名军中力士上前，齐齐发力，厚重的铁门发出沉闷的声音，封闭了数日的城门终于缓缓开启。

如同打开了地狱之门，刹那间，喊杀声、惨叫声，伴着浓郁的血腥味传入门内。

紧接着数匹快马如利箭一般冲入城门。

是振州兵马的铠甲，守城的士兵松了一口气。

眼看着数百名振州兵马冲入城内，后面是进逼的海寇，衔尾追杀，直冲城门扑杀过来。

开门的力士估摸着振州兵马差不多都入城了，该关门了，不然后面的海寇也要冲进来了。可是怎么还没有听到关门的命令呢？他疑惑地转过头，招呼他的却是一道冷冷的光芒。刀光迎面落下，溅起猩红的血。

很久之后，元泓回想起灵州城破的那一幕，还是感觉不可思议。

城外伪装援军，互相厮杀，城内谋害知府，盗取虎符，里应外合，冲入城内。操作精妙，其中关键，全系于一人之手，这种如同走钢丝一般的布局竟然能够成功？

那时候，元泓刚刚下令让一名熟悉振州兵马的将官带着一队兵马去接应援军，顺便试探其真伪。然而队伍还没有出发，就听到了城门开启的消息。

元泓大惊，黄知府怎么会如此冒失？不联络自己，便擅自打开城门。她匆匆下楼，就看到了城内乱起的那一幕，变生肘腋，猝不及防。

窦文峰反应及时，立刻带着兵马下去协助城防，围剿贼寇。

那些冲入城中的贼寇悍不畏死，尤其伪装成振州兵马的骑兵，一个个杀红了眼，毫无惧色。

"殿下，这里危险，我先带殿下退回到王府。"白望舒要护着元泓后退。

"若城门失守，王府又岂会安全？"元泓断然反驳。

城外杀声震天，无数海寇蜂拥而至，在沉寂了多日之后，这些丧心病狂的海盗开展了头一次也是最后一次的全面总攻。

他们都知道，今天就是最后的决战了。

纵然海寇凶猛如饿狼，窦文峰指挥的上千名精锐士兵，仍然将冲入城中的贼寇堵在门口，誓要将他们围拢剿灭。

站在城楼下的阴影里，元泓紧张地看着眼前的战局。

城门无法关闭，贼寇还在源源不断地涌进来，但城中坚守的士兵没有任何人退让，这是最后一道防线，身后就是家园和族人，不容丝毫败退。

转眼之间，鲜血和尸体散在视野的每一个角落。

城外响起巨大的轰鸣声，是海寇们将投石机从船上搬了下来，他们正在加紧攻城。

元泓转身吩咐白望舒："你也带着侍卫们上城楼支援，不可让城头失守。"精锐兵马都在城门口围剿入城的贼寇，城头上防卫力量严重不足。危急时刻，每一分力量都很宝贵，不能闲置浪费在自己身边。

见白望舒犹豫，元泓着急地说道："只要城墙不破，我自然安全无忧。"

白望舒万般无奈，只得留下十几个最精锐的护卫在元泓身边，亲自上楼指挥防卫。

今晚就是决战了，城墙千万不能失守，还有烧制热铁的炉灶也不能熄火，只要过了今夜，便可反败为胜。

想必贼寇也是知晓这一点，才铤而走险，元泓紧握双拳，双目赤红。

城门前双方僵持，杀声震天，血流满地，战争的残酷正血淋淋地展现在元泓面前。

杀入城内的骑兵左冲右突，也无法冲破窦文峰的包围圈。

元泓正看得紧张，突然余光瞥见后方一辆马车正在挪动。

是黄知府！

他正瑟瑟缩缩地爬上马车，试图逃离这个地方。元泓看得火冒三丈，三步并作两步冲上去："黄知府要去哪里？"

"黄知府"被吓得一哆嗦，他勉强转过身来，发冠衣衫散乱，脸上血迹斑斑，不知道的还以为他刚刚奋勇杀敌去了呢。

"殿下听微臣说，其实刚才……"

"你擅开城门，如今满城将士都在浴血奋战，不留在这里与众将士共存亡，难道要逃走吗？"

"这，下官正是要回府去调动家丁，来协助守城啊！""黄知府"颤声道。

调动家丁，元泓脑中一闪，对了，府衙还有一些衙役可以一用，这家伙倒是提醒了她。低头看去，元泓正对上"黄知府"的目光。

澄澈剔透，目若朗星，黄知府有这么好看的一双眼睛吗？

元泓心头突然闪过一丝疑惑，这点儿疑惑表现在脸上，对面的"黄知府"猛地低下头。

"你……"元泓一句话还没说完，"黄知府"突然拉住了她的手腕。

"殿下不如也跟着下官一起回去，王府中、衙门里面都还有不少兵丁护卫，不如一起调来协助守卫城门，须知天下兴亡，匹夫有责啊。"

元泓勃然作色，正要说话，突然手臂一阵酸软，她竟然不由自主地被拉上了马车。

她又惊又怒，却见对方出手快如闪电，拂过了她的喉咙。刹那间她只觉喉头一紧，张口竟然无法发声了。

元泓大惊失色，一句"你是谁？"在喉咙中反复徘徊，却无法吐出。她一边挣扎着目光一边扫在旁边的小桌上，身体瞬间僵硬了。

桌上整齐地摆着杯盏果酒，而桌子之下的软垫上，一具尸体正放置在那里，外衣被扒光，只穿着素绢中衣。

黄知府圆瞪着的双眼里充满了不甘和疑惑，却永远无法将这些疑惑问出口了。

这个是黄知府，那眼前说话的人是谁？

元泓惊恐地转头望去，"黄知府"正低头看她，眉眼盈盈，满是笑意。

然后他转过头，冲着窗口说道："既然如此，孤就同你一起回去，速速调齐人手，前来支援。能守住城门，也算你将功折罪……"

元泓惊得魂飞魄散，他口中吐出的，竟然是自己的声音。

"殿下高瞻远瞩，英明果断……"一堆拍马屁的话从"黄知府"口中吐出，声音又变成了实打实的知府大人。

元泓忍不住转过视线，落到身边的软垫上，黄知府的尸体正摆在那里。

你是张天珩！如果能够说话，她必然要将这句话用最大的声音喊出来，可是，她无法说出，实际上，她甚至连转头这样简单的动作都无法完成，全身上下唯一能动的地方就是眼珠了。

腰上一轻，张天珩将她扶了起来，揽在怀中，然后举起她的一只手，掀开车帘。

"孤先跟黄知府走一趟衙门，你们都立刻去城门支援，不必跟上了。"车驾内的永安王急促地吩咐随身的侍卫。

浓雾和夜色是最好的掩护，车外的侍卫只见到自家王爷半掀车帘，露出熟悉的容颜，匆匆吩咐了一句，就转头呵斥黄知府："赶紧行动，还愣着干什么？"

车外的侍卫们一阵犹豫，但王爷有令，而且调集衙役协助守城也是一件好事。

最终，侍卫副统领韦庚带着一半人手跟上了车驾，其余人转而去支援城防。

马车里，张天珩低笑一声，扶着元泓躺倒在软垫上。

对上元泓充满愤怒和惊惧的目光，他俯下身，在元泓耳边低声笑道："殿下这样的目光，真是让人心生怜惜啊。"

近距离看起来，他的伪装其实很粗糙，只是将肤色涂黄，眉梢画浓，粘上了两撇小胡子罢了，与裴正源精巧的人皮面具相比有天壤之别，但他依靠帽子和衣服的遮掩，配合惟妙惟肖的声音，然而再加上浓雾和夜色的掩护，竟然在众目睽睽之下完成了这样偷天换日的举动。

为了伪装，他在脸上涂了黑灰和鲜血，凑得近了，浓重的血腥味扑鼻而来。

想到这个人将要引发的血雨腥风，元泓心急如焚，全身颤抖，却无法动弹。

这家伙先扮成黄知府骗开城门，紧接着又挟持自己。看着芝兰玉树般的人物，竟然是海寇的奸细，可恨自己和白望舒都看走了眼！

马车在空无一人的街市上疾驰而过，眼看着就要到知府衙门了。

元泓一颗心悬得高高的。

怎么办？府衙里的人对黄知府更熟悉，他不可能隐瞒太久，一旦露馅，他要下手杀害自己，还是将自己当作人质，冲出包围圈？

然而，她还是低估了眼前这个家伙的大胆和狠毒。

马车拐入一条巷子，眼看着前面就是府衙了，她感觉自己又一次被扶起来，凑近窗口。然后听见对方用自己的声音说道："韦庚，你过来。"

第三章 一个人的战争

侍卫副统领韦庚毫无防备之意，探头问道："殿下有何吩咐？"

"你先去府衙传令……"

殿下的声音越来越小，韦庚不得不凑近了些，同时疑惑地瞟了一眼车内。就是这一眼，救了他的性命。

"咦，殿下怎么会跟黄知府坐得这么近，如此亲昵……"

疑惑闪过脑海，他本能地警惕，同时感觉胸口一凉。

生死线上来回的经验让他瞬间闪身后退，踉跄着倒在地上，才觉胸口剧痛，竟然被人一剑刺中心房。

鲜血从胸口涌出，同时传来一声厉喝："内中有诈，保护殿下，黄知府是刺客！"

车厢里，元泓听见身后传来一声叹息。

张天珩苦笑着摇头，本想着先杀了这个武功最高的大敌，其他人收拾起来就简单了，没想到此人如此警惕。

一声令下，王府侍卫顿时警惕起来，七八个人分散开，将马车团团包围。

而黄知府车队的护卫惊慌失措地看着眼前这一幕，完全不知道发生了什么。

马车里传来黄知府的声音："永安王试图谋反，勾结城外海寇，被本官发现线索，尔等赶紧拿起兵器，杀灭了这些反贼，护着本官逃出灵州城，必有重赏！"

这家伙还挺能编的啊！元泓愤怒地瞪了他一眼。

知府车队的护卫有十几个，但都是普通高手，比起元泓身边千挑万选的精锐部下差得远了。众人面面相觑，无人敢动手。而且勾结海寇这种事儿，谁不知道永安王在位的时候就是以剿灭海寇闻名的，还篡位？人家要是想篡位，用得着将皇位禅让吗？

韦庚在属下的扶持下站起身来，果断命令道："尔等不知此事者，先退后，大家将车队包围。"

十几个护卫犹豫了一阵，纷纷后退。

韦庚松了一口气，带着手下缓步向车厢围拢。

"这个剧本似乎不太受欢迎啊。"车厢里，张天珩摸着下巴，瞟了一眼元泓，"那么，来点儿更激烈的怎么样？"

"王爷在我手里，你们再敢靠近一步，我可就要不客气了。"

紧接着车厢里一声惨叫，一件东西被"黄知府"从车厢里扔出来，骨碌碌滚到了

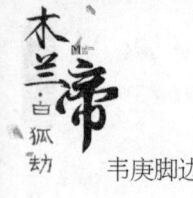

韦庚脚边。

韦庚低头一看，那竟是一枚小手指头。

韦庚霎时间目眦欲裂，全身冰冷。这狗贼，竟然胆敢伤害殿下躯体，简直千刀万剐都不足以雪恨！

"他不是……"

车厢里传来元泓的喊声，紧接着声音一顿，便消失了。

元泓扑倒在车厢里，喉咙又痛又痒，却苦于无法动弹，只能怒视张天珩。

刚才这狗贼刚解开了自己的哑穴，紧接着在自己腰上狠狠拧了一把，趁着她惨叫出声的时候，挥刀切断了车厢另一头黄知府的一根手指，扔了出去。

她想要趁机喊一声他不是黄知府，却立刻被张天珩再一次点中了穴道。

元泓这辈子都没有这么憋屈过，胸口的愤怒如果能化为火焰，早将眼前一切焚烧殆尽了。

"殿下不必这样看着我，唉，若不是高声尖叫嗓音会有变化，我自己就能叫了，何必劳动殿下金口。"张天珩耸耸肩，低声笑道。

然后转头对着窗外，继续用黄知府的声音道："诸位不想让殿下的手指继续减少的话，就立刻后退。"

韦庚挥手止住进逼的侍卫，强压下怒火："黄大人，你也是堂堂朝廷命官，这是想要谋反吗？"

"后退，让马车继续前进！"车厢里传来"黄知府"的吩咐。

马车飞快地在官道上奔驰起来。韦庚示意一名侍卫返回城门通报白望舒，同时自己带着人跟上马车。

车速越来越快，颠簸得人骨头都要散架了。

从车窗的缝隙，元泓能看到黑暗渐渐消退，隐约有白光绽放在天际。

马上要天亮了，外面的风声越来越大，是到了海边吗？

张天珩神态悠然，遥望着天际那一抹光芒，一抹亮色攀上了他的眼眸。

"死心吧，再往前是绝路。这附近都被包围了，将王爷放下，你还能求一条活路。你府中家人已经全部下狱，纵然不为自身的功名官爵着想，也要想想他们吧？"

元泓被困在车厢里，一脸无奈。韦庚的劝说有理有据，奈何重点完全偏移，眼前之人压根儿就不是黄知府，也就没有什么家人，前途学问都是浮云啊。

"海寇已经全部败退伏诛！陆将军大军返回，城外的战事很快就要结束了。你身为朝廷命官，还不醒悟吗？"韦庚继续劝说。

陆天祈回来了！被囚禁在车内的元泓如闻仙乐，刹那间感觉整个天空都明亮了，什么海寇，什么鬼雾，统统灰飞烟灭。

张天珩低头深深地看了她一眼："这样的消息，一定让殿下很欢喜吧。"

他的声音很冷，眼神更冷，但就算再冷十倍，也挡不住元泓雀跃的心情，虽然无法动弹，但她的眼神明明白白昭示了喜悦的情绪。

刺耳的摩擦声传来，马车一颤，停了下来。

张天珩冷哼一声，伸手从车厢底下抽出一物，然后一脚踹开车门。

他就这样简单地下了马车？

透过敞开的车门，元泓万分惊诧地看向车外。怪石嶙峋，山崖陡峭，一片苍茫中，一栋绝世名楼卓然而立。

是锦鲤舸！

这里是灵州城最北边的悬崖，下面就是大海，前面是一片绝路啊！这张天珩是要自尽吗？

韦庚眼睁睁看着车门打开，然后一个纤瘦的身影出现在车门口。

就这么简单地出来了？韦庚以及跟了一路的众侍卫有些诧异，这是要缴械投降了吗？

天边泛起白光，黑暗在迅速退去。纵然海雾未全部消散，但以韦庚的目力很快发现了不对。

"你……你不是黄知府！你是谁？"

低沉的笑声响起："真是啰唆的家伙。"

然后，一道圆润的白光划过，那一瞬的刀光，竟然比天际透出的曙光更加耀眼。

这是元泓第一次看见张天珩杀人。

飞溅的血滴落到了车内，落到了她的面颊上。

与他对战的几个侍卫都是一等一的高手，虽然因为顾及车内的永安王，他们不敢用暗器长枪等物，但这样的武功也足以让人惊叹了。

虽然张天珩重伤了侍卫，但……元泓的目光忍不住落在张天珩的腹部，刺眼的鲜红血液正在他的衣服上洇开，像一朵凄艳的花，正从那个人身上灼然盛开。

那是他腹部的旧伤，当初为了将落难公子的身份装得更像，那一剑可是实打实的重伤。

韦庚看得皱眉，立刻指挥侍卫将伤者替换下来，同时自己压下伤势，拔剑上前，想要救出元泓，却被两个车夫横剑拦下。

这两个车夫正是之前黄知府一手提拔的两位大师亲兵。

两个跟在黄知府身后只能当摆设的，没有任何人注意到的人，如今看来，竟然也是早已潜入城中的卧底。

元泓再一次感叹张天珩谋划之周全，灵州城府衙之中，连仆役都要彻查三代，海寇的人，极难混入其中。而这帮人应该是提前想到了大雾锁城之后，灵州城的贵人在恐慌之下会找寺庙神佛求助，所以提前混入，等待着这一刻的到来。果然，这两位大师顺利潜入黄知府身边。

两个人的武功也不弱，而韦庚本就负伤在身，一时间竟然无可奈何。

混乱的交手只持续了片刻，突然，一道银光闪过，如横穿天际的闪电，带着刺耳的呼啸声，直冲张天珩面门而来。

张元珩一剑逼退缠斗的侍卫，挥剑格挡。

"叮"的一声脆响，飞射而来的箭矢被他格挡得偏移了方向，却不失力道，最终钉入马车横栏上，尾羽颤动。

张天珩后退两步，才站稳了身形，还不忘回头瞥了元泓一眼，笑道："硬茬子来了。"

然后他一剑逼退周围众人，收势后退，同时手臂一揽，将元泓从马车里拖了出来。

骤然出了车厢，元泓的视线顿时开阔起来。是的，援军终于赶到了！白望舒带着上百名侍卫，出现在山道尽头。

看着持弓上箭，紧紧锁定自己的白望舒，张天珩将元泓挡在身前，一边向东边缓步退走，一边调笑道："哎呀，白统领，不怕误伤了你们家殿下吗？"

白望舒脸色铁青，望向他的眼神几乎能凝结出冰雪来。

"将人放了，你还能选择一下死法。"

喂，这是劝降的态度吗？元泓忍不住在心里吐槽，恐怕自家望舒是真的气疯了。

张天珩目光闪烁："那我选择同永安王殿下一起殉情而死，白统领认为如何？"

这个疯子！元泓被他的手臂钳制住喉咙，几乎窒息，她只能跟着他的步伐逐渐向悬崖边挪移。

白望舒目光收紧，绷得紧紧的弓弦对准张天珩的头颅。偏偏张天珩用元泓挡在他身前，非常小心地变换着位置，纵然利箭再快，也不及他的动作。

这王八蛋！元泓被禁锢在他怀中，白望舒在心里把这家伙的祖宗十八代都问候了个遍。

站在悬崖边上，元泓感受到凛冽的海风穿过，鼻端尽是浓郁的血腥气。

这家伙不会真的要跳崖自尽吧？这悬崖底下巨浪滔天，怪石嶙峋，不摔死也要被淹死的！

"你有什么条件？"白望舒咬牙切齿，语气软了下来，弓箭却一直没有放松。

元泓毫不怀疑，只要身后的人有一瞬间的松懈，就要被一箭穿喉。

钳制在她喉咙上的手臂逐渐变得冰冷，是失血过多所致，再拖延下去，不用侍卫动手，这个人也必死无疑了。

她听到身后的人低低笑了一声："条件啊！在我们的国家，失败的人是无颜回去见大家的，所以……"

张天珩一句话还没说完，元泓耳边只剩下了海风狂乱的呼啸，还有前面近乎凄厉的惊叫声。

视线的尽头，是一道银白的光芒穿过湛蓝的天空。

那是白望舒落空的箭矢，在毫无雾气弥漫的蓝天下真是美啊！好像一只疾飞的白鸟。最后一眼，元泓脑中竟然浮起这样诡异的赞叹。

而后失重的感觉笼罩她全身，她从悬崖上跌落，身后那个人还在紧紧抱着自己。

下落的间隙，她感到身体一顿，仿佛有什么减缓了下坠的势头，却无法完全拦住。最终，只是一瞬间，却像是一辈子那么漫长，她耳边轰然一声巨响。

巨大的冲击力袭来，她整个人昏迷了过去。

我不要跟他殉情啊！

这浑蛋，真从悬崖上跳下去了！

第四章 Mulan Di 孤帆远影 碧空尽

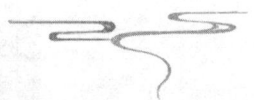

  不知道昏迷了多久，元泓稍微恢复了精神，脑袋像是要炸开一样难受，记忆如潮水般涌上来，入侵的海寇，诡异的大雾，假扮成黄知府的海寇奸细……那个浑蛋张天珩，他挟持着她从悬崖上跳下去了！

  想到昏迷前的最后一幕，元泓瞬间绷紧了身体，旋即强迫自己慢慢放松，同时，天生的警惕让她没有立刻睁开眼睛，而是侧耳聆听周围。

  有一个呼吸声！

  她没死！那她现在是在哪里？被白望舒救回王府了吗？还是依然被张天珩钳制？在王府不可能只有一个呼吸声，光侍女和医官就要塞满半个屋子的。

  又等了许久，正在她忍耐不住想要睁开眼睛看一看四周的时候，一个推门的声音响起。

  "怎么样，醒过来了吗？"声音清脆，介于年轻的男子和男孩之间。

  "还没有。竺大人，公子那边怎么样？"守在房内的人回道，这个声音更年轻，而且带着一丝莫名的熟悉，好像在哪里听过一样。

  被叫竺大人的男子道："公子已经醒过来了，正在上药，所以派我过来问一问这边。"

  他们口中的公子，应该就是张天珩吧？元泓闭着眼睛，一边控制呼吸，一边想着。

  窸窸窣窣的杂音响起，是年长的那个人走到床边，似乎正在低头观察自己，声音从她头顶上传来："小葵，你说他不会是死了吧？"

  "别瞎说，公子可是很关注此人的。"叫小葵的少年连忙道，"不过公子也太大意了，这位殿下武功薄弱，怎么可能跟他一样从那么高的地方跳下来还没事呢！昏迷到现在，可别……唉……"

"武功这么差劲，怎么会是公子的对手呢？"竺岛普摸着下巴凑到床边，仔细打量着元泓，啧啧称奇，"除了长得不错，好像并没有三头六臂呢，这次公子惨败而归，多年筹谋毁于一旦，听说都是拜此人所赐。"

"也许是手下有厉害的大将军吧。"小葵摸着脑袋说道，"听说大胤朝的将军都很厉害，像陆天祈……"

"有这样厉害的高手吗？改天我一定要会会。将来这东海之上，一定广泛传扬着我竺岛普的大名。"

喂，说大话也该有点儿分寸吧？元泓无语地继续躺着。

"其实这位亲王殿下为人还挺不错的，每次我去奉茶，都会说谢谢呢。"小葵继续道。

一句话勾起了元泓潜藏的记忆，难怪这个人声音这样熟悉，不就是之前她经常去的锦鲤舸给她端茶送水讨要赏钱的清秀小厮吗？

那个表演《海龙东征记》的木偶剧组，难道……

震惊之下，元泓的气息顿时失控。

"咦，好像要醒了呢。"竺岛普立刻惊呼一声。

元泓无奈，只好伪装成刚刚醒来的样子，颤动眼帘，睁开双眼。

目光扫过，眼前是一间狭窄的木屋。之前元泓养尊处优，就没见过比这更窄的房子。

房间里只有一张床榻，就在自己身下，而床前狭窄的空间里，站着两个年轻人。

一个是看着十二三岁模样的少年，果然是之前在锦鲤舸见过的小厮。另一个比他大不了多少，眉目俊秀，神采飞扬，就是竺岛普了。

三个人大眼瞪小眼，半晌，竺岛普才惊叫一声："哎呀，我得赶紧去告诉公子。"然后转身拉开门，"咻溜"一下不见了。

元泓从床上下来，眩晕感让她险些跌倒在地上。小葵连忙上前扶住她，却被她一把推开。

头痛，还有好憋闷的感觉！

抬头看见床头上有一个窗户，元泓忍不住凑上前，想要打开。

"呃，大人，您不能开啊！"身后小葵手忙脚乱地试图阻止她。

元泓毫不理会，这窗户好硬啊，蓝色的窗纸倒是弄得挺漂亮。

此时,身后忽然传来熟悉的声音:"永安王殿下这是一醒过来就要与我们同归于尽吗?"

一听到这声音元泓就有想要暴走的冲动,她转过头,视线尽头,那张让人无比痛恨的脸出现在门口。

张天珩的肩膀倚着门框,双手抱臂,含笑凝视元泓。他胸口缠满了洁白的绷带,肩头披着一件淡青色的外套,更衬出腰身纤细,宛如青竹。

"公子,您伤势还没好呢,不能乱走。"一个面容秀逸、身穿紫衣的年轻男子跟在他后面,无奈地按住额头。

张天珩无所谓地耸耸肩:"正好你过来了,先替贵客看一看,有没有跌坏了脑袋。"

"我很好,没问题。"元泓咬牙切齿地道。

"脑筋没问题怎么会想着开窗户呢?"张天珩瞟了一眼窗外,"难道真的想要跟我殉情吗?"

元泓的目光落到窗户外面,明澈的蓝色带着流动的光晕,不,它本来就是流动的!窗外的景象再加上这样狭窄的房间,狭窄的窗户……

"这是在水底?这是一艘潜水的白鱼服?"她忍不住失声惊叫。

白鱼服是之前东海三大寇之一青麟公所拥有的秘密武器。能够潜深水,在海战中能让敌人防不胜防,青麟公正是依仗此物,迅速扩大势力,成为三大寇之一。

当然,白鱼服的原始设计其实出自津川李氏的大小姐李绮年,那个险些成为元泓皇后的女子之手。李家以此天工巧物暗中勾结狄人,共同经营起青麟公这一庞大的秘密势力,并意图谋反,最终以失败而告终。

剿灭叛党之后,李绮年归顺朝廷,将白鱼服的制作图纸呈了上来。西府水军也开始研制这种水中快艇,就在前月刚刚制成了第一批。元泓还兴致勃勃地前去参观,并亲自下水试验呢。

白鱼服这种神兵利器,除了西府水军之外,普天之下也就只有青麟公的势力能掌握了。

这些人果然是狄人势力、青麟公的余党吗?

现在是在水底下!意识到这一点,元泓暂且按下纷乱的心思。

那个气度温文尔雅的年轻人上前,为元泓诊脉,片刻之后,笑道:"这位尊贵的殿下并没有什么大碍，只是下落时冲击力太大，头部短暂受震，静养几日便可恢复。"

"是我考虑不周，让殿下受苦了。"张天珩微微笑着，看着却万分可恶。

元泓有心讽刺，没等她开口，另一个人却没好气地道："你是有心无力，不然怎能连自己的腿都撞断了！"对自己的主公，眼前这位医官反而没有那么好脾气了。

撞断腿？元泓的目光落到他的腿上。

仔细回想从悬崖跌落的过程，是这家伙不断借助岩石，跃动减速，所以才能支撑着两个人没有摔死在水面上吧？这样单薄的身体竟然有如此巨大的力量。

"好了，贵客也看过了，该回去医治伤口了吧？"医官无奈地催促道，"你之前就不应该动手，伤口都裂开了，还想不想要性命了？"

"不正是为了保命才动手的吗？"张天珩无奈地叹气，"不杀一场，我要死掉的，活活憋闷死，你想看见我这样可笑的死法吗？"

筹谋了足足两年，调动无数人力物力财力，转眼之间，却如水上浮沫一般破灭……躲藏在马车里的那段时间，天知道他需要多大的忍耐力才能强压下拔刀出去杀一顿的冲动。

直到逃到悬崖上的那一刻，眼见生路就在前方，他终于可以有片刻的放纵，所以他任性地下了马车，与追逐一路的侍卫拔刀相向。

眼见着鲜血飞溅在眼前，才感觉自己胸口几乎要炸裂的憋闷缓解了少许。

这样短暂的任性，换来的后果就是被白望舒带着援军追到，一箭破空。他狼狈地带着最后的资本跳崖逃生。

一身伤痛，腿部骨折，幸好撑到了悬崖海下白鱼服潜藏的地方，他才死里逃生。

回到船上，多处伤患齐齐爆发，他险些一条性命丢在这里，而身体的伤痛远远不及心头的折磨。实际上，他宁愿再受十次这样的伤痛，只要能换来之前计划的成功。

"这又不是你的错，终究还是二公子那边出了纰漏。"医官迟疑道。

"活着的人总是要承担更多的责任，不是吗？"张天珩耸耸肩。

医官叹了口气："千里迢迢，渡海远征，落得船毁人亡、折戟沉沙的下场，朝中只怕艰难。"

元泓站在房内，听着两个人议论，脑中瞬间灵光闪过。

"你们不是北狄之人！"

张天珩抬起头来，笑得万分可恶："当然，在下来自东瀛啊。哦，还忘了向殿下介绍，在下神天珩，为东瀛北部神天家族第三子。"

元泓脑中轰然一声，东瀛！这帮该死的盗匪，之前种种线索或明或暗地指向北狄，他们是故意的……

也许是难得扳回了一局，张天珩神情中满是得意与嘲讽："本以为殿下料事如神呢，原来也有想不到的地方。"

元泓沉着脸："当然意外了，东瀛蕞尔小国，蛮邦势力，也妄想吞天食日，犯我天威，真是不自量力。"

"请殿下慎言，如今您可正在蕞尔小国、蛮邦势力的船上，而不是在灵州城的永安王府。"张天珩淡然道。

"狼狈的丧家之犬的船上吗？果然充满了败军之将的狭隘气息。"

"请殿下收敛口舌，怜悯一个输得无比凄惨的赌徒的心情，毕竟连本带利都折进去的滋味不好受，实际上这是在下这辈子最大的一次失败了。"

"哦，你这样年轻，说这辈子还太早了。"元泓笑眯眯地回了一句，"放心吧，以后会让你输得更难看。"

"人为刀俎，我为鱼肉。请殿下掂酌一下自己的处境。"张天珩语气转冷，眼中也浮起寒意，"鱼肉虽然是天下难得一见的珍馐，但太过不听话，也只能惩戒一番了。"

元泓的话真将此人激怒了，他连这样毫无风度的威胁之语也说了出来。

医官头痛地按住额头，上前打圆场："请两位息怒吧。船上条件简陋，委屈殿下了，请殿下暂且忍耐几日，抵达陆地便可欣赏我东瀛的秀丽风光了。"

元泓见好就收，笑道："东瀛的风光我倾慕已久，今次去玩赏一趟也不错。不过你家公子病得不轻，可要好好休养了。"

"多谢殿下体谅。"医官苦笑一声，拉着张天珩离开了。

在船上不分日夜，连时间长短都没有了概念。元泓只觉得日子过得浑浑噩噩，从众人的谈话中，她才知道已经行走了整整两天一夜了，再加上之前自己昏迷的一整天，这样继续走下去，陆天祈他们想要找她只会越来越难。

她与张天珩一起坠落悬崖，陆天祈他们找不到尸首，必定明白自己已经被人带走了。海寇已经清剿干净，只怕这几日他们正在周边海域寻找自己。但白鱼服行踪隐秘，根本无迹可寻。

不能再等了，必须尽快自救！

船上众人对她这个"贵宾"还算礼遇，没有限制她的人身自由，只是她去任何地方，都有一个小尾巴。

那个叫小葵的孩子，几乎寸步不离地跟着她，还有几次险些害得她女儿身的秘密暴露。

几天的时间里，元泓在船上四处走动，也逐渐摸清了船上的人员分布和房间排列。

船上如今有十几个人，大多数都算眼熟，就是之前在锦鲤舸表演的评书团，想当初，元泓可没少捧场，也因为这个，众人对元泓还算客气，当然，张天珩除外。不过这几天他伤势加重，被大夫拘束在房间里不得外出，所以如今船上指挥众人的便是那位清秀俊雅的大夫。

大夫名叫楚仪，据说也是东瀛名门望族之后，为人聪慧，颇有才名，年轻时家门巨变，亲眷凋零，他便弃文经商，慧眼如炬盯上了与大胤的生意，冒险出海几次，很快集聚起巨额的财富。

一个没落小贵族迅速暴富，如小儿持金过市，难免引来各方势力觊觎。他机智地投靠了神天家族的三公子神天珩，也就是张天珩。

在三公子的门客中，他很快脱颖而出。他不仅擅长经商，还精通医术，甚至连文采都十分出众。新版《海龙东征记》就是出自他之手，这让元泓大为惊讶，遥想自己之前动过见一见作者的念头，更加心情复杂。

"通过民间话本来制造谣言，便于攻城的时候散播恐怖气氛，是先生想到的计谋吗？"这天晚上，在餐室里遇到了楚仪，元泓兴致勃勃地问起了《海龙东征记》的细节。

"哈，整个战略构思是三公子提出的，在下只是在微末小节上略作补充，让殿下见笑了。"楚仪言辞客气。

"先生真是才华高绝。之前我光顾锦鲤舸多次，曾经想过一见作者，可惜缘悭一面。"

楚仪笑道："能被殿下看重，是在下的荣幸。如今殿下得偿所愿，也是机缘。"

真是滴水不漏之人啊！

元泓干脆直抒胸臆："听说先生多年来一直在我大胤经商，连名字都改成了中原人的名字,而家中族人早已没落,何不就此落脚灵州城?繁华之地,总比蛮夷之地要强吧?"

如此赤裸裸的策反和挖墙脚,后面帮她取食物的小葵忍不住瞪着她。

楚仪微微抬手,阻止小葵开口,笑道:"能得殿下招揽,万分荣幸,只是人如草木,终有根系,故土难舍,旧情难断。贵国的读书人不也最看重落叶归根吗?"

元泓失望地点点头,叹道:"先生念情,让人佩服。看来想要让先生归服,需得先将东瀛之地变为我大胤国泽啊。"

楚仪一怔。

元泓继续笑道:"待有朝一日东瀛之地变为我大胤属国,想必先生就不会拒绝本王的招揽了吧?"

楚仪还没有开口,两个人身后传来一声嗤笑:"大胤朝的皇族,都这样喜欢白日做梦吗?"

是竺岛普过来取张天珩的汤药,听见元泓在此高谈阔论,忍不住出言讥笑。

输人不输阵,元泓看了他一眼,冷笑道:"论白日做梦,痴心妄想的功夫,哪里及得上你们三公子?竟然妄图以数万海寇残兵,攻下我大胤城池。如今事情败露,已成丧家之犬,却还不肯摇尾乞怜。"

这番话骂得极恶毒,连楚仪都愣住了。竺岛普更是气得跳脚:"你……"

"以楚先生的聪慧,应该不会认为天下间只允许你们攻伐别人吧?"元泓没有理会身后气急败坏的竺岛普,目光落在楚仪脸上,笑盈盈道,"我大胤国力强盛,没有白白受人欺凌的道理。此次战事,一旦被朝廷查明,必定点浩荡大军,渡海来攻,兵临城下,指日可待。"

竺岛普跳着脚要反驳,突然楚仪抬起头瞥了他一眼,淡然吩咐道:"公子的药快凉了,阿普你赶紧送去吧。"

楚仪在张天珩麾下身份特殊,竺岛普一脸憋屈,却不敢违逆,只能老老实实转头离开。

"殿下身份贵重,何必与我等贫陋下人做口舌之争呢?"将竺岛普打发走,楚仪对元泓的态度依然恭谨。

"说的也是,在我大胤,冒犯贵客的奴仆,都是直接拖出去打死,断不会让贵客看着烦心的。"元泓冷着脸。

竺岛普正走到拐角处,闻言一个趔趄,气得险些将药扔了,回头跟元泓吵架。

第四章 孤帆远影碧空尽

"一个俘虏而已，摆什么贵客架子……"

白鱼服内空间狭小，细微的抱怨声沿着狭长的通道传入元泓耳中。元泓脸上寒意更甚，几乎要落下冰来。

楚仪无奈地叹了一口气，温声道："在下知晓此番轻启战端，所用计谋狠毒，再加上如今受制于人，殿下心中愤怒，无处发泄。其实，殿下之前说得没错，大胤天朝上国，国力强盛，如日中天，而我神天一族不过是东瀛地方势力之一，荧烛之光与日月争辉，只好用些狠毒计谋，弥补实力的差距。倘若也能挥军百万，横渡海上，自然会堂堂正正，与君决战东海，惊涛骇浪中一定成败。

"哈，若说让殿下体谅我等，那是太过狂妄。只是还请殿下体谅如今自己伤势未曾痊愈，不要太过纠结已经发生的事情。"

他看了一眼小葵手上托着的餐盘，笑道："这几日饮食简陋，委屈殿下了。好在船上的冰镇酸梅汤味道还不错，就请殿下慢慢品尝，我等先告退了。"

言毕，楚仪微微躬身，告辞离开，同时体贴地让小葵也退了出去，留给元泓一个冷静的空间。

此人风采卓然，言辞文雅，一番话入情入理，虽然是敌人，元泓都要忍不住拍手叫好了。

她摸了摸鼻子，脾气大还是有好处的。唉，不管了，目的总算达到了。

餐室内空无一人，门外响起规律的脚步声，是小葵在外面等候，正在无聊地来回走动着。

元泓迅速端起那碗酸梅汤，蹑手蹑脚地来到餐室东侧。那里有一处圆润光洁的硬木管道，头部铁皮镶嵌，中间是一个拳头大小的洞，覆盖着细密的金丝网，这是餐室的通风管道。

元泓用筷子狠狠地撬动铁皮的缝隙，双手被硌得青紫，终于在最短的时间里撬开一道缝隙。

然后端起酸梅汤，洁白的调羹轻轻搅动，将碗中四五块晶莹剔透的冰块捞出来，悄无声息地塞入管道里。

张天珩他们万万想不到，西府水军最近正在秘密研制白鱼服，她一时好奇，不仅上船参观过，还特意要来了图纸研究，所以白鱼服内的构造，她了如指掌。

这几日她反复在舱内行走，基本断定，餐室的内部换气系统是与中枢螺旋连通的，将冰块从换气管道扔下去，很快就能游走到中枢，到时候被冰块阻隔，中枢必有

故障！

什么？你说为什么不干脆将碗筷等更加坚固庞大的东西扔下去？当然是因为她还不想死啊！

冰块体积小，而且片刻之后就会融化，张天珩他们检修，根本发现不了痕迹，也就无法追本溯源，找到她这个真凶。而且冰块也不会造成太大的故障，若是换成了碗筷等物，留下痕迹不说，万一彻底卡坏了中枢，导致船体无法上浮，到时候全船的人都要命丧黄泉。

元泓回到座位上，将剩下的酸梅汤一饮而尽，之后胡乱扒拉了几口饭菜。还没吃完，小葵就探头探脑地进来。

这个尽职的小尾巴还是不放心留元泓一个人在餐室。

元泓笑了笑："我吃完了，你叫人过来收拾吧。"元泓神态平和，似乎已经冷静下来。

小葵松了口气，这几日元泓一直脾气不错，没想到还有那样尖锐的一面。他小心翼翼地问道："那殿下回房间歇息吧？"

看来刚才自己发脾气把这个孩子吓了一跳。元泓暗笑，这几天她日日点酸梅汤，奈何一直找不到机会下手，所以才借题发挥了一番，把人都弄走，换来独处的机会。

"是是是，我这就回房。"元泓站起身来，从善如流地回了房间。

事情顺利的话，今晚肯定是没法睡觉了，不如提前补一觉。

在床上睡得正香，元泓突然感觉身体一颤。她机警地睁开了眼睛，整个船体在摇晃，而且晃动越来越剧烈。

冰块生效了！

元泓赶紧起身，披上了外套。

房间外面，传来小葵疑惑的声音："不是才上浮换气没多久吗？怎么又要上浮了？"

竺岛普的声音响起："好像是中枢那边出了故障，楚仪大人命令上浮检修。"

元泓推开门："怎么了？"

竺岛普见了她，还是没有好脸色，瞪了她一眼，也不回答，扭头走了。

小葵尴尬地笑了笑："刚才前舱那边出故障了，所以楚仪大人命令船体上浮，惊扰殿下休息了。"

元泓并未在意竺岛普的态度，笑道："看来今天能够上甲板看看月亮了。这些日子可憋闷死人了。"

元泓带着小葵来到甲板上的时候，船上大部分人都到了这里。

白鱼服每天两次上浮换气，每次只有一刻钟。每到这个时候，船内的人只要能走开，都会来到甲板上呼吸一下新鲜空气。

整个船只浮动在水面上，像一只裂开的巨型鸡蛋，剥离的蛋壳摊开成翅膀模样分列两侧。

见到元泓上来，几名仆役船员都躬身行礼，只有竺岛普冷哼一声别过头去。

元泓没有理会，径直走到甲板最前方，三四个船员正举着火炬，围着一个打开的巨型铁盒议论纷纷，眼前这铁盒便是中枢机关所在。

在几个技术人员身旁，站着元泓数日未见的张天珩。

经过这几天的休养，他脸色总算多了几分红润，他起得匆忙，只披了一件宽松的外袍，正低头看着中枢，秀丽的眉头紧蹙。

"情况怎么样了？"元泓凑近了问道。

"你很关心？"张天珩抬起头。

"当然，我的性命宝贵，可不能与三公子这样的人一起葬身在这个鬼地方。"

张天珩长笑一声："殿下放心吧，今夜无星亦无月，也非殉情的好日子，就算殿下有此雅兴，在下也要断然拒绝了。"

元泓看了一眼天色，黑云压顶，无星无月，仿佛天上地下都是一片黑暗，只余这艘小船上有一点儿残光，在动荡的海面上摇摆。

这是暴风雨来临的前奏啊！自己还真是选了个好日子。可千万别西府水军没见到，自己先葬身鱼腹了！

然而，元泓也不知道自己什么时候点亮了乌鸦嘴这个技能点。

不久黑云渐浓，风大浪急，不时有冰冷的水花溅到甲板上，扑到众人面颊上。几名船员的修理工作显然不顺利，小半个时辰过去了，连故障在哪里都没有查明。恐慌的气氛开始蔓延。元泓也开始有点儿担心起来。

也许是她脸上的焦虑太明显，张天珩反而来了与她谈话的兴致。

"听说殿下今日发下宏愿，要将我东瀛与大胤并作一国。说不定苍天便是听见了殿下的祈愿，降下这场暴风雨。到时候你我一起葬身鱼腹，你中有我，我中有你，自然再也不用分彼此。"

他仰头望着天际，声音中带着不正常的兴奋。狂风吹起他素白的衣裳和黑亮的长发，整个人如同飘浮在暗夜中的幽灵。

元泓瞪了他一眼，越是面临危机，他似乎越兴奋，真是变态！

楚仪从下面匆匆走上来。"三公子，殿下也在。"他拱手行礼，迅速禀报道，"刚才属下查过海图，附近有一处孤岛，是黑蛟王势力昔日的秘密据点之一，我们可以暂时停靠。"

张天珩蹙眉问道："中枢损坏，如何前行？"

"属下观察过，如今风向正好，将两翼张起，改作船帆，正可以借助风力前行。"

暴风雨的天气里漂浮在海上几乎是等死，必须尽快靠岸。

众人立刻动手，合力将白鱼服摊开的两翼收起再向外推举，白鱼服设计精巧，本就有此备用功能，在众人齐心协力之下，很快完成了。

海上风浪越来越大，小船摇晃不停，几次险些翻船。元泓本来没有晕船的毛病，都感觉要被晃得吐了。

甲板上的气氛越来越紧张。楚仪指挥着众人，不停调整两翼船帆的方向，借助风力，飞速前行。

终于，前面隐约可见一个黑沉沉的影子，如一头洪荒巨兽盘踞在远方。

到小岛了！

第五章 孤岛惊魂夜
MulanDi

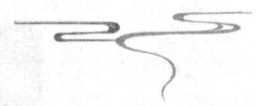

船上众人不禁欢呼起来。

同时一道惊天动地的闪电撕裂黑暗,紧接着豆大的雨点儿"噼里啪啦"地砸了下来。

众人匆匆将白鱼服停靠在岸边,然后收起两翼。中枢损坏越发严重,两翼竟然无法完全合拢。

"船上进水太多,暂时无法修理。岛上有黑蛟王昔日的秘密据点,先去那里暂住一宿,待大雨停了再做计较。"大雨如瀑,连声音都受到影响,楚仪这些话几乎是喊出来的。

张天珩带着众人下了船。留下两个人看守船只,剩余的十几人取出雨伞蓑衣,往岛中央走去。

岛上藤蔓横生,树林密布,几乎不能分辨方向,再加上铺天盖地的暴雨,道路泥泞,行走困难,十几个人走了一个多时辰,才勉强到了小岛中央的丘陵上。

不远处果然有一处洞穴,被厚重的植株掩盖着。若不是楚仪有地图,还真找不到。

竺岛普上前,拔刀将四周植株砍开,扶着张天珩进了山洞,元泓紧随其后。

洞内狭窄,众人只能弯腰前行,走了数百步,前面才豁然开朗,里面竟是一个天然的溶洞,宽阔敞亮,足够容纳数百人。

洞内布置着简单的桌椅板凳,还有床铺衣柜等,果然是一处秘密据点。只是物件陈旧积灰,想来是长久没有人来过了。

楚仪上前将一处床榻上的铺盖掀开,一阵灰尘扬起。

他将陈旧的被褥随意扔在地上,侍从上前,将背上的包裹放下,拆开层层避水的包装，取出了里面温软的棉被迅速铺好，然后竺岛普才扶着张天珩坐下。

真受不了这些贵族架子，这种情形还这么穷讲究。

仆役又迅速收拾好了另一张床铺，楚仪问道："殿下一夜奔波，不如也歇息片刻。"

元泓赶紧摇摇头，谁要躺在张天珩身边啊？压根儿睡不着好吧？

被拒绝之后，楚仪笑道："既然殿下不想睡，就先喝一杯热茶吧。"

另一边，几个仆役已经早早生起了火炉，跃动的火苗给幽暗的山洞带来了光明和温暖。热水沸腾，茶壶发出"咕嘟咕嘟"的声音，在寒冷的秋夜里，这声音听起来如仙乐一般，元泓自然无法拒绝。

元泓将蓑衣斗笠扔在一边，坐在椅子上抱着微烫的茶杯，温热幽香的茶水流入喉咙里，通身都舒坦起来，元泓像猫儿一般伸了伸懒腰，呼出一口气。

楚仪的目光落在元泓衣服下摆："殿下衣裳湿了不少，为免着凉，还是先更换一下吧！"

元泓动作一僵："不必了。"她怎么可能在众目睽睽之下换衣服？

好在楚仪并未生疑，毕竟如今带着的只有张天珩的替换衣衫，以两人的关系，元泓不想穿他的衣服也正常。

一杯热茶入肚，元泓百无聊赖，起身在溶洞中来回走动。

她早就听闻江南一地，有山中空，里面别有洞天，石笋五光十色，心中向往，奈何无缘得见，没想到在这个孤僻冷寂的海岛上看见了惦念已久的奇景。

顶端的石笋色泽青白，夹杂蓝紫等色，宛如晶玉。下部的颜色沉暗，多紫灰纯黑，质似金铁。

一处处石笋看下来，有些造型别致，如羊群山兔，有些色彩华丽，光芒闪烁，真是好景致。

溶洞的最里面还有一条小溪，在崎岖的岩石堆中蜿蜒流淌，溪水叮咚。元泓忍不住伸手入内，好凉啊！像是要结冰了。她掬起一捧水，溪水纯净，倒映着色彩斑斓的石笋，恍如水晶闪耀。

这条小溪是通往外面的吗？水流湍急，不知道流向何方？

正想得入神，突然水底一个影子一闪而过。

元泓一愣，凝神细看，竟然是一条水蛇一样的生物，细长的身躯游动，快如闪电，钻入西边的岩石缝隙中。她心中好奇，走了过去，凑近细看。

细看之下,元泓顿时毛骨悚然。

岩石缝隙盘旋扭曲,竟然有上百条长蛇凑在一起,触目惊心。长蛇扭动细长的身躯,蛇头吐着赤红的芯子,咝咝作响。元泓险些尖叫出声,又怕惊动了这些蛇,强忍着不出声。

其实她刚才的猜测没错,山洞内的溪流是通往外面的,这些蛇生活在附近的小河中。溶洞里水流冰冷,并不适宜蛇类生存,所以极少有蛇会游进来。只是今天暴雨巨浪,潮水上涨,才逼得这些蛇涌进了这处地势较高的山洞躲避海水。

元泓胆战心惊地转头看向众人。山洞湿冷,大家都围拢在火炉边或低声说话,或闭目养神,连小葵都没有跟着她,也许是认为元泓在山洞里不可能干什么。

再看楚仪,他正在床边低头跟躺在床上的张天玡说着什么,顺便替他整理被角。

这样的细心和周到,真不像是一个普通的心腹门客,更像是亲密的长辈在体贴儿女。或者,两人会不会是……元泓用力摇摇头,将这些不着调的念头甩开。

外面的大雨停了吗?陆天祈他们什么时候会找到这里来啊?也不知道白鱼服的故障怎么样了,是否很快就能修好呢?如果能在这个孤岛上多停留一段时日就好了。

这样想着,元泓的目光落到石头后面,不知道这些蛇有没有毒?如果能咬张天玡一口,他们返回船上的行程必然耽搁。

要去抓一条吗?

元泓从地上捡起一块石子,扔到水中,落在蛇群的边缘。也许是石子太小了,被打到的蛇只颤抖了一下,继续保持着蜷曲的姿态。

好像是因为太过寒冷,这些蛇都如进入冬眠一般,反应迟钝啊!

元泓忍不住凑上前,如果真是这样,抓一条试试也不错。

她俯身看去,突然眼前一条小蛇猛地跃起,直冲她袭来,赤红的口中锋利的蛇牙清晰可见,转眼便到了元泓面前。

元泓来不及后退,突然一道亮光闪过,小蛇"唰"地一下,被巨力打飞,死死钉在了壁上。

那是一个五芒星形状的暗器,只有半个巴掌大小。

元泓惊魂未定地转过身,正看到小葵放下手,匆匆跑了过来:"殿下,您没有受伤吧?刚才是我疏忽了,没有想到这里竟然潜藏着毒蛇。"

"……没有。"元泓摇摇头。

竺岛普跟着凑了过来:"没有武功的三脚猫就不要乱窜了,老老实实蹲在火炉边不好吗？害得我们还要多费力气保护你。"

元泓没有心情跟他争执，转头离开。

竺岛普惊讶于她的反应，旋即又凑到石壁前："哎呀，小葵，你怎么偏偏把毒囊给戳破了？不然烤一烤还能吃一顿。"

"没办法，情况太紧急了。"小葵不好意思。

"你的镖还得多加修炼啊。"竺岛普摸了摸他的头。

小葵失落地点点头，快步跟上了前面的元泓。

元泓脚步一顿，道："刚才多谢你了。"

小葵连忙摆手："公子命我保护殿下，刚才是我失职，殿下不要与我计较就好了。"

"你武功不错，是父母传授的吗？"元泓随口问着，排解心中的郁闷情绪，没想到答案让她大吃一惊。

"是兄长，我的父亲和祖父都在十几年前对战神天家时阵亡了。"提起往事，小葵有点儿忧伤。

元泓却有点儿凌乱："等等，你是说，你的父亲当年对战过神天家？"

"嗯，当时我们还不是神天家的部属啊，是归易家统领，后来易家兵败灭亡，领地子民都被神天家吞并了。"小葵老老实实地说道。

元泓眨了眨眼睛，压低了声音："那你对跟随神天家就没有一点儿……呃，想法？"就算被别的势力吞并了，中间可是夹着杀父之仇啊！

"想法？"小葵惊讶地瞪着眼睛，慢慢地才明白过来，"可是我们部族，本就是依附强者生存啊，何况三公子他……"话说了一半，突然山洞通道外面传来一阵喧哗。

有人进来了？

山洞内的人都站了起来，他们久经训练，起身的同时不动声色地分布到四周，将出口围拢。

不多时，果然有一队人马急匆匆冲进来。

领头的人方面大耳，五短身材，被雨淋得满身狼狈，依然掩不住狠辣精悍的气质。

元泓震惊地睁大了眼睛，眼前的人竟然是许久未见的汪晏！

进了山洞，见到火光，汪晏的脸色一变，待看清楚众人样貌，才略略松了一口气:"原来是你们!"

汪晏果然还活着,而且跟这帮人有勾结!

元泓不动声色地往人群后方退了两步。黑蛟王残党可是对她恨之入骨,当年她阴差阳错,拿走了郑源的人皮面具,假冒了黑蛟王之子,从而将黑蛟王残党势力一网打尽,而汪晏在最后剿灭的大决战中坠入海中,从此下落不明。

元泓念头一转,又想到,汪晏压根儿没见过自己的真面目,与他相处的时间里,自己都是以"小王爷"的面目出现,她渐渐平静下来。

汪晏显然也没料到会在这里看到张天珩一行人。

楚仪迎了上来,招呼道:"汪四爷。"

汪晏扫视山洞,眼见洞内不过十几人,脸上神色顿时松懈下来,冷哼一声:"我当是谁呢,原来是楚大军师。哼,想不到吃了败仗之后龟缩到了这里,这可是我们黑蛟一脉的地盘。"

"行至此处,暂需休整。双方精诚合作,何必计较你我之分呢?"楚仪含笑说道,目光扫过周围,心里一沉。汪晏一行竟然有三十多人,能跟着他一路逃到这里的,必定都是心腹好手。

"哼,你们见势不好,提前溜走,害我们惨遭灵州城的狗贼围堵,众兄弟死伤无数,这是盟友该干的事情吗?"

"汪四爷这话可就不对了,我们三公子以身犯险,亲自前去城内探听消息,岂不比身在城外浴血奋战更加险恶百倍?公子出事,我等前往接应,分内之事,何谈溜走呢?更何况我们不过十余人罢了,便是留下,也无助大局。"楚仪依然彬彬有礼。

汪晏一时语塞,张天珩确实亲自执行了整个计划中最险的一环。

楚仪继续笑道:"汪四爷纵横东海数十年,难道不知'谋事在人,成事在天'这个道理?一时的败退并不算什么。汪四爷能在短短一两年内重整旗鼓,又岂能因为小小挫败而丧气?卷土重来,难道天运会次次都照顾那灵州城吗?"

给足了面子,又留了台阶,汪晏总算面色缓和了些,冷哼一声:"就算老天跟我们作对,我也要把老天捅个窟窿。"

"汪四爷果然霸气。大家能在这里会合,也是缘分。我们三公子伤势太重,不能起身。不过行李中还有些食物,不如大家先填饱肚子,再共同商议下一步行动。"

汪晏众人奔逃一路,饥寒交迫,吃尽了苦头,早就盯着茶炉上的饭食两眼放光了。如今楚仪开口邀请,他们更是立时扑了上去。

第五章 孤岛惊魂夜

楚仪微微一笑，吩咐仆役将热好的食物都分发给众人，又问道："当时我们急着接应三公子，提前离开，不知道外面情形怎么样了？"

"还能怎么样，那陆狗贼率军返回，双方夹击，兵败如山倒。可惜我那些兄弟啊！"汪晏想起这两年辛辛苦苦壮大起来的队伍，心痛得面皮抽搐。

旁边元泓竖着耳朵仔细聆听，终于明白此番战事始末。

原来汪晏当年逃过一劫之后，流窜到了一处孤岛据点上，收拢起数百名残兵败将，这样的队伍自然不敢再去打灵州城的主意，甚至连大点儿的商队都不敢打劫，汪晏便开动脑筋，将主意打到了东瀛那边。

东瀛正值军阀割据，汪晏想着若形势好，就趁机在东瀛占据一地，也混个诸侯当当；若形势不好，就劫掠一票走人，慢慢经营扩大势力。

也是他自寻死路，第一次就不长眼地劫到了神天家的领地里，神天一族本就是东瀛数一数二的庞大势力，直接将这帮送上门的盗匪剿灭了大半，又俘虏了数十人，汪晏也在其中。

对这帮俘虏，张天珩却没有直接斩杀，反而对他们之前盘踞东海，劫掠客商的过程产生了极大的兴趣。

神天家已经是东瀛的霸主之一了，然而想要百尺竿头更进一步，却受困于地势，难以施展。多年以来，神天家对东海商贸的繁华，早已垂涎三尺，奈何三大寇势力强盛，后起之秀根本无处下嘴。

直到最近，三大寇中的黑蛟王、青鳞公相继陨落，白宸侯退隐，东海海寇势力几乎销声匿迹。眼看着形势大好，偏偏灵州城又建起了规模庞大的西府水军，东海庞大的利益迅速被这支新生力量保护起来。

去年以来，因为有了西府水军护航坐镇，灵州城乃至整个大胤的海贸空前繁华，根本没有魑魅魍魉下嘴的机会。

因此，对神天家来说，想要打开海贸，垄断线路，首先要除掉的便是西府水军。

对汪晏来说，重新回到海上，当威风霸气的海贼巨寇是他一生追求的最高目标。

双方一拍即合，有汪晏这个轻车熟路的老海贼当领头羊，再加上神天家筹谋多年私下经营的海寇势力，便有了之前攻打灵州城的幽灵船队。

他们当然没有愚蠢到认为能在大胤的疆土上纵横，甚至包围和攻击灵州城也只是虚晃一招。当然，如果能够成功破城，劫掠到巨额财富，这帮贪婪的海寇也不会拒绝。

实际上，整个行动真正的目标只有一个，就是消灭西府水军主力。

西府水军是大胤耗费巨量的物资和时间所建成的，短时间内想要再一次建立如此规模庞大的水师队伍是不可能的事，而这个时间，足够让新的青麟公和新的黑蛟王成长壮大了。

"那陆天祈有什么神通，竟然能在迷雾中丝毫不乱，冲破包围……"提起此事，汪晏咬牙切齿。

原来他们当日劫掠宝船之后，将内中珍宝卸下，藏入一处秘密据点。

之后故意出动兵马截杀元泓，佯装败退，使灵州城众人掉以轻心，再以宝船为诱饵，引陆天祈率领西府军主力追击。

沿路他们设下了重重埋伏，甚至连宝船内部也装满了火油炸药，发誓要让西府水军有去无回。同时又分兵攻打灵州城，阻止救援。

谁知道，西府军主力在跟着宝船追了一天一夜后，突然掉转了方向，不仅没有进入包围圈，反而直冲着他们设置在外海的秘密据点杀奔而来，将海岛据点内的人马杀光，内藏的财宝也被清缴一空，而后西府军迅速扬帆往灵州城方向行驶。张天珩的二哥，即神天家的二公子也死在了这场战斗中。

楚仪发现事不可为，急忙传信给城中的张天珩。张天珩立刻改变计划，才及时逃出生天。

为什么会如此准确地找到据点的位置？

"难不成有奸细出卖？"汪晏嘿嘿笑了两声，突然道。

气氛忽然有点儿沉闷，而隐没在人群中的元泓却隐约抓到了关键。

谁让你们贪婪，将宝船里的财宝都卸了下来，藏在秘密据点里呢？能准确地找到如此巨量的财宝，肯定是豆沙这只寻宝鼠的功劳啊！

那晚陆天祈去寻找宝船，自己不便跟随，便灵机一动将豆沙交给了他，抱着万分之一的希望，希望这只传说中的寻宝鼠能起到作用，没想到豆沙真的立下了大功。

自己无意中的举动，竟然破坏了这两帮人马筹划已久的阴谋，更让他们互相猜忌，再难齐心，仔细想想，真有点儿小得意呢。

面对汪晏咄咄逼人的质问，楚仪笑了："在下相信阁下的御下手段，必不会让宵小钻了空隙。"

"那可未必，人心隔肚皮。"汪晏眼中闪烁着精光。

"哦，听起来汪四爷有怀疑对象？"楚仪不紧不慢地道。

汪晏意味深长地笑了笑，突然话锋一转："听说神天家的三公子与二公子素来不和，哎呀，这一趟不仅数万大军铩羽而归，连二公子都死了，不知道回家之后，三公子准备怎么交代啊？"

元泓心中警戒突起，汪晏这是怀疑张天玢暗中泄密吗？

楚仪叹了一口气："说起来，秘密据点和宝船都是我们二公子带着汪四爷一起打理的，二公子身亡在岛上，偏偏汪四爷及时走脱，确实稀奇。"

汪晏脸色一僵："只怕需要交代的不止我汪晏吧。我虽然在东瀛未曾久留，但我也听说过，三公子……"

突然一个清亮的声音响起："汪先生是终于决定正式投效我神天家为幕僚了吗？"

不知何时，张天玢起身站到了众人身后。因为高热，他的脸上还带着红晕，眼神却幽深，在火光下仿佛一个凄艳的幽灵。

汪晏也被这悄无声息的家伙吓了一跳。

张天玢继续道："不然，怎么会对我神天家的族内之事如此感兴趣呢？"

汪晏这才反应过来，大笑起来："哈哈，原来三公子听见了啊，罢了，跟正主儿谈话，才叫爽利。咱们不如开门见山。"

汪晏咳嗽一声，目光扫过山洞内影影绰绰的几十个身影。

"这一趟老子折了本，总得捞回点儿东西来。之前与追击的人马杀了两场，听说你们三公子离开的时候还带走了灵州城的什么重要人物。明人面前不说暗话，不知道是何人啊？"

汪晏的奇怪音调加重了雨夜的阴森，元泓毛骨悚然。一旦被汪晏知道自己在这里，绝对会死得很难看。

她脚步不自觉地后退。

"大家好歹共事一场，不会连这么一点儿情分也不讲吧？"汪晏笑得凉薄，步步进逼。

楚仪叹了一口气，海盗就是这样简单粗暴，有利益的时候才能谈合作，没有了利益，瞬间翻脸成仇。汪晏摆出这副姿态，显然是以为凭借人数优势，能够吃定他们。

楚仪的目光越过众人,落在风采卓然的少年身上。

"确实是带来了一位贵人,与汪四爷只怕还是老熟人呢。"

汪晏眼中亮起锐芒,循着他的视线望过去。

一个挺拔俊秀的少年越众而出,傲然道:"是我,你们这些贼寇,想要怎么样?"

元泓怔怔地看着这一幕,有些反应不过来——自己脱在椅子上的披风,什么时候被竺岛普穿在了身上?

竺岛普原本嬉笑的神情一扫而空,从神情到站姿,写满了"高傲"两个字。他一直走到汪晏对面才停下脚步,冷眼凝望,毫不示弱。

没有任何人流露异样,包括元泓身边的小葵,都垂着头。

汪晏打量着少年,意气风发,十六七岁的年龄,果然是传说中永安王元泓的样子。他竭力翻动那段不堪的记忆,眼前的永安王似乎比记忆中的"小王爷"略高了几分,但男孩子嘛,总是长得快的。

想起旧事,汪晏的目光渐渐凝重,满是恨意。

"说起来,我与王爷也算是老熟人了,只可惜一直未曾见识庐山真面目。"

竺岛普冷哼一声,没有回答,实际上他根本不知道应该怎样回答。

滔天恨意涌上来,汪晏整个人都扭曲了,嘿嘿笑着:"小王爷那么喜欢藏头遮脸,不如就先将这张脸皮剥下来怎么样?"

楚仪神情漠然,提醒道:"汪四爷,永安王殿下可是我们的贵客。"

"哈哈,我自然知道,放心吧,必定留下整个儿的给你们带回去。"汪晏狂笑起来,溃败带来的憋屈一扫而空。

一时的失败算什么?只要人活着,终究有从头再来的机会。而他深恨的敌人却不会再活着了,先将这个小畜生弄死,下一个就是可恨的陆天祈……至于张天珩众人,如果听话就留着向神天家换赎金。哼,神天家事先将这次的计划吹嘘得天上有、地下无,事到临头却一败涂地,连累得他家底败尽,也该给他点儿赔偿。

此番看来是否极泰来了!

在他的示意下,两个铁塔般的壮汉冲上来,就要拉住"永安王"。

少年似乎吓坏了,弯下腰。

汪晏得意地看着眼前的一幕,狂笑的间隙,眼前却突然闪过一道白光,他条件反

第五章 孤岛惊魂夜

射地后退，却依然没有完全避开，腹部一阵剧痛。

竟然是"永安王"突然离弦之箭般冲出，速度之快，迅雷不及掩耳。

藏在"永安王"披风下的短剑发出惨白的光，如一条从深渊跃出的毒蛇，死死咬住汪晏。

两个铁塔般的壮汉一愣，立刻上前搭救，却听到一个冷漠的声音响彻山洞："动手！"

小葵第一时间拉住元泓后退，他唯一的职责就是保护好身边的这个人。

两方人马眨眼间已经杀成一片，原本寂静的孤岛洞穴，瞬间变成鲜血横流的修罗场。惨叫混合着外面凄冷的风雨声，如一首最残忍古老的歌谣。

后背紧贴在坚硬的石壁上，元泓紧张地盯着眼前的战局。

东瀛这边的人攻其不备，一开始占据了上风，但很快优势被逐渐追平。

能跟着汪晏走到最后的都是高手，反而东瀛这边多是话本剧团的成员，武功逊色，人数又少，片刻之后，局势就开始逆转了。

双方都是不死不休，很快十几具尸体横七竖八地倒在了地上。

刚才袭击汪晏的竺岛普更是被三四个人围攻，眼看就要抵挡不住了。

他虽然一剑刺入了汪晏的腹部，但汪晏体胖，竟然硬生生避开了要害，如今已经退入属下的包围之中，虽然腹部血流如注，但性命无忧。他满脸恨意地盯着东瀛众人："将所有人都杀光，不过三公子得留着，还得靠他发一笔财呢。"

张天珩挥剑逼退众人，倚靠着山壁，剧烈地喘息着。在所有人之中，他是武功最高的，可偏偏重伤在身，又高热不退，实力十不存一。

他偏过头，看着不远处同样靠在山壁上的元泓，忍不住笑了笑："真的要死在一起了。"他张了张嘴，用口型无声地说了一句。

"滚！"元泓言简意赅地回了一个字。

海寇再一次逼近，小葵也拿起短刀对敌，将元泓护在身后。

事到如今，汪晏早已明白竺岛普是假货，至于真正的永安王，他目光越过众人，遥遥看着对面的元泓，流露出残忍的笑意。

绝不能落入汪晏他们手中，元泓的目光落在身边的小溪上。

只能用这个法子了！

趁着小葵和张天珩抵挡的空隙，她弯下腰，迅速凑近了火堆，捡起燃烧着的木炭，向着毒蛇盘踞的水面扔过去，同时自己抓起旁边的蓑衣，慌乱地披在身上。

赤红的木炭落入水中,发出刺耳的声音,无数道黑影从小溪里蹿出,落在地上翻滚着、扭动着。

众人正杀得热火朝天,直到头一个倒霉鬼惨叫出声。终于有人低头细看,顿时尖叫起来:"有毒蛇!"

数以千计的毒蛇被滚烫的木炭烧得发了疯,满洞横冲直撞,遇到人就咬。

战况再一次反转,没有人顾得上杀敌,刀剑挥舞,无数条毒蛇被斩作两截,散落遍地。但更多的毒蛇涌出来,同时惨叫声此起彼伏。

小葵反应迅速,看到元泓动作的同时也冲过去拿蓑衣,却不是自己披上,而是递给了张天珩。

有眼尖的见了,冲过去抢夺摊在火堆旁的蓑衣,还有更机灵的赶紧向着洞口冲过去,一时间整个山洞内形势大乱。

汪晏拉过地上一具尸体挡住扑面而来的毒蛇,手忙脚乱地披上属下送上的蓑衣,恶狠狠地命令人捉拿元泓和张天珩。

可遍地毒蛇,谁也腾不出手来,反而被张天珩和楚仪趁乱连接斩杀两三个人。

一番混乱,洞内的毒蛇终于被杀得七七八八,只余下满地被咬伤的人在哀号,没有任何解毒药,他们只能等待死亡。

此时,东瀛众人只剩下六七个,都被逼到了山洞最里面。

而汪晏的手下连同从山洞外返回的,还有十几个幸存。

退到山壁处,元泓站在人群最后,脚边就是毒蛇涌出的水流,上天无路入地无门,真的要死在这里吗?

楚仪突然开了口:"汪四爷今天是要鱼死网破了?"

"你们还有什么要说的?"汪晏看着哀号的属下,满心恨意几乎要化为大火,将眼前这帮人焚烧殆尽。

这些部下是他最忠诚可信的班底,是他将来东山再起的资本,竟然在这个冷僻的山洞里折损了一大半。

此时,楚仪突然从怀中拿出一物:"我本不想用这个东西……"

汪晏的脸色骤然变了:"霹雳弹!你们……"

楚仪冷笑一声,将鸡蛋大小的黑色弹丸猛地扔了出去。

同时元泓耳边传来一声低喝:"下水!"

元泓一愣,旁边小葵已经拉着她的手,向后一仰。

第五章 孤岛惊魂夜

冰冷的河水包裹住身体，几乎连思绪都要一起冻僵了。元泓感觉有人拉着她向前游动。

她拼命挥舞四肢，配合着对方的动作向前游动。

窒息的感觉传来，胸口疼痛得几乎要裂开，就在她以为自己要支撑不住的时候，终于，"哗啦"一声水响，水底的旅程结束。

空气的滋味是如此的甜美，元泓近乎贪婪地呼吸着。突然，一股大力传来，她被人拉得一个趔趄，险些跌倒。

"蠢材，还不快跑！"

是张天珩，拉住她往前跑。

"你不是有霹雳弹吗？"元泓茫然地跟上他的脚步。对了，刚才楚仪将东西扔了出去，但并没有听见爆炸声。

"是假的！"那只是楚仪趁乱摸起的一块石炭。

也就是说，汪晏他们还活着，还追在后面。元泓瞬间醒悟过来，赶紧跟上张天珩他们的步伐。

大雨还在继续，铺天盖地地落下，砸在大地上，也砸在奔跑的众人身上。

元泓感觉自己像一只无头苍蝇，只知道跟着前面人的脚步，机械地向前跑。

泥泞的路途，杂乱的树枝，前进的每一步都比上一步艰难！偶尔在她支撑不住的时候，身边会有一只胳膊拉住她，是小葵，或是张天珩，她已经分不清楚了。

急促的奔跑让元泓感觉腿快要断掉了，心脏已经跳跃到极限，几乎要炸裂开来。

身后隐约传来喊杀声，如影随形，汪晏他们紧紧追逐在后面的事实让她拼命压榨自己最后的精力，向前奔跑。

终于，前面传来惊涛拍岸的巨响，看着眼前乌黑高大的船，元泓激动得眼泪差点儿掉下来。

"快上船！"张天珩操作着机关，将白鱼服的舱门打开，反身一把拉住楚仪，送入舱内，又拉住元泓的手，小葵在后面推着她。

整个世界瞬间安静下来。

元泓跌坐在船舱里，她还在茫然时，那边楚仪已经冲入驾驶室，扳动机关，整个白鱼服颤抖起来。

对了，白鱼服坏掉了！

就算逃进了船舱，他们也无法离开。

元泓从来没有一次这样后悔自己的举动，果然是谋事在人，成事在天啊！她正万念俱灰地瘫坐在地上，却感觉身体一颤，是小船在震动！外面两翼竟然成功合起了？

白鱼服恢复了活力，正在迅速离开岸边。

外面传来汪晏声嘶力竭的吼声："杀千刀的狗崽子，把老子的船还回来……被老子抓到了，一刀一刀活剐了你……"

声音越来越远，渐渐不可闻了，是白鱼服离开岸边，开始下潜。

元泓猛然醒悟过来，四处看了看，船内的陈设装饰与之前截然不同，这艘白鱼服不是之前自己乘坐的那一艘！

"这是……汪晏他们的船！"

"我们的坏掉了，只能暂时借他们的一用了。"张天珩站在旁边，低头看着半天爬不起来的元泓，不耐烦地问道，"怎么样？有没有受伤？"

"没有。"元泓扶着门框自己爬了起来。

活着逃到船上的包括元泓在内，只剩下五个人了，张天珩、楚仪、竺岛普，还有小葵。

让人筋疲力尽的一夜终于过去，回到这一艘小船里，所有人都感觉到了前所未有的安宁。

一切平静下来之后，第一个倒下的不是重伤在身的张天珩，也不是被砍了七八处伤的竺岛普，而是楚仪。

操纵着白鱼服下潜不久，伴着小葵一声惊呼，他缓缓倒在了驾驶室内。

张天珩冲进去，抱住他："怎么样了？"

楚仪苦笑："伤口在腿上。我已经简单处理过了，没想到还是……"

张天珩连忙撩起他的裤腿，才发现他竟然伤得如此严重，碗口大的伤触目惊心，肉丝泛着青白，似乎是血已经流干了。

从未有过的慌乱神情出现在张天珩那张永远风轻云淡的脸上。

几个人血战多时，都是满身血迹，再加上楚仪今天一身黑衣，他竟然未曾察觉楚仪受此重伤。

"不用担心，性命无忧。"楚仪苦笑，之前在山洞里他被毒蛇咬了一口，幸好他果断狠辣，斩断毒蛇的同时，将自己腿部的伤口肉块一起削了下去，这才免遭蛇毒之苦。但之后跳水逃亡，又一路奔波，伤势越发严重了。

小葵连忙去取来药。幸好汪晏等人干的是刀头舔血的生意，船上伤药不缺。

第五章 孤岛惊魂夜

张天珩亲自替楚仪包扎好，看着他小心翼翼的动作，楚仪笑道："放心吧，不会比你的腿伤更严重，至少不用担心变成瘸子。"

包扎好了，楚仪挣扎着站起来，想要继续操控白鱼服，却一阵眩晕，险些再一次跌倒在地。他心中大为着急，除了他之外，其余几人对驾船根本一窍不通！

看着他失血过多的惨白脸色，元泓叹了口气："还是我来吧。"

楚仪难以置信："殿下会干这种粗活儿？"

"什么粗鄙高贵，之前在灵州城有兴趣，就学了一点儿。"元泓环抱双臂，回答道。

别无选择，驾驶白鱼服的任务交接到元泓的手中，小葵在旁边打下手，重伤的楚仪下去休息了。

元泓站在驾驶室中，全神贯注地盯着面前的海图和透明前舱，仔细操纵着。

之前她说得淡定，其实真正上手操作，还是第一次。她的手心黏腻，也不知是雨水，还是冷汗。

海底暗无天日，偶尔有鱼儿贴近了，在舱内昏暗灯光的映照下宛如一只只畸形怪物，看得人心惊肉跳。

操作了好久，元泓逐渐摸清了规律。其实操纵白鱼服比陆地上的马车容易多了，路上有山石草木，需要遵循方向，时刻警惕，而白鱼服在海底航行，几乎没有任何障碍，甚至可以设定一个方向，半天不用理会。

渐渐地，她松懈下来，长长地呼出一口气，脑海中瞬间闪过一个念头——反正在水底方向难辨，除了楚仪之外，张天珩他们几个也看不太懂海图，不如掉转船头，往灵州城方向航行算了。

这样想着，她连忙低头仔细看了看海图，规划路线。

正看得入神，突然耳边传来一个声音："提醒一句，船里的给养支撑不到返回灵州城。"

元泓吓了一跳，抬头看去，才发现不知何时，张天珩出现在房间里，正跟她头对着头盯着海图呢。

"你说什么？"元泓装糊涂。

张天珩笑了笑："只是提醒殿下一句，不要自寻死路。刚才你我也算合作愉快，不如将这段愉快继续维持下去，毕竟两败俱伤，也非殿下所愿。路程已经走了大半，想要返回灵州城来不及了。"

"小葵呢?"元泓岔开话题。

"我让他休息去了。"

简单的对话之后,两个人便无话可说了。元泓继续操作白鱼服,张天珩在旁边观摩,看得出他在监视,也是在学习,看来楚仪的病情一时难有起色。

"也许你也应该留在那里。"沉默了片刻,张天珩突然开口道。

"什么?"元泓抬头看了他一眼。

"留在岛上,你可以凭借口才,说服汪晏暂时不要杀你,等待救援。"

"别开玩笑了。我跟他们有生死大仇,你不懂的。"元泓瞪了他一眼。如果没有她之前假冒小王爷的事情,黑蛟王一脉的仇恨大多都集中在陆天祈身上,汪晏掳走她,确实有可能与灵州城换取利益。但她与黑蛟王一脉仇深似海,落在他们手里绝对有死无生,相较而言,她宁可选择没有那么深仇大恨的张天珩。

张天珩站在她身边,静静看着她操作。不知过了多久,突然又开了口。

"之前的故障,是你的杰作吧?"

元泓身形一僵。

不等她回答,张天珩继续问道:"怎么做到的?能说来听听吗?"

元泓转过头,对上他的视线。

她的目光冷淡而傲气,他的眼里却充满温和的笑意。

"殿下不必忧惧,你也算是对我有救命之恩。一杀一救,两相抵消。"

他是说元泓之前引出毒蛇群,扭转战局的那件事儿。

"更何况殿下与我们本是敌人,既然是敌人,各凭手段伤害对手本就是合情合理的,会中计,只能说明我们太蠢。"张天珩的声音平静而理性,仿佛自己讲述的就是这个世间的真理,至少是他所认定的真理。

元泓没有说话,她不想编造可笑的谎言来搪塞他,那不仅侮辱他,也侮辱自己。反正他们现在少不了她,除了她没人能驾驶白鱼服。

她只冷淡地回了一句:"站这么久,不怕变成瘸子吗?"

"好吧。"张天珩从善如流地微微躬身,安静地离开了。

不一会儿,站在那个地方的人变成了小葵。

操作着手里的船舵,元泓长长地叹了一口气。

对方已经有了防备,掉转方向是不可能了,接下来真的只能去东瀛走一趟了。

第六章 Mulan Di

窈窕君子，淑女好逑

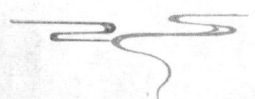

睡意蒙眬中，耳边响起清脆的鸟鸣，早起的鸟儿叽叽喳喳地开始了一天的忙碌，元泓睁开眼睛，透过敞开的悬窗，可见庭院中遍地青翠。啾啾的鸟鸣声，潺潺的流水声，都让人有种置身于苍茫树林中的错觉。

这里是神天家的青玉阁，位于神天府邸的最北面，整座阁楼高三层，由青竹搭建，通体碧翠。内中大到桌椅板凳，小到杯盘碟盏，都是用纯净的青瓷所制，碧玉为饰，青帐薄帷，与外面的葱茏山景浑然一体。

抵达东瀛的时间比元泓想象中更早，在她操纵着白鱼服第二次上浮换气的时候，就能远远看见船只。张天珩拿着望远镜观察片刻，立刻让她驾驶白鱼服靠近。

果然是东瀛的商船！

得知这艘奇怪的小船上竟然坐着神天家族的三公子，商船主人诚惶诚恐地前来拜见。他们本就是神天家附属贵族名下的一支商队。

几人立刻转移到了这艘宽敞的商船上，扬帆起航，全速前行了一天一夜之后，便抵达了东瀛本土。

元泓支撑着起身，揉了揉眼睛。外面侍奉的人听见声响，立刻问道："殿下已经醒了？奴婢服侍您更衣吧。"

元泓清醒过来，连忙扬声道："不必了，将衣服放在那里就好。"

来到神天府邸，纵然万般不愿，元泓也只能接受现实，既来之，则安之。比起困在白鱼服，这青玉阁总算能让人洗个舒舒服服的澡，睡个安稳觉了。

元泓穿上衣服，出于对贵客的尊重，东瀛为她准备的衣饰都是大胤贵公子的风格。

第六章 窈窕君子，淑女好逑

推开拉门，来到正厅，小葵跟三个侍女等候在那里。

"殿下昨晚休息得可好？"小葵恭敬地问道。

回了故国，这孩子反而拘谨起来。早就听说，东瀛尊卑等级森严，礼数讲究，比大胤尤甚，如今一见，果然传言不虚。

元泓步下台阶，随口问道："你不是想念家乡吗？怎么还没有回去？是张天珩不允许吗？"

"三公子病情严重，哪里能够理会这些小事？而且殿下身边要有熟悉的人服侍，回家的事情可以之后再说。"小葵一板一眼地回答道。

张天珩，或者说神天珩确实病得很重，却不是因为之前的伤，而是因为神天家主的惩戒。

前线一败涂地，损兵折将，据说神天家主震怒，当庭要求他自尽谢罪。还是左右官员齐齐求情，才饶过他的，但他依然被重重杖责了一顿。之后神天珩就被送去西馆养伤去了。

而对于她这个俘虏，神天家倒是颇为礼遇。在昨天的引见中，她见到了神天一族的族长神天望，也许因为她不仅是大胤皇族血脉，更曾是帝王至尊，神天望与她平礼相见，言谈文雅，宛如招待远道而来的贵客一般，完全没有因为次子死于与大胤的对战而对元泓心怀仇恨。

席间还有几个精通大胤语言和文化的官员作陪，双方极有默契地避开战事，只畅谈诗词歌赋，美酒佳肴，可谓宾主皆欢。

之后便安置元泓在招待贵客的青玉阁住了下来，还精心挑选了几个精通中原语言的侍女前来伺候。

元泓走出大门，在庭院中闲庭信步，观赏着花园风景。不同于中原整体清新典雅的风格，东瀛的园林更多了一份精致婉约。

小葵尽职尽责地在旁边介绍着："青玉阁是神天家专门招待贵客的所在，最近十年来，只招待过三次贵客，这一处花园所植的都是从北海之渊移植过来的青松……"

元泓一路看得兴起，赞道："确实独具匠心，山水交融，不知设计这庭院的人是谁？"

"这……"小葵一时哑然，神情闪烁。

想不到自己随口的一个问题，竟让这孩子如此为难，元泓摇头道："不方便说就

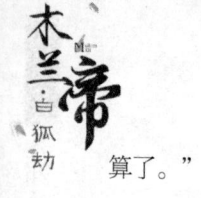

算了。"

小葵看看身边无人注意,才低声道:"其实,设计建造这里的是之前易家的家主。这里也是易家的府邸,十年前神天家覆灭了易家,才迁到了这里,又在原址上建起了将军府,唯独这座青玉阁保留了下来。"

之前在山洞的时候,这孩子也提起过他们是易家的旧部,连他的父亲都是在对战神天家时战死的。看来击败了易家,神天家收获很大啊。

"原来还有这样的故事。"元泓对这些东瀛势力的战乱起伏并不感兴趣,没有多问,继续向前走去。

绕过一处假山,眼前是一处飞檐斗拱的厢房。

听闻这里是收藏书画的所在,元泓来了兴趣,迈步进了房内。

进门便是一幅诗词高挂在白墙上,笔墨横姿,颇有气势。只是元泓不懂东瀛文字,看不懂写的什么。

小葵配合地继续讲解:"这是上次西乡领主前来拜访将军的时候,在青玉阁留宿一晚,专门留下的一首词。"

这位西乡领主也是除元泓之外,住过青玉阁的三位贵客之一。

元泓饶有兴致地观赏了一番。她对东瀛的局势也略知一二,西乡家是如今东瀛境内唯一能与神天家族较量一二的势力,与神天家族一南一北,占据了东瀛的大部分山河,附近小国多半为其附庸。

这位西乡领主本人还是东瀛颇有名气的诗人,书法也堪称一绝。元泓如今得见其墨宝,笔触圆润,贵气中带着几分勃发张扬之意,确实有深厚的功底。

记得之前西乡也曾想染指海贸生意,屡次派人对接白宸侯,甚至奉送家传宝刀,倾力结交。奈何前两年大胤朝政变动剧烈,白宸侯随同太后退隐,旗下势力也跟着退出了东海范围,西乡领主的念想便成了竹篮打水一场空。

倒是神天家不走寻常路,随着这些年声望日增,隐约有了东瀛霸主之势,便野心勃勃地策划了攻打灵州之事,只可惜一败涂地,实力此消彼长,只怕这东瀛的局势又要风起云涌了。

心中波澜,面上不显,元泓逐一观赏着楼内的书画,其中也有几幅气势恢宏的作品让人眼前一亮。观赏到最后,元泓惊讶地停下了脚步,眼前这幅作品写的是中原文字。

上面是一首先贤的诗:一枝淡贮书窗下,人与花心各自香。

笔力遒劲，极富功底，拿到中原也是不凡之作了。元泓凑近了细看，下面有署名，竟然也是中原文字。

"易泽臻，难道就是那位……"元泓心神一动。

身边的小葵证实了她的猜测："这是易家最后一任家主的作品，就是设计青玉阁的那一位。"

元泓忍不住对这位家主起了兴趣："听起来是个很风雅的人呢。"

"当然，这位当年可是东瀛出名的美男子，书画都是极有名的，倾慕中原风物和文化。只是……呃，不太擅长军政，最终败在了神天将军手里。"

"看得出来。"元泓欣赏着那幅字画，又想到青玉阁以及附近庭院的风光，连连点头。

"易家主性情刚烈，不愿屈于人下，其实当时将军大人接连派人招降，奈何易家主不愿归降，最终……自尽了。"提起旧主，小葵也有些遗憾。

这些年东瀛战乱纷迭，军阀割据，无数势力兴起又覆灭。这个易家不是第一个，也不是最后一个。

从书房出来，是一座小桥，白石雕琢的桥身有着精巧的弧度。桥下，清澈的溪水流过纤细的竹筒，浇在青苔遍布的石头上，哗哗作响。

元泓正沉浸在"逝水东流，山河依旧"的萧瑟感中，突然一阵娇俏的笑声从远处传来。抬头望去，是几个绮年玉貌的少女，正站在小桥对面的树林里，对着这边指指点点。

中间一个身穿墨绿色绣金线蝴蝶裙装的少女笑得尤为大声，她身材娇小玲珑，脸颊丰润秀美，天然一股娇憨之气，另外几个看衣着应该都是她的侍女。

几个人正低声谈笑着什么，不时向这边偷眼瞧着。

元泓露出潇洒的笑容，冲着对面点点头。

这个笑容显然鼓励了对面的人。终于，在四周侍女的嬉笑声中，绿裙少女快步走过了小桥。

小葵低声提醒道："这位是将军大人的女儿淳姬小姐……"

来到近前，少女弯腰行礼，然后，一边笑着，一边说着什么。摊开的折扇掩住了樱桃小口，却挡不住娇软甜腻的声音。

淳姬说的是东瀛语言，小葵无奈充当起翻译的角色："淳姬小姐说她很高兴见到从大胤来的贵人，她非常倾慕大胤的风土文化，希望能够与客人多交流。"

元泓微微笑着："在下也非常倾慕淳姬小姐这样异国风情的美人呢。"

"真的……吗？"淳姬似乎通晓一些中原语言，不用小葵翻译，她惊喜地抬头看向元泓。

"当然。淳姬小姐也是在游园赏景吧？不如我们结伴同行。"元泓微微躬身，做了个邀请的动作。

淳姬眼中闪过亮光，立刻弯腰行礼，道："蒙君……邀请，不胜荣幸。"

然后两个人结伴同游，小葵和一众侍女跟在后面。

淳姬的中原语言学得尚可，两个人一边赏景，一边简单地交流着，彼此都感觉受益匪浅。走到后来，淳姬熟稔地攀上元泓的手臂。

以大胤的礼节来讲，初次见面的女孩有如此举动，是极为失礼的，但在东瀛好像并不算太出格，元泓观察着后面侍女和小葵的表情。

真是神奇的国度，一方面有严苛的尊卑等级，一方面又意外地开放。

有美人送上门来，元泓自然不会拒绝，两个人同游一番后，又在流水环绕的竹亭中共进了午餐，之后愉快地分手道别。

元泓能够感受到淳姬对她极有兴趣。

小葵头痛地跟在后面——这位殿下传说中并不是喜好美色的人物啊，为什么对淳姬小姐这样轻浮？难道还想要来一段异国恋情吗？

"淳姬小姐可是……"踌躇半天，小葵终于开口道，"再过几日，西乡家的使节就要过来了。"

"哦。"元泓不置可否地应了一声，"西乡家来人干什么？"

"应该是谈联姻之事吧，之前两家就有过联姻之意，淳姬小姐多半是要嫁给西乡领主的。"小葵小心翼翼地提醒道。

元泓想笑，只是见了一面而已，这孩子还真担心自己会跟淳姬发生什么吗？别说自己是女儿身，就算不是，也不可能这样轻浮啊。

不过嫁给西乡领主……元泓回忆起看过的资料，如今西乡领主已经年近古稀了吧，而神天淳姬不过十五六岁……

元泓疑惑："难道不应该是同西乡领主的公子联姻吗？"

小葵低声道："淳姬小姐只是庶出。"

元泓恍然大悟，东瀛尊卑分明，淳姬这样庶出的女儿，如果想要嫁给西乡家的继承人为正室，身份不够，做侧室又太尊贵。当然也可以嫁给西乡家别的儿子，但联姻这种事儿，尤其是神天家与西乡家，如果淳姬不是嫁与掌权之人的话，所谓联姻，根本毫无意义。

元泓转念又想到，神天家经过之前一场大败，数万精兵葬送海上，西乡家在这个时候派来使者，联姻之事，只怕意味深长。其中是否有自己插手的空间呢？自己困于此地，整个大势如一潭死水，如果能够脱离神天家的控制，自己就可以变成一步活棋……

元泓苦苦思考插手的机会，却没想到，机会这么快就自动找上门了。

这天晚上，元泓翻了几页小葵送来的文集，将书放到一边，正准备歇息，突然门外响起了低低的敲门声。

为避免自己是女儿身的秘密暴露，元泓一直没有让人贴身服侍。所以她起身，自行披上外套，来到门前。推开拉门，来的人出乎她的意料。

淳姬正跪坐在门口，仰头望着她，眼神哀怨，楚楚可怜。

元泓居住在青玉阁的这些日子，两个人又见了好几次，或一起游玩，观赏花园风光，或者一起品茶论诗。

如今淳姬来到青玉阁内，还是第一次，尤其是在这个时间。

要是在大胤，元泓百分百能肯定眼前少女是要投怀送抱或者找自己私奔。但在东瀛，元泓看了一眼跟在淳姬身后的侍女，是青玉阁内服侍自己起居的三个侍女之一。

"禾笋原本是我的侍女，因为通晓大胤语言，所以被临时抽调到这边服侍公子。"淳姬低声解释道，"如果没有她，我也无法避开所有耳目，深夜上门，见到公子您了。"

说完，她挥手让身后的侍女退下。

禾笋躬身行礼，小声提醒道："小姐，请抓紧时间，外面换班的空当只有一刻钟左右。"

青玉阁周围必然有高手在盯着自己，元泓虽然一直没见到人，但也料想得到，如今又通过禾笋的口证实了。

只是眼前这位小姐，躲开侍卫过来，是要干什么？不会是真的想找自己私奔吧？

下一刻钟，她这个荒谬的想法竟然被淳姬用实际行动证实了！

元泓还没回过神来，就觉怀中一热，竟然是淳姬扑到了她的怀中。

"公子，请带我一起走吧。"

元泓身体一僵,连忙将人推开。

"你……你说什么?"

"请公子解救淳姬脱离苦海。"淳姬被推开后,软软地倚在门框上,神情凄然,"如今能救淳姬一命的,只有公子您了。"

"听闻淳姬小姐不日将嫁入名门,成为御谦(名门贵族的正室夫人),不知还有何性命之忧?"

"公子请不要这样嘲笑我了。想必您也知道,西乡领主年事已高,所谓的联姻,不过是送羊入虎口,牺牲我一个人。"

"纵然如此,那也是尊贵的人生。"

"什么尊贵人生!公子您有所不知,这西乡领主性情狠毒,喜怒无常,他的上一任正室,就是被他亲手斩杀。"

"这……应该有其原因吧。"元泓吃了一惊。

"是有其原因。"淳姬冷笑一声,"那位夫人是伊家的女儿,也曾经是联姻的结果,伊家被他们吞并攻占后,便失去了利用价值,西乡领主因为言辞不谨这种小事,便挥剑将其首级斩下。此等凶残之人,我宁死也不愿意服侍,而且父亲和兄长都野心勃勃,神天家与西乡家迟早有一战,到时候……只怕我的下场会更惨!"说到后来,淳姬珠泪盈盈。

这位小姐倒是看得明白,西乡家和神天家迟早要打起来,而神天家之前在东海的失败,只怕将这一战的日子大大提前了。

无论如何,这总是一个机会。元泓低声问道:"不要哭了,只是如今我受困于此,自身难保,又怎么可能帮助你呢?"

淳姬连忙擦了擦眼泪:"我知晓公子是在征战中被三哥俘虏回来的,您身份尊贵,势必不想受制于人,我可以想方设法将您救出府邸,只求公子离开这里的时候带上我。"

"我名下也有两间商铺,其中有一家做着海贸生意,五天后有一条船要出海,到时候咱们上了船,便可以远走高飞了。"

听起来还算靠谱的计划,元泓摸着下巴:"你真的愿意抛弃家族中的一切跟我走?"

"这个家中并无值得我留恋的事物,所以愿意追随公子您而去,只求公子不要辜负了淳姬。"淳姬跪伏在地上,抬起头,哀婉地看着元泓。双目含泪,楚楚动人。

第六章 窈窕君子，淑女好逑

元泓心神微动，点头道："只要你能助我离开，我必不负你。"

时间紧迫，淳姬不敢多停留，很快禾笋出现，将她带走。临别时淳姬还一步三回头地看着元泓，满是眷恋。

第二天，一个意料之外的客人前来拜访元泓。

看着楚仪行礼的模样，元泓忍不住笑道："可是好些日子没有见到楚先生了。"

楚仪深深地躬身："这几日疏忽招待，是在下失职。"

元泓来到他对面坐下："无妨，我知晓你们三公子伤势严重，想必你也不得空闲，不知他如今情形可好？"

"多谢殿下关心，三公子的伤势已经大有好转。"楚仪彬彬有礼地回道。

侍女奉上茶水，两人谈笑了几句。

楚仪动手煮茶，举止间宛如行云流水，自有一股潇洒之意。

元泓用手里的折扇敲打着桌子，在一旁看着，笑道："我以前也对东瀛的茶道感兴趣，可惜学了几次都不得精髓。"

"大胤的茶道更加源远流长，殿下自然看不上这点儿微末小技。"楚仪笑着将煮好的茶水奉送到元泓面前。

元泓端起抿了一口，笑道："说起来，每日在这里吃喝玩乐，孤都要乐不思蜀了。也不知道贵将军准备什么时候与大胤谈判。须知奇货可居，也要看时间的。"

元泓这些日子等得烦躁，东瀛将她扣在手中，却迟迟不与大胤联系，也不知在打什么鬼主意。自己这个"奇货"，难道还有升值的余地吗？

楚仪笑得平和："殿下金玉良言，在下受教了。只是如今大胤正忙碌，我等实在不好惊扰。"

"哦，所为何事？"

"殿下还不知道吧，大胤与北狄在函谷关开战了。"

元泓手一颤，险些将茶水洒到地上，心中诸般念头闪过，瞬间沉下脸色："那个时候，你们在悬崖底下动了手脚吧？"

楚仪眼中闪过赞叹的光芒："殿下真是聪慧过人，收到接应三公子的讯息之后，我等赶到那里，只能仓促布置一番，扔了些垃圾杂物罢了。"

"仓促布置就能误导灵州城的调查，楚先生果然才智高绝。"元泓冷然道。

难怪自己来到东瀛数日，他们始终以礼相待，不紧不慢……张天珩他们这是在等，等着大胤与北狄两败俱伤之际，再坐收渔翁之利。毕竟待大胤消耗之后，再以她为人质，要挟谈判，谋取利益便容易多了。

"其实，汪晏这次复出，重新招揽盗匪，除了老班底之外，其余多半是青鳞公的部属，他们都是北狄出身，所以伪装起来轻而易举。我等在悬崖底下又抛下了一些垃圾杂物，都是北狄人日常饮用之残余。陆将军他们追寻线索，会被误导也正常。"

楚仪依然是那副彬彬有礼的模样："所以殿下不必着急，安心在这里居住，青玉阁里若有什么不足，尽可与管事言明，殿下身份尊贵，府中上下万万不敢懈怠分毫。"

元泓强忍住冲上去揍人的冲动，强迫自己冷静下来："多谢楚先生了。眼下就有一个难题，想要楚先生帮忙解决。"

"请殿下明示。"

"虽然青玉阁风景秀美，但日日困居于此，实在无聊，难得来贵地一趟，不见识一下东瀛的风土人情，总觉得遗憾啊。"

"这……"

"连这点儿小要求都无法满足，难道这就是先生所说的招待贵客，不敢懈怠分毫吗？"

"那好吧。"楚仪无奈地苦笑道，"在下这就向三公子回禀，想必这个要求，还是能够满足的。只是希望殿下出门注意安全，多带随从侍奉。"

"那是当然。"元泓微微笑着。

不能拖延了，必须尽快脱身，至少也要将消息送出去，只能试一试淳姬这条路了。

秋天的风带着丝丝凉意，庭院中半黄的树叶在空中打着旋儿落下。

树下摆着白色的兽皮地席，浓绿的草地上宛如出现了一方白雪。

就在这方白雪上，两个相对而坐的身影正在嬉笑玩乐，风姿倾世，见之忘俗，配着身边明净秀丽的山水，宛如一幅最精美的图画。

"啊，殿下这一枚子吃掉了我好大一条龙。"淳姬惊叫一声，抬手就要反悔。

"哎，落子无悔，不可以再拿起来了。"

"落子无悔那是指大丈夫，人家小女子不可一概而论啊。"淳姬抱住元泓的手臂，眨着灵动的大眼睛，亲昵的举动间，手指在元泓手掌心连连划过，传递着不为人知的讯息。

这几日，元泓又与淳姬见了几次面，在侍女们的眼中，两个人如往常一样把臂同游，畅谈诗词歌赋，琴棋书画。其实两个人私底下，已经悄悄将离开的计划一一完善。

两天之后，望京将要举行一场盛大的祭礼——白狐祭。

白狐祭是一年一度的盛事，这个祭礼起源自一个古老的传说。

千年前东瀛的明德尊皇，心性善良，从不杀生，有一次进山游玩，遇到了一只受伤的白狐，这位贵人一时心软，便命侍从将白狐带来，亲自为其包扎了伤口，精心抚养三日之后，放归山林。

后来他遇到了属下叛乱，不得不逃出京城，一路逃到了望京这里的绘东河边，眼看着身后追兵即将赶到，前面大河拦路，竟然无处可去了。

突然一个戴着白狐面具的女子出现，让尊皇伏在她的背上，将尊皇送过湍急的河流，之后引着尊皇来到一处风雅的竹舍，邀请这位贵人留宿三日。

三日之间，尊皇与这位女子琴曲相和，意趣相投，很快陷入热恋。而这三日之间，追索的叛军在河边反复搜查，多次经过竹舍，却对矗立在河边的建筑视若无睹。尊皇这才明白拯救自己的不是凡人，他们正身处一个神奇的结界之内。

三日之后，叛军撤离，明德尊皇与女子依依惜别，并允诺将来一定前来迎娶她。之后尊皇与援军会合，顺利诛除叛逆，重返京城。

然而，尊皇遵照承诺前来迎娶佳人时，却发现人迹渺渺，搜遍附近山脉森林，却再也找不到那白狐女子的踪迹。只有原本竹舍所在的绿地上，放着一支横笛，正是两人琴曲相合之时，尊皇赠予佳人的随身之物。

尊皇想起两人缠绵缱绻之时，佳人曾说过天道有数，机缘难测。终于意识到人妖殊途，两人注定有缘无分。

尊皇大为悲恸，为了纪念这位情深义重的白狐女子，便在这里起了神庙，并赐名白狐神庙，还盖了一座城，就是如今望京的雏形。

从此白狐祭成了附近百姓的节日，随着望京成为东瀛北部数一数二的大城，白狐祭也跟着更加兴盛起来。

在每年一度的白狐祭上，百姓们庆祝丰收，也祈祷着来年风调雨顺，还有盛大的官方祈福活动，神庙的巫女也会登上花车，前往绘东河祈福。

"真是动人心魄的传说。"听着淳姬用甜美的声音在耳畔讲述白狐祭的起源,元泓微笑着说道。

"是啊,打破禁忌的恋慕,最是真挚可贵。可惜白狐巫女与贵人只能相思两地,但是,相信我与殿下会有不一样的未来。"淳姬挽着元泓的胳膊,俏皮地眨了眨眼睛。

第七章 Mulan Di 为君愿作 掌中舞

月上柳梢头,人约黄昏后。

夕阳西沉,街市上亮起无数闪烁的灯火,将繁华的街道映照得亮如白昼。

元泓走在街上,楚仪带着几十个侍卫高手护卫在她身旁。这还是元泓第一次真正见识到东瀛本土的风土人情。

店铺鳞次栉比,虽不及灵州城繁华鼎盛,但也算一等一的热闹地了。尤其今日正值白狐祭,行人摩肩接踵,更有众多小贩兜售着时令商品。有塞满了新鲜花瓣的熏香锦囊,有绘着白狐渡河图画的白纸扇,还有毛茸茸的白狐小玩具,当然,卖得最多的还是绘着精美花纹的白狐面具。

很多走在街道上的行人也戴着面具,遮蔽了上半张脸,只露出鼻子和嘴巴。有的是穿着精美裙服的少女,用香扇遮掩着嘴角;有的是衣冠整洁的武者,佩带着长刀。

行人与她擦肩而过的瞬间,都忍不住向元泓这里多看几眼,对这位身着异国服饰的贵公子,总是多了一分好奇。

元泓在一个捞金鱼的小店铺前停了下来,试着玩了两把,顺便买下了一个面具。

楚仪结了账,转头看着戴上面具的元泓,笑道:"殿下风采过人,在这里继续走下去,只怕将来的望京就要流传掷果盈车的佳话了。"

刚才一路走来,街上女孩频频瞩目元泓,只是她身边的侍卫太多,才无人胆敢上前搭话。

"若要流传掷果盈车的佳话,主角也应该是你们三公子才对,难道这些年他都没有被望京的女孩子围堵追捧过?"元泓微微笑着。

"哈哈,我们三公子性情寡淡,多年来深居简出,倒是极少出门。"

第七章 为君愿作掌中舞

两个人一边闲话，一边信步逛街，走了片刻，前面的街市上突然一阵喧嚣，由远及近。

是白狐巫女出来了！还未看到车驾，众人先闻到一股沁人心脾的幽香，宛如檀香般深远清雅，又如蜜糖般轻灵甜美，同时有片片柔嫩的花瓣飘散在风中。

四周人群已经陷入山呼海啸般的狂欢中，无数百姓冲上街道两侧，冲着花车的方向欢呼雀跃，还有许多人跪拜在地，叩首祈祷。

在周全的护卫下，元泓站在人群最前端。

不多时，花车到了，与其说是花车，不如说是一座高台。花车由十六匹骏马拉着，台高两层，堆满鲜花，黄金镶边，明珠为饰，下层是十六个身穿神女服饰的年轻女孩，举着花篮向四周抛撒花瓣，漫天花瓣在夜风中飘散，带起阵阵香风。

上层是白狐巫女正在翩然起舞，因为是祭祀的舞蹈，动作简单却格外庄重典雅。

巫女的脸上戴着白狐面具，看不见巫女的眉眼，但从洁白的肌肤、樱花般的唇瓣上看，便可知是一位窈窕清雅的美人。

"文姬小姐的舞姿虽美，但还是不及淳姬小姐去年的表演呢。"旁边的楚仪突然说了一句。

元泓惊讶地瞥了他一眼："文姬是这位白狐巫女的名字？"

"哈哈，主持祭礼的白狐巫女身份尊贵，都是贵族女子可担任，今年正是右知事安清和大人家的女儿文姬小姐。去年便是淳姬小姐呢。"

"可惜今年淳姬小姐要议亲了，不好再上台表演，不然论尊贵美丽，这望京城里自然淳姬小姐是第一。"

元泓恍然大悟，饶有兴致地看着台上巫女的表演。

想必这就是淳姬选择在今天行动的原因了，元泓在心中反复回想着下一步行动的细节，不觉出了神。

"殿下在想什么？"楚仪的声音传来。

元泓"啪"的一声挥开折扇，风流潇洒地笑道："不知道淳姬小姐作为白狐巫女的时候，是怎样可爱的风姿，想想便让人神往呢。"

"哈哈，淳姬小姐娇憨甜美，确实引人心动。"楚仪露出一个属于男人之间的"我明白"的表情。

看来这些天她与淳姬过从甚密，连楚仪这个外臣都知晓了，奇怪的是竟然一直没有人阻止。

对元泓的疑惑，楚仪爽快地给出了解释："我们东瀛的民风比起大胤来还是开放一些，很多贵族小姐出嫁之前有别的恋情也是常事，诗歌来往，琴曲相和，都是佳话。当然，一旦成亲了，就从此闭锁深闺，再无机会了。"

楚仪冲着元泓笑了笑："所以说，在淳姬小姐出嫁之前，殿下还是有机会的。听说西乡家的使节团已经在路上了，再过三天可就要抵达了。"

喂，你这是在提醒什么吗？元泓无语，面上还是带着笑，道："楚先生真是体贴啊！"

幸好他们已经抵达了神庙，得以结束这个尴尬的话题。

得知将军府的贵客驾临，神庙的长老亲自将元泓一行迎进了订好的客房。

正式的祭祀大典在神庙中央的空地上举行，在客房凭栏而立，正好能俯瞰整个祭祀仪式，整个阁楼因为占据最佳的观赏位置，所以阁楼内的十几个房间都提供给望京城最顶级的贵族享用。

典礼还没有开始，楚仪陪着元泓端坐室内，正准备煮茶，轻柔的敲门声响起。

"淳姬小姐想邀请殿下过去一趟。"侍女恭谨的声音传来。

楚仪放下茶壶，笑着调侃道："看来殿下今日有更甜美的茶水可享用了。"

佳人有约，元泓自然不会拒绝，辞别楚仪，跟着侍女在回廊上拐了一个弯，便到了淳姬的房间。

十几个侍卫跟在她身后，待她进屋，便分布在四周，严密守卫在房间外面。

侍女推开门，元泓缓步进入，发现宽敞的房内不止淳姬一个人，还有一个身姿窈窕，面容秀美的少女。

见到元泓进来，少女脸颊发红，低下头参拜道："文姬见过贵客。"

虽然用的是东瀛语言，但经过这些日子的学习交流，元泓也略通晓这些常用语。她一边抬抬手，示意平身，一边用东瀛语言笑道："原来姑娘便是今日的白狐巫女。"

安文姬已经换下了华丽的白狐巫女装束，只穿着单薄的橘黄色常服，边角绣着精致的金葵花纹，在幽幽灯光的照耀下，发似乌檀，肌肤胜雪。

料不到元泓如此轻易认出自己的身份，文姬不禁惊喜地抬头问道："殿下知晓文姬？"

"姑娘身姿绰约，宛如仙人，纵然更换了衣装，也换不去这样倾世的风华啊。"元泓微笑着道。

第七章 为君愿作掌中舞

天下的女孩子，谁不希望被赞美容貌，更何况这热切的赞美出自风雅俊俏的贵公子之口。

文姬用衣袖掩住半边面容，含羞带怯道："多谢殿下夸赞，殿下风采不凡，刚才文姬也一眼便看到了在人群中的殿下。"

两个人只说了几句话，旁边的淳姬已经有所不满了，略带酸意地迎上来，自然而然地攀上元泓的手臂："殿下眼中只有文姬吗？"

"哪里，只是想起刚才文姬姑娘的舞姿，美若天人，不免想到，若是淳姬你跳舞，又该是怎样美丽的姿态。"元泓笑着安抚"小情人"。

"方才与楚先生谈话，我才知道淳姬你竟然是上一任的白狐巫女。"

淳姬这才笑逐颜开："当然了，去年我担任白狐巫女的时候，可是引起了轰动，被赞为仅次于雁姬的美人呢。"

"真的有这样美丽？"元泓配合淳姬，面上露出无限神往的表情，"只可惜，来这里一趟，竟然无法看到淳姬你的舞姿，实在是人生大憾。"

"哈，殿下不必遗憾，刚才我已经跟文姬说好了，一会儿我替她扮成白狐巫女，下去跳舞，必定让殿下得偿所愿。"淳姬眨了眨眼睛，冲着元泓甜甜地笑着。

元泓的目光落在少女身边的托盘上，上面叠放着深红色的裙子和洁白绣银线暗纹的上衣，还有白玉镶红宝石的精致面具。

"哦，果然有此荣幸？"元泓惊喜地问道，复又有几分担心，"这样行吗？我不希望淳姬你因为我而触怒将军大人，若是连累文姬小姐就更不好了。"

"没关系，文姬和我是好朋友嘛。"淳姬甜甜地笑着。

"殿下是远道而来的客人，又是淳姬的意中人，既然殿下有这样的心愿，文姬岂能不帮忙？"文姬羞涩地瞟了元泓一眼，眼中掩不住的神色与光亮似乎在说，这样俊美的贵公子，难怪一向眼高于顶的淳姬小姐也心动了。

元泓还在犹豫："这样不好吧？万一被人发现……"

"殿下放心吧，白狐巫女本就有多人备选，淳姬身份高贵，之前就曾担任过巫女，便是被发现了也并不失礼。"文姬羞涩地笑道。

元泓听后终于释然，淳姬亲自煮茶，房间里欢声笑语不断。众人从外面听着，只以为元泓与两位小姐正在畅谈玩乐，而内中几个人却一片忙碌。

淳姬在文姬的帮助下，开始更换衣装，元泓也站起身来，与侍女禾笋互换了衣装，两个人的身材相仿，元泓换上了侍女的服装，从背影看毫无破绽。而后禾笋取出携带的工具，帮着她往脸上涂脂抹粉，很快元泓的肌肤变得焦黄，眉毛浓重。

见识到这种化妆术，元泓真觉得神奇，虽然比不得大胤某些门派的易容术，但胜在化妆迅速，变化随心，之前张天珩在灵州城里假扮成黄知府搅弄风云，用的也是这一招。

替元泓化妆完毕，侍女又开始在自己脸上捣鼓，很快她的肌肤白净起来，虽然与元泓只有五六分相似，但室内灯光昏暗，再以纸扇等物遮掩，瞒过外面的耳目也足够了。

这化妆术是东瀛秘术之一吗？元泓不免多看了这个形貌普通的侍女一眼。淳姬虽然是个庶女，身边也有可以信赖的高手。

禾笋收拾妥当后，元泓再看向旁边的淳姬。巫女需要戴面具，所以不必易容，但淳姬身材娇小，比文姬矮了一头，只能在脚下的鞋上动手脚了。

看着淳姬踩着如高跷般的特制鞋，元泓不禁有点儿担心："这样没问题吗？"

"不会有事的，我之前特意练习过。"淳姬咬牙道。她制订这个计划之后，发现最大的破绽就是她跟文姬的身高，所以特意赶制了这双鞋，还在房间内苦练了数日。

很快祭礼要开始了，听着门外侍女的催促，装扮完毕的两个人打开房门。

守在外面的侍卫齐刷刷望过来，淳姬身体一颤，强忍住恐惧，努力以最优雅的姿态提起裙角，迈步走出房门。元泓假扮的禾笋则挽着她殷红的裙裾，低眉弯腰地跟在后面。

侍女迎上来，簇拥着两个人缓步下楼。

匆匆扫过两个人，小葵和一众侍卫探头向房内扫视，发现"元泓"正举着茶杯，低头饮茶，似乎刚刚说了什么，将"淳姬小姐"逗得笑个不停，举起的袖子掩在娇嫩的唇边，花纹繁复的衣袖遮掩了她大半面孔，她整个人都快缩进"元泓"怀中了。

这样的场面……众人不敢多看，任侍女关上了房门。

神庙中央的广阔空地上，祭礼大典开始了。

白狐巫女跳起祭神的舞蹈，不同于路上的典雅和缓，祭祀的舞姿更加繁复华美。

元泓扮作侍女在旁边看着，虽然情势危急，元泓依然被舞蹈吸引，不由得感叹淳姬的舞姿赏心悦目。中间一个折腰的动作，淳姬长袖飞舞，腰肢侧弯，整个人恍如一朵赤红的莲花在高台上绽放。

第七章 为君愿作掌中舞

这个动作难度极高,看得元泓惊心动魄。好在淳姬练习多日,虽然踩着高跷极为艰难,还是将整个舞蹈流畅地跳了下来。

高台一侧的元泓悄悄松了一口气。

巫女的舞蹈之后,是神庙人员祈祷祭拜。淳姬则被贴身侍女扶持着下去歇息了。

两个人进了屋子,关上房门,还来不及转身,淳姬娇软的身躯突然倒下了。

元泓吃了一惊,将她扶住:"怎么了?"

揭下面具,淳姬脸色潮红,眼泪汪汪:"殿下,我的脚……扭到了!"

元泓大惊失色,连忙将她打横抱到床上,脱下鞋和洁白的棉袜一看,顿时一颗心沉了下去。

"是刚才跳舞的时候扭到的吗?"

淳姬茫然地点了点头:"跳到一半的时候扭伤了,我怕露馅儿,强撑着忍住了。"

难怪刚才表演到后半段时她的舞姿有些僵硬,元泓心急如焚,她试着伸手碰了碰那红肿如馒头一样的脚踝,淳姬惊呼一声,眼泪禁不住掉下来。

待会儿白狐巫女还要出发,乘坐着花车前往城外绘东河祭祀,要跳一整路呢。淳姬伤成这样,绝对不可能支撑下来的。

只有到了绘东河,元泓和她才有逃跑的机会。淳姬已经布置好了,她约好了属下在河上的神庙碰面。

怎么办?

淳姬紧张得身体打战,关键时刻,却出了这种疏漏,恐慌几乎将她整个人淹没。

"我来跳!"思忖再三,元泓终于下定了决心。

"啊?"淳姬一时反应不过来。

"赶紧把衣服脱了给我,我来跳。"元泓斩钉截铁地吩咐道。

反正白狐巫女全程戴着面具,她的身形跟文姬更加相似,反而不容易露出破绽。至于舞蹈,祭祀路上跳给百姓看的舞蹈姿态典雅,动作简单,刚才在来的路上元泓看文姬跳了一路,她已经大体上掌握了。

见淳姬还在发愣,元泓顾不得了,直接上手解开她腰间玉扣。淳姬低低惊呼一声,脸颊绯红,犹豫半晌,终于不敢拒绝,乖乖将外衣脱了下来。

元泓背过身去,迅速将自己的外裙脱下,换上巫女装束,然后到墙角的铜盆边将脸上的妆容洗去。

"殿下……"看到元泓清洗干净的脸，淳姬脸上骤然浮起红晕，"殿下的容貌，真是让人赞叹。"

元泓忍不住瞥了她一眼："你都看过这么多次了，怎么这时候突发感慨？"

"不是，没想到殿下穿上这身装束如此美丽，简直比传说中的雁姬还要美丽。啊，我失言了！"淳姬连忙捂住嘴巴。赞美男子女装容颜娇艳是很失礼的事情，尤其元泓身份高贵。

元泓本来就是女孩，不以为忤，笑道："多谢淳姬小姐的夸赞了。"

真是性情温雅的人啊！如果不是心中有了那个他，也许自己真的会恋上这个人吧。淳姬痴痴看着眼前高挑秀丽的身影，最终狠心挪开视线。

将白狐面具戴上，元泓只觉万事俱备。

只是淳姬来不及化妆遮掩了，好在花车的高台下面是一个小房间，可以让她以侍女的身份暂时躲避在里面。

绘东河是环绕整个望京的大河，从西向东奔流入海，传说中的白狐就是从这里一跃而起，带着尊皇躲过了叛党的追杀。

绘东河河水丰沛，不仅是两岸农田的灌溉水源，还出产诸多鱼虾鲜货，诸多百姓赖以为生。

白狐祭虽是由传说而来，但主要任务之一，还是祈祷河神庇佑，风调雨顺，五谷丰登，这一点与大胤本地的农时祭祀基本相同。

在城中神殿举行完盛大的典礼，祭祀的最后一个步骤便是白狐巫女前往绘东河，将典礼中焚烧的祝祷文书灰烬送到河边，撒落在河面上，然后本人在河边的神庙里焚香祈祷一整夜。

路上，自然少不了万众期待的花车舞蹈，舞蹈也有为百姓赐福的寓意。

如同来时一样，十六个扮成神女模样的少女在四周撒着花瓣，元泓在高台上舒展肢体，翩然起舞。她刚开始还有些紧张，几个动作之后，便习惯了这简单的舞蹈。

比起以前在宫中练习过的飞天等舞蹈，祭祀舞蹈的动作和脚步简单多了，当然也是因为舞者需要在前进的花车上跳舞，太过复杂的舞步难以维持平衡。

百姓蜂拥而至，围在道路两侧向着巫女的方向跪拜祈福。偶尔有人少之处，站在那里的必定都是有侍卫清场的大贵族。

第七章 为君愿作掌中舞

花车行到靠近将军府的路上，贵族子弟明显多了起来。元泓一眼就看到了人群中那个清越脱俗的身影。

这是她来到东瀛之后，第一次看见他。

比起之前，张天珩清瘦了很多，脸色苍白憔悴，神情举止都带着一种乖巧柔弱，正如他潜伏在灵州城里扮演病弱贵公子时一样。要不是之前深刻体验过他杀伐决断的冷酷，她还真要被眼前这只乖乖小白兔骗过了。

他正站在一群人末尾，而人群的中央……神天望，堂堂将军大人，也来与民同乐吗？难怪他一副乖巧顺从的模样，正是一个失势庶子在手握大权的父亲身边的姿态。

扫了一眼张天珩，元泓的目光落在神天望身边。

站在神天望周围的是他的几个亲信臣子，正围绕着神天望欢声谈笑，个个姿态风雅，气度不凡。其中一个神态高傲、衣裳华贵的青年尤为引人注目。他穿着深紫色的服饰，佩着金色的花穗，容貌俊雅，可惜由于狭长的双目而略显阴鸷。

从位置和站姿推断，他应该是神天家的世子神天健了。在将军府住了一段时日，元泓还是第一次见到这位世子。

花车从众人面前经过，耳边传来他们肆无忌惮的谈论声。

"真是典雅庄重的舞姿，今年的巫女是安家的文姬吧？"一个文臣摸着花白胡子说道。

"想不到文姬的舞蹈如此优美，比去年的淳姬要更出色呢。"说这话的人正是神天望本人。他凝视着元泓，明亮的目光中隐约带着一丝怀念。

不同于平民百姓对白狐巫女的尊崇，在这些大贵族眼中，巫女也只是多了一层神圣外衣的贵族女子罢了。

视线尽头，张天珩也在凝望着自己，神情怔怔，竟然带着几分孩子气的痴意。

不会连这个家伙也被迷倒了吧？虽然元泓对自己的舞姿很是自信，但也不认为能达到倾国倾城的地步。

听着他们的议论，感受到闪烁的目光，尤其是神天健落在自己身上的眼神，几乎称得上放肆了。

元泓心头闪过一丝怒火，她身为巫女，跳舞的同时，也承担着祈福的责任。花车高台的角落里有一个金盘，里面盛着在神庙经过祝祷的福水。水面上还漂着从神庙中央的树上摘下的一朵掌心大小的满月花。

巫女举手投足间，衣袖拂过水面，将水滴洒向众人。被水滴沾染到的百姓无不欢喜狂呼，自以为得到了神明的赐福。

恶作剧心起，元泓想起淳姬特意交代过，分发福水的时候一定不要漏了诸位贵族，尤其是金盘里面的满月花，一定要记得赠给尊贵之人。

她衣袖微微一抬，卷起莹白的花朵，猛地甩出。

一大盆水劈头盖脸地朝着几个议论声音最大的贵族飞过去，而水中夹杂着一朵银光，正是那朵满月花，不偏不倚冲着张天珩头顶飞了过去。

你不想引人注目，我偏要帮你出这个风头。元泓坏坏地想着。

张天珩眼中闪过一丝精光，步伐飞快移动，不仅错身躲过了满月花，同时随手一拉，将身边一个人当作挡箭牌。

那个被拉过来的倒霉蛋直接被水浇了满头满脸，垂下的发髻湿淋淋的，还挂着那朵银白的花，模样别提多狼狈了。

再看张天珩，连一滴水也没有落在他身上。

狡猾的小子！为免引起怀疑，元泓不再动作，继续跳舞。

"啊，看来今年受到神明庇佑的应该是安大人了。"

"不愧是文姬小姐，总是惦念着父亲啊，这是孝道啊。"

元泓这才知道，原来那个倒霉的挡箭牌正好是文姬的父亲。是巧合，还是张天珩刻意的？无论如何，一场小风波消弭于无形。

按理说今天将军大人亲自出来观看表演，文姬应该懂得尊卑，将花抛向将军大人才对，但选择自己父亲赐予最大祝福，也是合情合理的。只是安大人这承受祝福的模样着实狼狈了些。

安清和一脸尴尬地笑着，擦了擦滴水的头发，心想女儿真是太关注自己了。

场中被水浇了个透心凉的不止安大人，连神天将军都湿了半边衣袖。这还是神天健帮忙遮挡之后的结果。

"文姬的赐福还真是直爽啊！"神天望笑出声来。

对这种调皮的小举动，并没有人介意，大家反而更加赞叹起巫女的直爽明快。在一群人指指点点的议论声中，望着元泓舞动窈窕的身姿，神天健眼中亮起灼热的光芒。

元泓似有所感，抬头望去，正对上他炽热的视线，一边盯着自己，一边伸出舌头舔了舔唇边的水滴。

她有种被毒蛇盯上的恶心感……元泓皱起眉头，移开了目光。

第七章 为君愿作掌中舞

随着花车不断前行，巫女离开了众人的视线。众人意兴阑珊地收回目光，几个被"赐福"过的人已经准备退场回去洗漱更衣了。

无人关注的角落，张天珩手中握着一物，神情复杂地望向花车消失的方向。

他正要转身离开，突然身后一个声音传来："三弟，手里拿着什么东西呀？"

张天珩转过身，声音的主人是神天健，正一脸阴鸷地盯着自己。

张天珩温和地笑了笑，伸出手："刚刚文姬小姐似乎用力过大，将这个甩了出来，我正想交给安大人呢。"

摊开的掌心绽放着赤红色的光芒，是一只用火红色宝石穿成的花朵手环。

刚才元泓用力太大，竟然将手腕上佩戴的珠花一起甩了出去。

"交给我吧。"神天健走上前，从他掌心取走手环，漫不经心地道，"说起来，文姬的舞姿真是让人心动，就算与传说中的雁姬相比，也不差分毫了。"

"是吗？还是大哥见多识广。不过在我看来，还是去年淳姬妹妹的舞姿最美丽。"

"哈。"神天健别有深意地看了他一眼，转身走了。

张天珩松了一口气，旋即攥紧了拳头，无论怎样用力，依然有种空落落的感觉。

原来，没有了权力，便是连一只手环也无法握住吗？

由于长时间跳舞，元泓感觉腿都开始酸软了。好在前方就是绘东河了。

湍急的水流声传来，从高高的花车上遥遥望去，一条宽阔的河流骤然出现在眼前，水花晶亮，河水清澈，夹在两岸遍地葱茏之中，宛如一条玉带蜿蜒流转。

花车行至近前，一座数丈宽的石桥横跨在宽阔的河面上，这样宽敞的石桥却不是供行人通行的，石桥的中央，建着一座精巧的神庙。

三层的阁楼矗立，配着下方幽黑的石桥，宛如一条腾空而起的巨蛇，将整座神庙驮在背上。

花车一路畅行，登上了宽阔的桥面，一直行驶到神庙门前才停了下来。

元泓停下舞蹈，在几个神女的扶持下，提着裙裾进了大门。

放眼望去，整座神庙都是白石建造，楼顶和四角都雕琢着栩栩如生的银狐塑像，四面的墙上绘着笔触典雅的彩绘图画，都是传说中白狐救助贵人的故事。

神庙里的侍从迎上来，先依照规矩将祝祷的符文灰烬送入河水中，之后侍从将元泓送进最顶层的房间。

巫女将在这里度过一整夜，为绘东河风调雨顺和两岸百姓的安康祈福。

房间里焚烧着淡雅的香料，元泓依照淳姬之前的指点，在神龛前跪拜下来。侍女恭敬地行礼，之后逐一退出了房间。

焚香祈祷的荣耀是巫女一个人的。

终于安静下来，元泓松了一口气，却也不敢轻易摘下面具。焦急地等待了许久，直到神龛上燃着的香只剩下短短一截，夜已经深了，门外终于响起窸窸窣窣的动静。

元泓连忙拉开门，果然是淳姬，她正蹑手蹑脚地提着裙裾往这边跑来。

进了房间，淳姬软软地瘫坐在地上。她好不容易等到花车旁边看守的侍从都偷懒歇息了，才逮住机会溜出来，强忍着脚上的伤痛，摸到了这里。

元泓扶着她坐下，淳姬低声道："让殿下久等了。"

"无妨，正是行动的好时机。"

时间已经到了下半夜，整个祭礼都已完成。经过数日的狂欢忙碌，神庙中的人都疲惫不堪，连负责看守的侍从都打起了瞌睡。

淳姬从怀中取出一截香料来，插入香炉点燃，然后将拉门弄开一条缝隙，将香炉推了出去。

不多时，走廊里充满了一种清淡至极的香气，原本就在瞌睡中的几个侍从睡得更加甜美了。

然后淳姬又取出一物，来到窗前。那是一盏小巧玲珑的灯，点燃之后发出碧翠的光芒。淳姬举着它在窗口摇动了三下，又等了一会儿，淳姬欢欣地转头低呼："殿下，我们的人来了！"

元泓凑到窗前，遥遥望去，一条小船无声无息地出现在河中央。

船体漆黑，如果不是船头那一点儿同样碧翠的光芒，茫茫夜色中，还真分辨不出这是一艘小船呢。

小船不偏不倚，停在神庙正下方。

船头那点儿青碧的光芒被人摘下，规律地晃动起来。

淳姬兴奋地绽放笑容，持着灯释放出约定好的安全信号。

小船一颤，紧接着一个黑影从船上跃起，攀上了石桥的边缘。黑影行动灵活敏

第七章 为君愿作掌中舞

捷,三两下便攀到了阁楼最顶层。

元泓和淳姬向后避退,那个人从窗户一跃而入。

借着房间里的灯火,元泓看清楚眼前人,是个年纪轻轻的男子,身材清瘦,猿臂蜂腰,只是脸上蒙着黑布,看不清楚相貌。

这就是淳姬的属下吗?

那个人的目光落在元泓身上,旋即挪开,在室内看了一圈,皱起眉头。

"淳姬小姐,您之前说的那位贵客……"

"咳……正是在下。"元泓不得不上前一步,提醒黑衣男子。

黑衣男子的目光落在她明丽的巫女服饰和花纹繁复的面具上,眼里全是震惊。

"您就是永安王殿下?"

黑衣男子说的是中原语言,虽然音调生涩,但语意明确。淳姬手下也人才济济啊,元泓不动声色地观察着。

站在后面的淳姬委屈地解释道:"我的脚踝扭伤了,无法跳舞。刚才殿下迫不得已,代替我跳了最后一段舞。"

她将事情经过简单交代了一遍,黑衣男子这才接受现实。

似乎对自己刚才震惊的表情很是惭愧,黑衣男子道歉:"呃,在下一时失态,让殿下见笑了。"

"易容改装情非得已,确实在意料之外,先生不必计较。"元泓笑道。

"殿下真是能屈能伸,割须弃袍……"黑衣男子想顺势恭维一句。

喂,割须弃袍不是这么用的好吗?元泓无语。

"事不宜迟,咱们赶紧离开吧。"淳姬在后面提醒道,虽然外面的侍卫都被迷倒了,但城中文姬那边随时可能露出破绽,必须尽快行动。

三人不再耽搁,立刻开始行动,但头一个难题就是淳姬的脚。

因为扭伤得厉害,她从停车的地方悄悄摸到这里来已经是极限了,接下来飞檐走壁的行程对她来说极为困难。

黑衣男子意识到这一点,眉头蹙起。

"先将殿下送下去,你再上来接我吧。"见男子犹豫,淳姬交代道。

"也好。"黑衣男子点头答应。

元泓攀爬到窗户边上,在他的帮助下沿着阁楼外墙一路向下,总算有惊无险地抵达小船,然后男子再上楼去接淳姬。

本以为淳姬行动不便，会拖延很长一段时间才返回，没想到片刻之后，黑衣男子就出现在了小船上。

站稳了身形，他低声道："殿下，前庭似乎有过来通报消息的人，外面的侍从被惊醒了。淳姬小姐一时无法走脱，命我先带殿下离开。她暂且假扮巫女，等应付过这帮人，我再回头接她。"

元泓一怔，没想到会出现这种变故，立刻问道："可是巫女的服装还在我身上。"

"这个无须忧虑，侧殿的库房里收藏着历任白狐巫女的装束，淳姬小姐随便找一身穿上即可。"

说话的工夫，黑衣男子已经拿起船桨，在桥墩上用力一撑，小船弹开，顺流而下。

小船速度很快，行走了片刻，两岸传来尖锐的虫鸣声，在这秋日的夜晚里听着分外凄清。

船上两个人一直沉默着，元泓看着前面撑船的男子，终于忍不住开了口："你不担心淳姬吗？"

黑衣男子身形一僵："还是先将殿下送出去更重要，这也是淳姬小姐的命令。"

"淳姬不是你的情人吗？你不担心她吗？"元泓叹了一口气，干脆挑明了问道。

黑衣男子撑船的动作顿住了。半晌，他转过头来。幽暗的夜色中，一双眼睛分外明亮。

"殿下……怎么看出来……"然而，一句话没说完，他整个人都怔住了。

元泓正斜倚在小船里，慵懒闲适的姿态，似笑非笑的神情，手中把玩着那张精致的白狐面具，赤红的宝石映着她白瓷般明净的肌肤，那是一种难以描述的美。

这是他第一次见到这位大胤亲王殿下的真容。他也是看惯美色的人，但此刻却被惊艳得说不出话来。

如此容色，竟然是男子吗？

"怎么了？"元泓不耐烦地催促道。

"我是……不……我不是……我是说……"年轻人神情尴尬，迟疑片刻，终于冷静下来，问道，"殿下是怎么知道的？"

"她想要跟我私奔，至少应该要先问一句，我家中是否有妻妾吧？"元泓摇头苦

第七章 为君愿作掌中舞

笑,"连这个都不关心,怎么可能想要千里迢迢地跟我去大胤呢?"

"这……殿下果然聪慧。"

"是淳姬太天真了,这孩子都不会欺骗别人呢。"元泓直起了身子,将白狐面具重新戴上。

黑衣男子略带遗憾地挪开视线。

"让殿下见笑了,淳姬小姐美丽多情,确实让人动心。"

"这么爽快地承认了。"元泓笑道,"我还以为至少要挣扎抵赖一番呢。"

"中原有句……俗语,叫明人之前不说暗话。"黑衣人老实道,"我若是再抵赖,那是侮辱殿下的聪慧了。"

"也是因为你自觉我是笼中鸟、盘中鱼,再也游不出你的掌心了吧?"元泓笑盈盈地道,明明分析着对方要对自己不利的意图,神情中却不带一丝怒意。

黑衣人一怔,凝神望着她,将面上的黑布揭开,温声道:"合则两利的好事,殿下何必说这样伤人的言辞?"

元泓眼中闪过一丝赞叹之色:"西乡公子如此俊美,也难怪淳姬动心了。"

黑衣人惊讶,摇头道:"连这个也能猜到。殿下莫不是有诸葛孔明的神算之能?"

"只是揣测罢了。"元泓语速缓慢,"淳姬贵为将军小姐,日常结交的都是贵族公子,倘若是神天家的人,多半早就议亲了,就算机缘巧合,错失良机,两个人约定私奔,也无须牵扯上我。而你们两个人私奔,不仅带上了我,甚至愿放弃她,也要先带我离开,说明在你眼中,我的重要性还在淳姬之上。所以,你这次跑来找淳姬私奔,目的就是我吧?"

黑衣人微微一笑,没有言语,算是默认了。

"记得之前听青玉阁的下人提起过,数月之前,西乡领主亲自前来与神天家商谈联姻之事,同时随行的还有西乡家的二公子,西乡鹤。"

黑衣人无奈地叹了一口气:"殿下如此聪慧,竟让我无言以对。没错,在下正是西乡鹤。"

"看来西乡家与神天家所谓的联姻,只是一个阴谋。"元泓用白狐面具敲打着船舷,笑道,"让我猜一猜,所谓议亲,只是想让神天家放松警惕罢了,想必西乡家这些日子大军集结,蓄势待发了。"

淳姬与西乡领主议亲,那淳姬便是他未来的继母,这小子胆敢勾搭,说明他清楚

109

这继母根本不可能上位。

只是，淳姬竟然看不透这一点吗？纵然被情爱迷惑了双眼，也不至于如此昏聩吧？

"因为淳姬小姐早已知晓我们的计划。"对于元泓的疑惑，西乡鹤爽快地给出了答案。

"殿下有所不知，淳姬小姐其实是庶出之女，早年她的生母被将军夫人嫉妒，刚生下孩子，母女二人便被驱赶到了山间的别庄居住。别庄里只有一个年老的仆役奶娘服侍二人，将军夫人还恶意克扣她们的供奉，母女二人饥寒交迫，日子艰难。神天望侧室众多，根本不闻不问。淳姬七岁那一年冬天，因为寒冷发起了高烧，她的母亲嘱咐年老的奶娘在家照看淳姬，而自己为了拾取炭火取暖，在寒冬腊月的时候出门，结果遇到下山的饿狼，不幸遇难。"

元泓低呼一声，通过这些日子的相处，她已经知道，神天望此人贪花好色，后宅侍妾众多，庶出的子女也多，像淳姬这样得到宠爱的并没有几个。元泓本以为淳姬必是宠妾所出，没想到还有这样凄凉的过去。

"之后淳姬与仅有的仆役奶娘相依为命，直到十二岁那年，神天夫人去世，才得以被记起，迎回了宅院。所以淳姬其实对神天家极为痛恨，她相依为命的奶娘，因为言辞不谨慎，触怒神天望而被杀掉了。"

"这样说来，你接近淳姬，也并不是单纯地为美色所惑，套取情报，拉拢敌人才是最终的目的吧？"

"殿下慧眼如炬。"黑衣人点头道，神情反而松懈下来。永安王是个聪明人，与聪明人谈合作，向来是一件让人舒心的事情。

"殿下如此聪慧，便应该明白，与我西乡家合则两利。神天家之前野心勃勃，竟然勾结盗匪，入侵灵州城，亵渎天威，更冒犯殿下这样的贵人，这种家族的覆灭，想必也是殿下所乐见的。只要灵州城方面肯帮助我们西乡家统一东瀛地界，还有海贸上允许我们与灵州方面自由通商，降低赋税……"

时值深夜，露重风寒，天地间一片冷寂。

坐在小船一边，元泓看着侃侃而谈的西乡鹤，目光越过他神采飞扬的面容，落在后方的水面上。

有一点光芒正在水面上荡漾起伏，由远及近。待经过船边，元泓忍不住伸手捞起。

那是一盏莲花灯，素白的绢纸折叠成精巧的莲花模样，中间粘着一只小小的

第七章 为君愿作掌中舞

蜡烛。

想必是河岸边有人放灯祈福，河灯顺着河水漂到了这里。豆子大小的烛火摇曳着，在这寒冷的天气里，执着地不肯熄灭。

便如自己如今的心情，看着这一盏灯火，元泓终于下定了决心。

她抬起头来，对面的西乡鹤刚刚言辞恳切地劝说完，入情入理，动人心神，平心而论，与西乡家合作，脱离神天家的控制，确实是如今的最佳选择。

"见识广博，文采卓然，难怪淳姬会对你动心。"元泓点点头，一扫刚刚的慵懒，正色道，"坦白说，神天家灭亡，我是乐见的。跟你合作，西乡家总不会比神天家胃口更大。"

元泓突然露出笑容："但是……孤不愿意。"

西乡鹤的脸色骤然沉了下来："殿下在开玩笑？"

"没有开玩笑，谁让你……杀了淳姬呢？"元泓目光转冷，一字一句地道。

气氛瞬间被冻结，像是有一层名为冰霜的结界降落下来，连河岸边秋虫的鸣叫，都带着沁人心脾的凉意。

"殿下……"西乡鹤想要反驳，但之前元泓话语虽不多，却处处抢占先机，无形中已经带给他一种心理上的压力。

说谎话是没用的，她终究会知道！西乡鹤辩解的语言卡在喉咙，无法说出。

"淳姬性情天真，虽是为了利用我而接近我，但罪不至死。"元泓心情彻底低落下来，之前她心中还抱着三分侥幸，西乡鹤的反应却将最后一丝犹豫抹去。

西乡家应该是得知了自己落在神天家手上，所以找到淳姬，约定私奔，趁机将自己带走。当然，如果淳姬的脚踝没有受伤，不会拖慢行程，那么西乡鹤也不太会反对带着她。但偏偏淳姬的脚受伤了，行动不便，将大大增加三个人被发现的概率。

就是这样一点儿利弊取舍，便决定了一条年轻的性命。

"一个女子而已，成大事者不拘小节。难道殿下对那个淳姬动真情了？"西乡鹤还想挽回一下。

"单凭你这句话，孤就能肯定，你们与神天家别无二致，与你们合作，还不如乖乖待在神天家呢。至少张天珩更懂得察言观色，不会说出这种话语来惹我不快。"元泓冷笑着讥讽道。

西乡鹤脸色阴沉得能凝出冰来，片刻，突然又展眉笑了："殿下想怎么样？又能

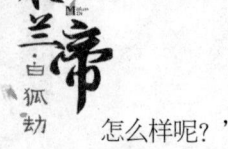

怎么样呢？"

知道真相又如何？元泓现在已经落在他手上了。沿着这条河走下去，很快就能离开望京范围，而接应的亲信高手正在下游等待着。

又是这种讨厌的笑容，自以为一切都在掌握之中了。

元泓叹了一口气，他不知道，自己最想干的就是冲着那张脸一拳头招呼下去，也就是俗称的打脸。

元泓叹了一口气："现在孤所能做的不多，不过为淳姬小姐报仇还是能尝试一下的。"

西乡鹤像是听到了最好笑的笑话："殿下的武功……咳，而且殿下手无寸铁，想要如何报仇？"刚才带元泓下楼，他就已经断定眼前这位亲王殿下的武功比三脚猫强不了多少。

"谁说我手无寸铁的？"元泓调整了一下坐姿，慢吞吞地从背后摸出一物来。

那是一根蜡烛台，青铜打造，唯一能伤人的是插蜡烛的尖刺，长约一指。

是从刚才的房间里顺手摸走的吧？西乡鹤看着她的"武器"，表情一言难尽。

"请殿下不要开这种玩笑，在下对殿下还是很尊重的。"

"你不要太小看我。想当年，我也是上过战场的人。"元泓话锋一转，说起了往事，"你不知道吧，我这一生，距离死亡最近的一次是在狄军的大营里。那时候白望舒去行刺狄军主帅，我为了掩护他，去狄军马厩里放火，结果泄露了行踪，只能跳入河中逃命，结果险些淹死。从那件事之后，我就深知，游泳是一项很重要的技能。"

想不到元泓突然间说起了往事，西乡鹤一时摸不透她的想法。

看着一脸迷惑的西乡鹤，元泓突然露出一个坏笑："听说西乡家的二公子允文允武，风采过人，就是不知道水性如何？"

西乡鹤一愣，猛地警醒，低头看去，却见小船竟然已经进了深约三指的水了，而且水位正在迅速上涨。

原来刚才元泓借着说话的工夫，拖延时间，背后一直用烛台上的尖刺往小船底下钻，终于将船底给钻透了。

西乡鹤又惊又怒，刹那间反应过来，扑上去就要制住元泓。

元泓却早已料到他的举动，手在船舷上用力一按，"扑通"一声，整个人直接翻进了河水里。

第七章 为君愿作掌中舞

西乡鹤怒吼一声，跃上船舷，同时闪电般拔出腰间的长刀，刀光如雪，破开水面，直冲水中的元泓而去。

想不到西乡鹤刀势威猛至此，元泓连忙往深水游去，但水流的阻力让她无法完全避开。肩头一阵刺痛，一丝艳丽的红色扩散在清澈的水流中。

西乡鹤还想再挥刀，却因为踩得太向外，整条小船都失去平衡，剧烈摇晃起来。

终于，伴着一声惨烈的惊呼，小船整个儿翻了过来，西乡家的二公子跌入水中。

第八章 Mulan Di

会向瑶台月下逢

秋日夜晚的河水带着一股特有的寒意，元泓感觉身体都要冻僵了。她迅速活动手脚，奋力向前游去。

元泓生就有一股不服输的性子，自从上次在狄军大营里险些被寒冬的河水淹死之后，平常人都会更加远离河水，但她倔劲儿上来，特意加强了这方面的特训，灵州城的地理位置又为她提供了便利。如今的她，便是寒冬腊月，也能在水中支撑一段时间了。

悄无声息地游出一段距离，元泓浮上水面换气。听着身后剧烈的扑腾声，看来西乡鹤水性不佳呢！希望他将来能好好锻炼，如果还有机会的话。

终于游到了岸边，元泓张望着四周，寻找最佳的上岸地点。

突然一点亮光从岸边向着她漂浮过来。擦身而过的间隙，元泓凝神细看，又是一盏莲花灯，上面还燃着半截蜡烛。

是有人在上游做法事吗？疑惑的工夫，她已经抵达了河岸，拽着野生的芦苇爬上了岸。

元泓总算松了一口气。

"阿嚏！"一阵风吹过，她打了个喷嚏。秋日的夜风真是冷啊，尤其是她还全身湿透地站在河边。先找个避风的地方吧，元泓四下张望，不期然对上了一双黝黑的眼睛。

凄冷的夜风，荒凉的郊外，渺无人迹的河岸，白衣素服的人影，全靠坚强的意志力，元泓才忍住了尖叫的冲动。

看着突兀地出现在自己面前的身影，元泓惊魂未定地打量着。

眼前是一个穿着素白短衣的少年，身材清瘦纤细，乌黑的长发束在脑后，脸上戴着街市上最流行的白狐面具，只露出黝黑的瞳孔。

"你是谁？你在这里做什么？"元泓颤声问道。

少年凝望着她，没有说话。

元泓这才想起，自己说的是中原语言，立刻换了东瀛语言，又问了一遍。

少年开了口："我在这里祭祀先人，你是谁？怎么会从水里冒出来？是河神吗？"声音柔弱，却清脆动听。

原来是夜晚祭拜的路人。元泓总算松了一口气，刚才险些吓得她魂飞魄散，她的目光落在少年手中捧着的那盏莲花灯上。

元泓回想起刚才在河里遇到的那一盏，也是这个少年燃放的吗？

对少年的疑问，元泓笑道："我不是河神，只是因为一场意外，不小心沉船落水了。"

简单解释着，元泓突然意识到一个问题，咦，少年刚才回答她的问题时，说的好像是音调纯正的中原语言啊！

东瀛这地界怎么了，随便走在路上遇到一个人都会中原语言吗？尤其看少年这身打扮，这个季节还穿着麻布短衣，明显不是什么富贵人家。

"你住在附近吗？怎么会中原语言？"元泓忍不住上前一步，她大半个身体从芦苇丛中显露出来。

少年的目光落在她身上，骤然一震。然后他猛地转过身："这位姑娘，你的衣服……"

元泓一愣，低头看去，才发现自己的衣服竟然裂开了一条长长的口子。西乡鹤那一刀，虽然只是划破一层皮，却将她的衣服整个割裂开来，露出大片肌肤。

元泓连忙将衣服拉扯整齐，却扯动了肩头的伤口，痛得她倒吸一口冷气。

衣服全湿透了，还残破不堪，再加上肩膀的伤势，元泓抬头看去，整个过程对面的少年一直背对着她。

倒是个知礼的孩子。

一阵凉风吹过，元泓又忍不住打了几个喷嚏。

少年想要转过头，却又硬生生止住。元泓看得好笑又欣慰："我没事了，你可以转身了。"

少年这才转过身来，却依然不敢直视元泓，低头看着自己脚尖，问道："姑娘是不慎跌入河水里面的吗？"

"是啊，一时兴起趁夜渡河赏景，没想到小船出了意外，我跌入了水中。"元泓信口胡诌道，"不知这附近可有人家？夜风寒冷，想要借一件衣服。"

少年面上露出为难的神情："这附近都是荒野，并无人居住。"

"啊？这附近这么荒凉？"元泓踮起脚尖，眺望远方，月色之下遍地幽暗，影影绰绰都是灌木丛，视线所及竟然无一丝灯光。

"这一带都是隶属白狐神庙的土地，因为神庙中几位神官酷爱游猎，所以在神庙东边沿河划定了方圆数十里的猎场，除了神庙之人，等闲人都不能进入的。"少年简单解释道。

元泓第一个念头是，这白狐神庙也够霸道的，将河道两侧最肥美的土地划定为猎场，浪费了多少良田沃土啊。之后心里发凉，自己怎么这么倒霉，选了这个地方上岸呢？早知道在船上与西乡鹤多聊一会儿……

然而世上没有后悔药，她原本的计划是迅速找到人家，如果能买来一艘小船就更好了，直接顺流而下，抵达下游的村镇，寻找从大胤来的客商。

设计好的逃亡路线一开始就惨遭腰斩！苍天无眼啊！

也许是元泓脸上的表情太过悲怆，少年看着于心不忍，一个孤单的女孩遇到落水这种事情确实很倒霉。

他犹豫了一下，将身上的外衣脱了下来："姑娘你暂时遮挡一下吧。"

少年脱了外衣，就剩下单薄的中衣了，凉风一吹，立时打了个哆嗦。

见元泓犹豫，他继续温声道："我是男子，不碍事的，你衣衫破了，又浑身湿透，若不穿上，只怕会大病一场。"

他说的在理，元泓也不矫情，爽快地接了过来："多谢你……"

话未说完，突然远处传来一阵急促的狗吠声。元泓心里一紧，是追兵吗？

她极目远望，只见一队人马举着火把从远处向着这边靠近，中间夹杂着狗吠声。

旁边少年也变了脸色："糟糕，那是神庙的护卫队，看方向是朝着这边来了。"

真的是追兵！黑灯瞎火的，他们怎么会这么快找到自己呢？然而没有时间深思了，元泓连忙跑到河边，准备继续下水游泳，身后的少年却一把拽住了她。

"你要往哪里去？"

"呃，我跟白狐神庙的人有点儿误会，不能在这里久留。"

少年略一犹豫，提醒道："神庙养的猎狗都是通水性的，你下水也没有用。"

"啊？"元泓吓了一跳。

第八章 会向瑶台月下逢

"你跟我来吧。我知道一条隐藏的小道。"

别无选择，元泓只能跟上少年的脚步。

少年轻车熟路地钻进了一丛芦苇中，一边快步向前走去，一边道："这一片芦苇中间生长着很多赤菀草，能遮掩人身上的气味，他们搜查不到。"

"怎么你好像很有经验的样子？"元泓疑惑道。

前面的少年动作一顿："我经常出来，偶尔也会碰到猎犬……"

经常来这里？元泓一怔，回想刚才少年提起，这附近都是白狐神庙的土地，已经改作猎场，不容百姓居住，偏偏他又常常来此地。自己刚刚是冻得糊涂了，竟然没听出其中的矛盾，这不明摆着说少年也是神庙中人吗？

遥望着暗夜下黝黑如巨兽般的神庙，凉风吹过，元泓打了个喷嚏。

算了，还是乖乖回去吧！这一次的逃跑，是彻底失败了。元泓垂头丧气，无奈地向残酷的现实低下头。

"你叫什么名字？在神庙工作吗？"一边在半人高的芦苇丛中弯腰前行，元泓一边问道。

"我叫易泽谦，算是在这里修行吧。"

"修行，是见习神官吗？"元泓恍然大悟，看这少年气度，不像是普通仆役之流，而且懂得中原语言，如果是神官候补，倒是解释得通了。

可对她的推测，少年依然摇头："我只是修行，将来应该不会担任神官的。"

"那你修行是为了什么？还有你怎么会懂中原语言呢？"元泓问道。

"就是修行啊，每日都是这样。"少年低声道，"中原的语言都是父亲教我的，他非常喜欢中原的风土文化，自己也会说和写呢。"

"原来是家学渊源，还以为你是在神庙学会的呢。"元泓笑道。

"前面是神庙东边喷泉的出水口，晚上是没有水的，从这里钻进去，可以到神庙里面，那些猎犬应该找不到我们了。"

水流通道足有一人高，进了内中，终于隔绝了凄冷的风，还有遥远的狗吠人声。

元泓松懈下来，看向前面的少年："多谢你了。"

"不客气。正好我也要返回神庙。"

"这条路你似乎很熟悉。"

"嗯，我经常在夜晚从这里偷偷跑出去玩。这里是神庙底下的一条密道，没有人知道。"

几句话的工夫，两个人已经抵达通道尽头。易泽谦踮起脚尖，悄悄推动头顶上一处圆盘，探头看了看，确定四周寂静无人，他扳着两侧跳了上去，然后弯下腰伸出手。

元泓拉住他的手，借力上攀，终于出现在地面上。

左右看去，他们似乎是在一处封闭的房间里，堆满了箱笼等物。

"这里是神庙三楼的后库房，距离巫女祈祷的房间不远。"少年略一犹豫，眼中闪过一丝狡黠，开口劝道，"您其实是文姬小姐吧？虽然您一直说中原语言想以此掩盖身份，但我还是认出来了。接下来的时间，文姬小姐还是不要轻易出门了，如果被人看到了，对您的名誉可能会有影响。"

他叫自己文姬？这孩子是将自己误认作今年的白狐巫女了。元泓摸了摸脸上的面具，还有湿答答的巫女服饰，也难怪这孩子误会。想想刚才自己的话语，他肯定是以为自己深夜无聊寂寞，所以偷偷溜出来玩耍，结果失足落水……

元泓不禁觉得好笑，却并没有打算解释。

少年俯身将桌上的油灯点亮，一点光芒绽放，元泓终于看清楚四周。

这是个宽阔的房间，床榻干净柔软，四面悬着松鹤金纹的锦缎挂屏，几十个箱笼整齐有序地摆放在右侧，占据了房间的大半。

"这些箱子里收藏着历任巫女的服饰，文姬小姐不如先选一身更换上。"少年换回了东瀛语指了指箱笼。

记得刚才西乡鹤也提起过，库房里有历任白狐巫女的服饰，原来就是在这里。

可是元泓不能继续穿巫女装了。回到这里，楚仪他们很快就会找上门，她可不想让自己女儿身的秘密暴露。

"有男子的服饰吗？"元泓问道。

"啊？"易泽谦吃了一惊。

"你应该有替换的衣服吧？拜托给我一身吧。"元泓双手合十，诚恳地提出了要求。易泽谦的身材高挑纤瘦，衣服应该正适合她。

易泽谦挠了挠头发："文姬小姐，白狐巫女应该庄重典雅，您这样……唉，好吧。"

虽然"文姬小姐"的要求非常怪异，但面对这样诚挚恳切的眼神，易泽谦还是无法狠心拒绝，只能无奈地答应："我这就回房间去取，请您稍候片刻。"

说完，易泽谦小心翼翼地推开门离开。

第八章 会向瑶台月下逢

孤零零地站在房间里，元泓打了个哆嗦。好冷啊，继续穿着湿透的衣服会得风寒的。经过跳河逃生，再加上芦苇丛长途奔波，自己身上的衣服不仅湿答答的，而且脏乱残破得没法看了。

她走近箱笼，随手打开一个，里面宝光灿烂，果然都是历任白狐巫女的衣饰。

眼见易泽谦还没有回来，元泓三下五除二将身上的衣服脱了下来，然后从箱子里挑选了一身更换。

巫女服装虽然都是上白下红，但在细节上还是有很大的不同，也从侧面反映了望京城内贵族女子服饰的流行趋势。前些年的以绣花和暗纹来装饰，这几年的却更多地镶嵌珍珠和宝石。

自己选择的这一身，应该是属于中间年代，风格处于过渡时期。元泓提起裙角，绣银线茜草纹的洁白缎子上如同有月光在流淌，衬着镶嵌着赤红宝石的下裙，整个人都在发光一般。

在十几箱衣物中，这一身恐怕是数一数二的华美了。没办法，元泓翻看了十几套衣服，只有这一身与自己的身量完全合衬，东瀛的女孩子里，难得有这样高挑的。

衣服非常干净，保管得也非常妥善，素白的缎子像是新的一般，尤其衣服上的刺绣和宝石盘扣，竟然是中原的风格，也不知道它属于哪一代的白狐巫女。

换上干爽舒适的衣服，元泓总算缓了一口气，静坐在角落中等待易泽谦。少年的身影迟迟未见，突然，外面传来一阵响动，寂静的神庙像是骤然从沉眠中苏醒了。

元泓忍不住凑到窗边，神庙前庭出现往返匆忙的人影，还有急促的狗吠声。

是搜查自己的人无功而返了？

她站在窗后，凝神细看。冷不防一声惊呼从下面传来："是谁？"

元泓大吃一惊，刚才她只顾着看远处的队伍，竟然没注意到有一队巡逻的护卫从她所处的楼前经过。

她连忙闪身后退，躲到帷幕之后。

楼下巡逻的护卫举高灯笼："怎么了？发现了可疑之人吗？"

"刚才看到那扇窗户后面，好像站着巫女大人。"

"什么，那个方向不是库房吗？你没看错吗？"

"应该没有。"

"我也看到了。"

几个护卫迟疑着说道，一瞥的工夫，他们看见窗后的女子不仅穿着巫女服饰，而

且手中持着白狐面具，容貌美艳绝伦……

外面传来低低的议论声："赶紧去禀报管事大人吧。"

被发现了！怎么办？元泓在房间里急得团团转，这时，响起了开门声。

"文姬小姐，我回来了。"

"你总算回来了。"元泓大喜过望地迎上去，顺便将他怀中的衣服接过来。

"刚才我顺便看了一下走廊上有没有人……"少年抬起头，一句话没说完，整个人突然僵住了。

元泓一怔，心中大叫糟糕！想起自己刚刚揭了面具下来，放在一边。

然而，少年却并没有问出意料之中的那句"你是谁"，反而后退两步，跌坐在地上，脸色惨白。

"雁姬姐姐……"一句近乎呢喃的低语，满是颤抖和眷恋。

元泓赶紧将白狐面具戴上，隐约松了一口气，低头问道："你怎么了？"

少年如梦初醒般颤抖了一下，然后爬起身来，低头道："没什么，只是没想到文姬小姐的容颜如此美丽，被吓了一跳。"

被吓得哭了出来吗？以元泓观察之敏锐，当然不会错过那两道晶亮的泪滴，正顺着他洁白的脸颊滑落。

幸好这孩子不认识真的文姬。不过，刚才这孩子刚刚脱口而出的，雁姬姐姐……说起来，雁姬这个名字，今晚已经听到了好几次啊。

少年抬起衣袖擦过脸颊，可惜因为上半张脸戴着面具，擦眼泪很不方便。

"将面具拿下来吧，这样不舒服。"元泓忍不住上前一步。

"不行。"少年脱口而出，同时惊慌地后退。

发现元泓并没有动手揭开他面具的意思，靠近了只是想要将之前披着的外衣还给他，少年低下头："抱歉，是我失态了。"

"没有，虽然不知道是哪里惹你伤心了，但你今天对我的帮助已经很多了，该是我谢谢你才对。"

"我脸上有伤口，非常难看，所以一直戴着面具，就算在神庙也是如此。"少年解释道，然后从元泓手中接过外衣。

"是出了意外伤到的吗？我知晓一种祛除疤痕的药方，如果是最近弄伤的伤口，可以恢复得很好。"元泓建议道。

"不是，是小时候被刀砍伤的，十年前了。"少年神情黯然。

第八章 会向瑶台月下逢

十年前，这么久了，那时候这孩子还是个幼童吧？谁这样狠心对一个幼童挥刀相向？

易……心念电转，元泓突然明白自己对这个名字为什么如此熟悉了。

易家不就是望京的前一任主人吗？十年前，望京还是易领主的疆域呢，然而一场败仗，这里已经改姓神天了。

"你是易家的遗孤？"元泓忍不住问道。听说东瀛的割据势力，有时候在诛灭对手之后并不会赶尽杀绝，而是逼令其后人出家。难怪这孩子说自己的神庙修行，要一直持续下去。

少年无声地点点头。

真是让人怜惜的孩子，他看起来如此年少，就经历家破人亡，还要在仇人手下讨生活。

也许是元泓眼中的同情之意太过明显，少年低头道："其实在神庙的日子也不差，与世无争，生活平静，每天为家人祈福，我也能够更好地赎罪。"

赎罪？元泓对这个词汇有些诧异，但现在不是议论这个的时候，自己已经被发现了，要赶紧离开。

元泓思绪转动，叮嘱道："易泽谦，你先回去吧。如果有机会，我再过来找你。"

接下来的事情，也许会向着她无法预料的方向发展，虽然元泓有信心，神天家的人不会伤害自己，但牵连到的其他人就不一定了。

少年乖巧地点点头，体贴地叮嘱道："文姬小姐，您也赶紧回房间吧，被人发现就不好了。"

待少年推门离开，元泓抖开手里的衣服，是一套常见的青衣。她以最快的速度将衣服换上，将巫女服饰塞回箱子里，然后离开了库房。

拐过一道回廊，前面便是巫女祈祷的房间，里面一片寂静，元泓却知道，里面绝不会如同听起来这样平静。

长吸了一口气，元泓推开房门。

纵然心中早有准备，看到这样惊心的画面，元泓还是忍不住黯然神伤。

淳姬正安静地躺在地板上，姿态优雅，神色安然，如果不是脖颈上那道浅淡的红线，元泓甚至以为她只是睡着了。

一剑封喉，干脆利落。淳姬永远也无法预料，自己一直在期盼着的恋人，竟然是如此冷酷残忍。

元泓俯下身，淳姬的肌肤上还残留着一丝温暖，只是那双美丽的眼睛再也不会睁开了。

"这是怎么回事？殿下能否解释一下？"身边传来的声音冷淡而压抑。

元泓叹了一口气，抬头看向房间里的两位不速之客。

楚仪脸色铁青，来到房间显然已经有一段时间了，淳姬的遗体已经检视完毕。而在他的身边，文姬正颤抖着跪伏在角落里，泪痕满面。

向来从容优雅的楚仪大人再也无法冷静，只因这一个夜晚，发生的变故实在太多了。几个时辰前还活泼伶俐的淳姬小姐为何突然变成了一具冰冷的尸体？原本在守卫森严的城中神庙玩乐的贵客元泓为何会突然消失，然后莫名出现在河畔的神庙里？还有那个他最关心的人……

元泓思绪电闪。看文姬的模样，显然已经将所知道的事情都说了出来。但她所知有限，应该只以为淳姬为了讨好倾慕的贵公子，策划了一场浪漫的约会。

元泓猜得没错，入夜之后，察觉到元泓与淳姬小姐在室内共处的时间太长了些，楚仪便命令小葵以奉送点心为名，跟着侍女进去查看了一趟。一看之下，小葵魂飞魄散——本以为在室内亲密约会的元泓和淳姬竟然不见了！

楚仪气急败坏地询问文姬，也许是他的表情太过急迫，文姬隐约明白自己闯了大祸，连忙将所知道的事情交代清楚。

楚仪急匆匆带着人赶到了神庙，然后看到了令人胆寒的一幕。

贵重的人质元泓早已经不见了，而淳姬小姐悄无声息地死在了房间里。本以为元泓已经逃远了，没想到峰回路转，转眼间大门敞开，元泓竟突兀地出现在自己面前。

"我还以为，之后会有很长时间无法见到殿下了。"楚仪的声音极为冷淡。

元泓叹了一口气，这个场面，是个人都会怀疑，自己借机杀掉了淳姬，私自逃跑。

该怎么解释？虽然自己确实想要逃跑。

元泓沉默着，还没有想好说法，对面的楚仪先开了口。

"方才我已经查看过淳姬小姐的伤口，利刃封喉，连血都没有流太多，凶手应该是用刀的高手。外面的护卫和侍从都还在沉睡当中，所中的是极高明的迷香，殿下孤身来到我东瀛，身无长物，理应无法做到这些。刚才言语冒犯，还请见谅。"楚仪的声音依然冷淡，态度却缓和下来。

元泓松了一口气，与聪明人说话，确实让人舒服。

"如果我说我不知道凶手是谁，楚仪你会认为我在说谎吗？"

"殿下，淳姬小姐是将军大人宠爱的女儿，而且关系到与西乡家的联姻，事关重大，纵然您身份尊贵，对将军大人，也势必需要一个足够合理的交代。"楚仪语重心长地说道。

"那么，西乡鹤这个人，分量足够吗？"元泓暗叹一声，无奈开口道。

行动失败，没有保密的必要了。虽然元泓明白，自己就算坚称什么也不知道，神天家也不可能对自己怎么样，但她现在不想与神天家闹得那么僵，而且给西乡鹤添点儿麻烦，也是个不错的选择。更何况从大局考虑，西乡家虎视眈眈，攻势在即，若神天家毫无防备，一败涂地，狗急跳墙之下，自己这枚棋子的前途就扑朔迷离起来。

两害相较，还是把西乡鹤卖掉吧。

元泓说得很详细，包括自己被淳姬说动，起了逃亡的心思，都丝毫没有遮掩。当然，其中她代替淳姬跳舞这种无关紧要的细节并未说明。

楚仪听着，脸色数变，最后终于冷静下来。

"此事关系重大，请殿下稍候，我要立刻前去禀报将军大人。"

第八章 会向瑶台月下逢

从白狐神庙回到神天府邸的第二天，青玉阁迎来了意料之外的访客。

再一次见到神天望，他依然是那般沉稳的姿态，只是眉宇间多了一份不容忽视的疲惫。是因为女儿淳姬的死亡，还是因为这变故后面所隐藏的更深一层的风起云涌？不管是哪一个，他都无法像从前一样轻松招架，他终究是一个老人了。

"将军大人。"元泓点头招呼着。

对于元泓，神天望依然客气而尊重："亲王殿下这些日子住得可还舒心？寒舍简陋，疏于招待，实在惭愧。"

"哪里，青玉阁风景清幽，甚得我心。"元泓同样客气而礼貌。

说话的间隙，神天望身后的几个臣僚上前见礼，让元泓有几分意外，世子神天健也在其中。

见礼之后，元泓与神天望相对而坐，侍女上前奉茶。

闲谈了几句风物文化，神天望开口道："听闻中原弈棋之道高明，犹在东瀛之上，不如你我手谈一局如何？"

对这种邀请，元泓自然不会拒绝，立刻有侍女奉上棋盘。

对围棋之道，元泓还算擅长，她执白，神天望执黑，两个人你来我往，不多时便杀作一团。

行至半路，神天望手持一子，沉吟不决，突然开口道："殿下曾为至尊之人，退位之后执掌灵州富饶之地，见识卓著，志向高远。不知殿下以为，眼前这道困局应该如何解开？"

元泓目视棋盘，两军对垒，黑白分明，虽然势力持平，但白子分列两端，有合围之势，而黑龙居中式微，隐有败象。

元泓明白，神天望真正想问的并不是眼前的棋局，而是以整个东瀛为棋盘，所开展的决定天下大势的对决。

略一沉吟，元泓反问道："将军占据大义名分，又坐拥精兵数十万，难道还会惧怕西乡家？"

神天望叹了一口气："这大义的名分不能空口说白话，总要拿出证据来。"

"哦，这么说来，西乡鹤至今尚未捉拿到手了？"元泓立刻明白，似笑非笑道，"看来将军大人的臣僚并不如看起来那样得力呢。"

调侃中隐含的嘲讽之意让神天望后面几个臣僚都低下了头。唯有神天健仿佛被刺痛了一般，气愤地抬起头，怒视元泓。他正是负责领兵捉拿西乡鹤之人。

元泓视若无睹，西乡鹤孤身潜入，纵然有人接应，但望京可是神天家族的大本营，在自己的核心地界上竟然还搜不到人，一句无能已经是客气的评价了。

轻蔑的视线让神天健无法忍受。

"谁知道是不是你对淳姬见色起意，淳姬不愿依从，所以遭到毒手，之后故意推到西乡家奸细的头上。"他的声音一如他的面相，带着一股阴鸷。

不用元泓开口，神天望立刻转头训斥儿子。

"住口！亲王殿下什么样的美色没有见识过，又岂会被淳姬这样的无知女子迷惑？"

神天健犹然不甘心地道："若不是心虚，为什么不跟着西乡家的人逃亡呢？"

"殿下是知道礼数之人，更何况西乡家的小子居心叵测，岂能瞒得过殿下这样聪慧之人？你这种只知道沉迷酒色的废物就不要妄加揣测了。"神天望语调冷然。

终究不敢违逆父亲的权威，神天健只能乖乖低头认罪。

冷眼旁观着父子间的小争执，元泓静默不语。

神天望这才转过身来，开口道："如果我们神天家与西乡家开战，不知道大胤会作何选择。"

肯定是选择帮助西乡家啊，至少没有侵扰之仇，掳人之恨！这句话元泓不好意思直接说出来，也许是自己拒绝跟西乡鹤一起逃走的行为，给了神天望不切实际的幻想。

顾虑到自己俘虏的身份，元泓委婉地道："我们大胤有一句俗语，远水解不了近渴。"

神天望眼中闪过一丝失望之色，淳姬意外身亡，联姻之事作罢，而且将神天家与西乡家的矛盾赤裸裸地摆在了台面上，战事一触即发。

借助元泓这枚棋子来要挟灵州方面出兵相助，固然有一定成功的可能，但更大的可能是将自身的弱点暴露在对手面前。

而且，眼前的少年虽然尊贵，终究已经不是天子了。倘若大胤如今的皇帝是心狠手辣之人，完全可以不顾这位亲王的性命，选择与西乡家联合，报复之前神天家攻打灵州的仇恨，那时候腹背受敌，神天家注定败亡。

终究，解决西乡家还是要靠自己，只要这次逼退西乡家的攻势，靠着眼前这枚尊贵的棋子，很快神天家就能休养生息，恢复壮大……

神天望并没有奢望靠着元泓这一枚棋子就能扭转天下大局，元泓的价值在于可以勒索巨额的赎金，甚至可以就东海商贸局势进行谈判，为神天家带来源源不断的金钱财富。

那么，应该如何渡过眼前这个难关呢？西乡家论实力，与神天家持平，但因为上次灵州城一战，神天家损兵折将，反而西乡家筹谋已久，兵精粮足……

思虑着眼前的困局，神天望忧心忡忡。而元泓也思绪翻飞，惦记着大胤与北狄的战况。

这一局棋，双方下得心不在焉，却风起云涌。

终于熬到一局终了，元泓将手中的棋子抛进白瓷盒里："将军棋艺精湛，在下佩服。"终究是神天望棋力更胜一筹，以半子的优势赢得了最终的胜利。

"承让了。"神天望客套地回了一句，叹了一口气，"希望接下来的战事也有如此结局。说起来惭愧，难得招待殿下这样的贵客，马上却要有刀兵血灾之事，破坏了殿下的心情，万分歉疚。"

　　真是虚伪的言辞，好像自己真的是被邀请来游玩的客人一般。

　　元泓微微笑着："将军客气了，我身在大胤之时，就曾听闻将军大人力破强敌、百战百胜的威名，何惧西乡家呢？"

　　元泓这句话倒不是恭维，东瀛如今的两大霸主，西乡家是源远流长的老牌贵族，势力强大在于积累，而神天家却是近几十年新兴起的势力。当年，神天望继承家业之时，神天家不过是地方小势力，全凭神天望本人出众的谋略和手段，远交近攻，多方经营，连续覆灭吞并多方势力，才有了如今的威势。

　　终于对上西乡家这样的庞然大物，面对最终的挑战，神天望却似乎很没有信心。也许是因为局势败坏，让人忧虑；也许是因为他已经老了，不复年轻时的锐意进取。

　　无论如何，这一场仗，将会决定整个东瀛的未来。元泓想不到来此地走一趟，会亲眼见证东瀛历史的变动，也算不虚此行了。

　　元泓举起茶杯，笑道："孤王先在这里预祝大人武运昌隆，旗开得胜。"

　　"便借殿下的吉言了。"神天望起身告辞离开。

　　元泓相送，行至门前，突然开口道："淳姬小姐之事，我很歉疚，不知她的葬仪将如何操持？我想前去尽一份心力。"

　　不等神天望开口，后面的神天健冷哼一声："这种吃里扒外的低贱女子，哪里配得上葬仪？理应与那些低等贱民的骸骨丢在一起喂野狗才对。"

　　神天望抬手，止住了儿子刻薄的话语，转头目视元泓："难得殿下如此有情有义，我这个愚蠢的女儿地下有知，想必会非常高兴。"

　　元泓温声劝道："淳姬小姐性情天真纯良，不慎被蒙骗才遭此劫难，其中我也有不可推卸的责任，所以想要送她最后一程。"

　　神天望叹了一口气："终究也是我神天家的骨血，我会让礼官准备葬仪，到时候会前来通知殿下。"

　　"将军仁慈。"元泓赞道。看着一行人远去的身影，她终于松了一口气。

　　回到室内，侍女们正在收拾茶具，没有了禾笋，青玉阁的侍女只剩下两个人，之后虽然又调拨了几个伶俐的侍女前来服侍，但因为语言不通，只能在殿外侍奉。

　　倚在窗前，看着窗外的绿意渐渐变成枯黄，只是几天的工夫，秋意便已经浓郁起来。

　　"禾笋应该再也看不见了吧。"

第八章 会向瑶台月下逢

侍立在身后的小葵闻言身形一颤，低下头："殿下……对不起。"

是因为在神庙里揭发文姬和禾笋假扮自己和淳姬的真相而愧疚吗？这孩子心性还真是纯良。

元泓温声安慰道："这是你职责所在，我没有怪你，而且事情是我惹出来的。"

"多谢您体谅，殿下。"小葵由衷道，又鼓起勇气，"还有，多谢您刚才为淳姬小姐求情。"

知晓淳姬勾结西乡家之人，神天望对这个女儿厌恶透顶，因此淳姬的遗体安置在神庙，一直没有说明该如何处置。再耽搁下去，只能简单薄葬了。刚才元泓刻意提起，就是为了给淳姬求一份最后的体面。

没想到小葵会因为这个而感激她。

"你跟淳姬小姐很熟悉吗？"

"也不算熟悉，不过我有两次在三公子那边遇到她，她还给过我点心吃呢。"小葵神情黯然，"其实淳姬小姐也是个可怜人。"

元泓点点头，她已经从西乡鹤那里听到过淳姬的身世了，确实让人怜悯。

听到小葵提起张天珩，元泓忍不住问道："淳姬和你们三公子很熟吗？"

"还算融洽吧，我也不太清楚，不过淳姬小姐跟三公子时常来往，跟世子殿下就很……没有这么亲近。"

也许因为都是庶出吧。至于跟神天健关系差，从刚才神天健轻蔑的态度就可以看出来了。

元泓忍不住好奇地多问了一句："平日里世子对三公子态度如何？"

"这个……我们公子一直很尊重世子殿下的。"小葵无奈地道。

元泓心下了然，笑道："那位世子眼高于顶，确实不太容易相处。"

小葵以为她还在介意刚才神天健出言顶撞她的事情，解释道："殿下不必介怀，最近世子心情不佳，纠缠安大人家的文姬小姐，提亲被拒绝不说，还被将军大人斥责了一顿。"

"去跟文姬提亲？"

"嗯，听说是世子殿下看到了文姬在花车上的舞姿，一见钟情。"

元泓嘴角抽搐，他所见到的该不会是自己去河边神庙路上舞的那一段吧？

第九章 Mulan Di 阴影中的刺客

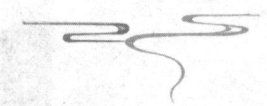

　　元泓再一次站在白狐神庙，是两天之后了。
　　清晨的阳光照着纯白的砖石，整个神庙都透出一股纯净的光芒，配着社中沉痛肃穆的氛围，更显出一种哀伤寂寥。
　　今天社中举行淳姬的法事，按照东瀛的习俗，淳姬这样未婚夭亡的女孩，停灵三日之后便要发丧，并举行法事。
　　举行葬仪的白狐神庙，正是淳姬遇害的地方。
　　比起她生前侍女簇拥的排场，今天的法事从头到尾都透着一股寂寥。
　　失去了联姻的价值，淳姬也不过是个普通的庶女，而且是个惹怒贵人，人人避之唯恐不及的庶女。神天将军自然无暇出席葬仪，连带着神天健这些宗室子弟，也不会为这种小事特意跑一趟。
　　整个葬仪交由将军府中负责礼仪外交事务的安清和大人操持，也就是文姬的父亲。
　　葬仪进行到一半，天色渐渐昏沉下来，朦胧的雨丝飘落，连绵不绝，如泣如诉。
　　凄冷的秋雨为庄重的葬仪平添了一分哀伤。元泓站在白石雕琢的回廊，遥望着淳姬的灵柩装点完成，准备发丧，一时间心中感伤，低声叹息："大多好物不坚牢，彩云易散琉璃脆。花之凋零，雪之消融，从来便是挽留不及，徒留遗恨……"
　　"能得殿下如此垂怜，淳姬小姐地下有知，想必也无遗憾了。"说话的是文姬，她跟着父亲前来送好友一程。
　　淳姬的死因并未对外言明，只说淳姬是前来找好友玩耍的时候遇到了盗匪，不幸身亡。但神天望对这个女儿的冷淡和厌恶还是表露无遗，今日前来参加葬仪的人极少，淳姬日常也有几个好友，此时却只有文姬一个人现身。

第九章 阴影中的刺客

趁着四周无人，文姬突然躬身行礼道："之前还没有谢过殿下，多亏您向楚仪大人求情，才没有牵连到我。"

对这个文静优雅的女孩，元泓还是颇有好感的，所以在将那一晚的事情说明之后，她劝楚仪不要牵连文姬。

楚仪不知出于什么考虑，依从了她的建议，回禀时称文姬是被淳姬欺瞒，对整个事件全然不知。

"你本来就是无辜卷入，若因此获罪，只怕淳姬在那个世界也要良心不安了。"元泓低声道。

文姬乖巧地点点头，然后伸出手去："这一场雨，连上天也在怜惜淳姬，想要替她完成心愿吧。"

"心愿？"元泓转头望着一身素白的女孩，雨势渐渐变大，水滴落在她洁白柔嫩的掌心。

文姬笑了笑，解释道："淳姬虽然看着开朗，其实性格很沉静，她最喜欢雨天，当初我们两个人就是因为雨天被困在城西的胭脂铺子里才相识，之后结交成为好友的。"

一边说着，她将手收回。就在那一刹那，元泓注意到，文姬掌心似乎有薄薄的茧子。

是练习刺绣或者书法造成的吗？

淳姬的葬仪操持完毕时，已经是日暮时分了。

原本淅淅沥沥的小雨转为大雨，豆大的水点敲打在绘东河水面上，溅起水花。

安清和派人准备车马，正要出发，楚仪派去前面探路的侍从却匆匆返回，送来一个意外的消息。

前面的必经之路上因为暴雨冲刷，很多山石滚落，马车无法前进，必须等雨停了派人疏通道路才能行走。

淳姬的棺椁暂时无法送出，只能等明天雨停了再前行了。

雨大难行，安清和决定和女儿在神庙留宿一晚，连带着元泓这个贵客也住了下来。

楚仪调派了上百名侍卫过来，连同安家带来的护卫将白狐神庙团团围住，整个

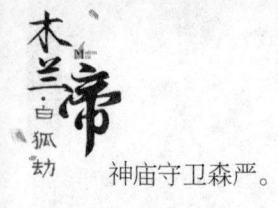

神庙守卫森严。

夜雨淅沥,水滴敲打着窗外的芭蕉叶,发出悦耳的声音。

元泓斜倚在榻上,信手翻阅着一本佛经,在这样的夜晚,她的心情冷寂,格外容易被经文中的禅意打动。

看了片刻,元泓合上书本,正准备歇息,门外响起了轻轻的敲击声。

元泓一阵恍惚,心神刹那间回到了那一晚。同样的夜雨清寒,同样的意外来客。

门外难道是淳姬的幽魂,不甘心红颜早逝,所以趁着夜晚前来重温旧梦了?元泓摇摇头,将这个可笑的念头甩开。

她起身披上外套,来到门前。

推开拉门,一个窈窕动人的身影正跪坐在门外,熟悉的姿态让元泓心神恍惚。

幸好那个人及时抬起头来,熟悉而又截然不同的面貌让元泓安定了心神,她问道:"文姬小姐,不知深夜前来,所为何事?"

"冒昧前来拜访,打扰了。"文姬深深伏地行礼,然后抬起头来,"深夜前来,只是因为有个不情之请,想求殿下援助。"

她泪眼盈盈,神态堪怜。

同样的说辞,相似的情景,触动元泓心神,一个诡异的念头冒出来,文姬不会也是想要找自己私奔吧?

幸好,这荒唐的推测并没有成真,文姬言简意赅地将来意道出。

"淳姬她一生最得意的便是去年担任白狐巫女的时候,所以我想要将她去年穿过的衣服首饰取来,送去与她随葬,也算是了了一份念想。"文姬低声道。

"难得你如此体贴。"元泓温声道,回想白天文姬哭泣不止的模样,心中感动。有这样一个为她着想的好友,淳姬短暂的人生也不算太凄凉。

"只是此事不合礼仪,毕竟历任白狐巫女的服饰,都要由神庙收藏保管,所以我想暗中行事……"

明白她的为难之处,毕竟淳姬如今是神天望厌恶之人,光明正大地提出要求,肯定会被拒绝的。

"殿下是她恋慕之人,若是能亲手为她取来衣服,想必她在那个世界,也是高兴的。"

元泓抚额……

第九章 阴影中的刺客

其实……唉，算了，只是取个衣服。面对文姬殷切的期盼，元泓实在无法说出拒绝的话语。总不能去把西乡鹤找来，替淳姬找一身衣服吧？就算真找了，只怕西乡鹤取来的衣服，淳姬也不想穿啊。

"我跟你走一趟吧。"元泓点头答应。

文姬大喜过望："多谢殿下了。"

存放历任白狐巫女服饰的房间就在三楼东侧，元泓轻车熟路地带着文姬来到了库房。

走到房间门口，文姬突然身体微微颤抖，向着元泓靠拢过来。

元泓诧异，一边推开房门，一边问道："文姬小姐身体不适吗？"

"没有，只是有些害怕，听说这里最近有幽魂出没。"

"什么幽魂？"

"就是淳姬遇害的那一晚，听说有护卫看到，这个房间里出现过以前一位白狐巫女的身影。"

元泓一愣，立刻想到，那天晚上，穿着巫女服饰的自己站在窗户后面，被人发现了行踪，不过之后她很快就离开了，管事应该没有找到线索。

"想必是以讹传讹吧。"元泓不负责任地安慰道。

"不止一个护卫看到过呢，据说，是十年前的雁姬重现，容貌美艳绝伦，能将人的灵魂都吸进去。"

"雁姬到底是谁啊？"元泓忍不住问道。她对这个名字好奇已久，可惜一直没有来得及打听。

文姬一怔，才低声解释道："雁姬是易家的女儿，是望京出名的美人，十年前，也就是易家败落之前的那一年，她担任过白狐巫女，据说引起了极大的轰动，城中看过她舞姿的人无不神魂颠倒，倾慕不已。后来，易家被神天家攻占，雁姬她……随同父母殉城身亡。"

这么说来，雁姬就是易泽谦的姐姐。难怪那一晚，看到自己穿上那身衣服，少年潸然泪下。

"易家有很多子女吗？"

"没有，易家一向人丁单薄，当年的易家主仅有一子一女。"文姬回答道。

元泓心中满是同情，随口问道："那易家主的儿子呢？"元泓走到一处箱笼前，

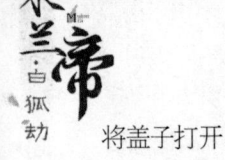

将盖子打开。

箱子是香樟木打造,沉重结实,内外都涂着明亮的银漆,就在那如镜面般的银漆面上,一道锐利的光芒骤然闪过。

元泓条件反射地后退,险之又险地避开了身后那道锐利的锋芒。

在箱笼后面站稳了身形,元泓的目光落在对面的女孩身上。文姬依然是清雅柔弱的模样,如果忽略手中那把明晃晃的短刀的话。

"文姬小姐果然是学过武功的。"元泓的目光沉了下来。

"果然?"文姬眉梢一扬,"殿下怎么知道的?"

"今天你伸手接雨的时候,我看到你掌心有薄薄的茧子。那种形状那般分布,不可能是绣花或者抚琴形成的,必定是长年握刀剑之人才会结下那样的茧子。"元泓解释道,一边不动声色地后退。

白天见到的时候,元泓只是有所怀疑,也提高了警惕,但元泓万万没想到,文姬竟然会骤然拔刀攻击自己。

"殿下真是慧眼如炬。"文姬笑了笑。

"为什么?"元泓忍不住问道。

"当然是为了淳姬。你是她心爱之人,杀掉你,送到棺木里,想必淳姬也是欢喜的。你们大胤不是有句俗语,生不能同衾,死也要同穴吗?"文姬柔声道。笑意盈盈,观之可亲,出口的话语却让人毛骨悚然。

"你疯了!"元泓打了个寒战,表示不能接受这个理由。

"我并不是淳姬爱慕的对象,之前的欢好不过逢场作戏。"元泓飞快地解释道,"而且你知晓我是你们将军大人的贵客吧?你这样行事,连家族和自身也不顾惜了吗?"

"这样说来真让人想要放弃呢,"文姬微微偏着头,露出思索的表情,片刻,绽放出一个可爱的笑容,"可是,我还是决定,先杀掉殿下才行。"

言毕,文姬一个箭步,手中短刀刺出,快如闪电。

好在元泓一直盯着她的动作。面对袭击,她猛地后退,然后从箱子中抽出一物,抵挡住攻击。

那是一根腰带,不知是哪一代白狐巫女的衣饰,上面镶嵌着珠宝。短刀砍在镏金缠枝纹的宝石扣子上,发出刺耳的声响。

元泓趁机绕过箱笼,到窗户前高声呼喊起来:"来人啊!快来人啊!"

第九章 阴影中的刺客

文姬笑了起来，却没有趁机上前，反而讥笑道："殿下尽管呼救，就算叫破喉咙也没有人来救你了。"

元泓紧张地瞥向窗外，外面一片寂静，只有雨声规律地敲打着窗台楼阁。自己喊得这么大声，怎么没人听见？楚仪和他带着的侍卫呢？都死到哪里去了？还有安清和也不过来管管他的女儿……

她心中蓦然闪过一道灵光："你……你们，安大人，是西乡家的奸细！"

对面文姬一愣，脸色大变。

惊慌的神情是最好的证据。证实了最关键的一点，刹那间元泓将一切都想通了。

"原来你们才是跟西乡鹤勾结的人，难怪这些天神天健搜遍望京周边，都找不到西乡鹤的下落，是你们在帮他掩护。还有这次西乡鹤潜入望京掳人，也是你们配合的吧？难怪你这么轻易就答应了淳姬那个荒唐的计划，说不定这个计划都是你怂恿的。甚至之前淳姬与西乡鹤相识，也是你牵线搭桥吧？亏得你们还是好朋友呢。"

想起白天自己还曾为两个女孩子之间的友谊感动，元泓真觉得自己一片好心都喂了狗。不过比起自己，淳姬才是最悲惨的，爱情是欺骗和利用，友情同样也是欺骗和利用。

"殿下还真是聪慧过人。"文姬终于收敛起惊讶的情绪，冷静下来。

"没错，父亲大人确实是西乡家的人，若不是你坏了大事，何至于将我们拖累到如此境地？"文姬愤愤然道。

这几天，迟迟找不到西乡鹤的行踪，神天健对周边的搜查越发严苛，已经开始怀疑望京有内奸。昨天将城中一条暗线挖掘出来，一个潜伏多年的小吏被捕获，这样下去，迟早要牵连到安清和，否则，安清和也不至于放弃经营多年的高贵身份，带着女儿逃亡。毕竟西乡家与神天家大战在即，这个身份能发挥很大的作用。

"西乡鹤已经逃走了吗？让我猜一猜，应该还没有，你们是准备一起逃亡吧？"

文姬冷笑一声："殿下这样聪慧，不如猜一猜，西乡公子如今潜藏在何处。"

元泓脸色阴沉："不会是在淳姬小姐的棺椁中吧？"

文姬笑意绽放："殿下的聪慧真是名不虚传，难怪西乡公子对您赞誉有加。"

真是毫无下限的情人和朋友啊！连淳姬的葬仪都要彻底利用，元泓真想为淳姬掬一把同情泪。

"之前路上的障碍也是你们故意设置的吧？今晚你们趁夜杀掉楚仪他们，然后就准备逃亡了。"

"殿下猜的不错。"文姬爽快地承认道。

"那么,最后一个问题,为什么要杀我?"

"殿下既然不愿意跟我们西乡家离开,那么就只能请殿下去死,为接下来的大战,西乡家的胜利出一份心力了。"文姬坦诚道,"殿下在这里不幸身亡,便是神天家的责任,等我们将这个悲伤的消息送到大胤,相信大胤英明神武的天子必定不会坐视不理,到时候神天家便将承受大胤的怒火了。"

够狠毒,够果断。自己如果不明不白地死在这里,外人多半以为是神天家动的手脚,到时候陆天祈他们绝不会放过凶手。

"看来对这一战,西乡家也没有看上去那样把握十足呢。"元泓摸了摸下巴,突然笑道。

文姬眼神一紧:"这就不是殿下需要关心的问题了,毕竟对殿下您,我可是有足够的把握。"

"是吗?大话可不能说得太早啊。"元泓突然露出一个诡异的笑容,"我先走一步,可惜见不到西乡鹤丧家之犬的模样,有点儿遗憾。"

文姬心神颤抖,暗叫不好,猛地冲上去,同时尖锐的刀光划过。锋芒所及,却是一片空荡荡。

元泓整个人竟像是被大地吞噬般,骤然消失了。

地上有机关!

意识到这一点,文姬扑到地面上,用力砸着地板,空洞的声音清晰地昭示着,下面必然有通道。

谁能想得到,神庙的库房里竟然会有一条密道。但这位从遥远大胤来的亲王怎么会知晓这条密道呢?文姬百思不得其解,同时甚为恐慌。

截杀元泓是整个战略中极为重要的一环,一旦出了疏漏,后果不堪设想,甚至极有可能演变成由西乡家承受大胤的怒火……

另一头,元泓重重摔在地上,却不顾疼痛,第一时间跳起来将密道入口的锁扣紧紧关闭。不久上面就传来沉重的敲击声,元泓头顶上的砂石簌簌而落。

文姬的劲儿还真大啊!此时元泓还不忘调侃,她不敢迟疑,连忙顺着通道向前跑去。

刚才趁着跟文姬对话的工夫,她退到了密道上方,然后用脚挪动机关,将密道打开。

文姬对自己的武功太过自信，以为能吃定对手，哪里知道还有这样的密道存在？

终于到了尽头，元泓从芦苇丛中爬出来，看着四周熟悉的景象，感觉无比亲切。

前日因，今日果。上一次从这条密道走过，她还为自己万般无奈只能自投罗网而满心哀怨，谁知道短短数日之后，她靠着这条密道救了性命。

易泽谦，你又救了我一次，这个人情我记下了。

确定四周无人，元泓站起身来，四面探看着，应该向哪边走呢？还没等她确定方向，突然远处亮起火光。

元泓站到一处丘陵上，遥遥望去，正是白狐神庙的方位，整个神庙陷入一团火光之中。是安清和和文姬找不到自己，所以干脆一把火将神庙烧掉了？

真够狠心的！若不是这条密道是通向神庙外面的，自己可能真的要被烧死在密道里了。

元泓心有余悸，同时心中生出对西乡家和安家父女的深深恨意，连神天家都没有这样惹起她的怒火。

看眼前的情形，楚仪和他的侍卫们只怕已经凶多吉少了。虽然是敌人，但楚仪一直对自己颇为恭敬，还有小葵，那个纯良的孩子，想想也是哀伤，还有易泽谦，不会也在神庙里面吧……

元泓的心情不可避免地低落下来，这笔账等她回了大胤，再慢慢跟他们清算。

下了丘陵，雨已经渐渐转小了，依然淅淅沥沥，不多时，元泓身上的衣服就湿透了。

自己还真是跟水有缘啊，两次走过这片芦苇地都是全身湿透，只是这一次不知该向谁借干净的衣服替换呢。

元泓往河边走去，正盘算着下一步的行动，突然一个人影出现在她前面，正呆呆地望着神庙的方向。

元泓吓了一跳："谁？"

听到声音，那个人转过头来，似乎也对有人会出现在这里感到惊讶。

认清楚来人后，他更加吃惊了："文姬小姐？"

声音清和，脸上戴着白狐面具，那人竟然是易泽谦。

这小子又偷偷跑出来了，真是上天庇佑！元泓大喜过望，她刚才看见火光还担心

易泽谦也在神庙里面，万一遭到毒手怎么办呢。

"文姬小姐，你怎么会出现在这里？"易泽谦对元泓出现在这里惊奇不已，同时手足无措道，"我刚才看到神庙那边好像失火了，怎么办，该回去救火吗？可是我一个人只怕救不了多少，还是先去下游找村民，叫大家一起来帮忙？"

少年略显慌乱，显然没有经历过如此棘手的大事。

"我们现在不能回去。"元泓脑筋转得飞快，"我是来参加淳姬小姐的葬礼的，今晚留宿在神庙里，没想到神庙那边出现了变乱，有西乡家的奸细作乱……"

"什么？西乡家的奸细？"易泽谦睁大了眼睛。

元泓点点头："火光这么大，附近的守卫和村民肯定已经看到了，不多时应该都会赶来救援。而且天上还下着雨呢，火势不会蔓延的。我们两个现在赶去也无济于事，反而会招来祸患。"

"这……"易泽谦犹豫了。

"当务之急是先找一处地方藏身，以免被西乡家的奸细发现我们的行踪。"元泓决策果断。

安家父女急着逃亡，放火之后肯定不可能久留。元泓只要保证今晚不被发现行踪，明天应该就安全了。

易泽谦犹豫再三，终于决定听取元泓的建议，毕竟自己的性命更重要。

"我知道那边的小树林里有一处山洞，咱们不如就去那边暂避吧。"

终于有避雨的地方了，元泓连连点头。

易泽谦将自己肩头的蓑衣取下，递给了元泓："文姬小姐，您先披上这个吧，小心着凉。"

对元泓的迟疑，易泽谦解释道："我会武功，不会那么容易生病的。"

元泓不再推拒，接过蓑衣披到肩头，蓑衣上还带着易泽谦的体温，元泓心中一阵暖意涌上来。

易泽谦算是她在东瀛地界上，难得遇到的对她毫无恶意和利用，只有帮助的好人了。相处时间虽然短暂，但她很珍视这段友谊。只是他一直以为自己是文姬，要不要解释一下呢？

算了，说清楚太复杂，暂时就让这个美丽的误会继续下去吧。

在易泽谦的带领下，元泓很快到了那一处山洞。果然是一处极为隐蔽的所在，周围绿树葱茏，洞口掩在一片灌木丛后，若不是易泽谦指引，元泓甚至找不到地方。

第九章 阴影中的刺客

弯腰进了山洞,里面意外地开阔,光滑的石头上铺着干燥的草叶,中间是一处篝火,上面还有简单的锅碗筷子。

易泽谦不好意思地挠了挠头:"其实,这里是我的一处秘密基地。在神庙里的日子很枯燥乏味,有时候我会悄悄来这边。"

"我明白。"元泓体谅道。他战败势力遗孤的身份,在神庙里只怕格外尴尬,就算不受迫害,冷遇和白眼想必是不会少的。在这样的压力之下,总要找一处能让自己放松的地方。

而且就算在这样的环境里,少年依然能保持温和善良的性情,实在是弥足珍贵。

"我在家中的时候也有一处自己的秘密基地呢。那是我六岁的时候,每天的课业太繁重,有时候心情不好,我便会到明月湖边的一处花丛里独自待一会儿。"坐在柔软干燥的草垫上,元泓的心情放松下来,"我记得,那里有一株很高很高的大树,树上有一家白文鸟住着,会发出很好听的叫声,不过它们很少鸣叫。下面是迎春花丛,中间有一片白石围拢的空地,我最喜欢坐在里面,看着湖面上水波荡漾。"

"听起来那地方一定很美。"易泽谦悠然神往。

"是啊,那里靠近北宫,人迹罕至,有时候听着外面侍女着急地喊我,自己突然有一种进入了一个独立小天地的感觉。"元泓声音中满是怀念眷恋,"可惜去了没几次,我就不能再过去了。"

易泽谦认真地听着,忍不住追问:"为什么?"

"有几个侍女因为找不到我,被我母后……母亲斥责,以服侍不周为名,重重责罚了一顿,我便没有再去了。"提起旧事,元泓神情怅然。

"文姬小姐真是个温柔的人,极少有人这样体贴下人的。"易泽谦低声道。

"身为上位者,当然要体谅下属,他们也很不容易。"元泓笑道。

"嗯,这便是中原一位先贤说的君以国士待我,我必国士报之;君以路人待我,我必路人报之;君以草芥待我,我必仇寇报之。"易泽谦若有所悟。

"哈,易泽谦你懂得很多嘛。"

"都是以前父亲教导我的。他非常喜欢中原文化,所以逼着我也学习了很多。其实小时候我很调皮,最不喜欢学这些东西了。"易泽谦忍不住道,"可惜现在就算想学,也不会有人教导了。"说到后来,他语调忧伤。

"我可以教你啊。"也许是少年的声音太过忧伤,元泓忍不住脱口而出。说出口又觉得不妥当,她又不可能永远留在东瀛。

易泽谦感动地抬起头："多谢文姬小姐了，只是，我们身份有别，您终究是要回去的。"

真是个体贴温顺的孩子，元泓想要开口，突然打了个喷嚏，感觉一阵寒意涌上来。

易泽谦连忙起身："是刚才淋雨受寒了。文姬小姐，穿着湿衣服不行的，会生病的。"

"这里也没有衣服可以更换啊。"元泓揉了揉鼻子，无奈道。

易泽谦略一犹豫，走到山洞的角落，然后变戏法一般从草堆底下拖出了一个小木箱子。

打开箱子，里面是一身华美的女子服装：灿若云霞的素锦上衣，流光溢彩的赤红下裙。

这不是上次她在神庙库房里穿在身上的那件白狐巫女服装吗？记得自己更换衣服之后，就将它塞回箱子了，怎么会出现在这里？

易泽谦将衣服捧到元泓面前，似乎也在发愁该如何解释："这其实是我的一位亲人的衣服，那天我见了，一时怀念，就……我不是故意偷神庙的财产的。"

因为这是姐姐雁姬的服装，所以悄悄将衣服偷了出来，藏在这里，算是聊解对姐姐的怀念之情吗？

"我明白。"元泓温声安慰道。这衣服留给亲人做念想，比放在箱笼里面等着发霉要有意义多了。相信那位雁姬小姐地下有知，也会更愿意将自己的衣物交由亲弟弟保管。

元泓心中怜悯："给我穿上没有关系吗？"

"没有关系，文姬小姐，您不是已经穿过了吗？"

身体越来越冷，元泓不再推辞，接过衣服，匆匆更换上。

易泽谦回避到山洞外面，待元泓换装完毕，才又进来，同时怀中抱着一捆柴火。

少年娴熟地用火石打起火苗，燃起火堆，然后将元泓换下的衣服挂到一边的木架上烘烤。

元泓看着他忙碌的身影，心绪流动，百转千回，想起当年她和白望舒两个人匆匆逃出京城，潜藏在山洞里的那段时光。

白望舒体贴地照顾着自己，还烤了一只山鸡，虽然没放任何作料，但那是她这辈子吃过的最美味的食物了，宫廷的御膳房里用各种秘制酱料烘烤煎炸的鸡腿都远不能及。

想起白望舒，又想起陆天祈。他们在大胤还好吗？大胤和北狄开战，陆天祈已经赶赴前线了吗？他会不会受伤呢？自己被困在东瀛，虽然只是短短的十几天，但竟像过了十几年一般漫长。

该怎么回去呢？回去……

元泓脑中灵光一闪，突然意识到，自己可以回去了啊！

安家父女背叛出逃，将白狐神庙一把火烧了个精光，只怕在神天家眼中，自己已经死在了大火之中，或者被安家父女带走了。他们绝对想不到自己竟然藏在距离神庙不远处的这个小山洞里。

等待明天放晴，自己悄悄到下游找到村庄，然后换乘马车，抵达港口，只要能找到从中原来的商船，返回灵州城便指日可待。

对了，连路费都有了！元泓的目光落在身上的巫女服饰上，裙裾上艳丽的赤红宝石正闪烁着迷人的光泽。

展望着光明的未来，元泓整个人都激动起来，只是眼前这个少年……

看着俯身在火堆前忙碌的易泽谦，元泓开口问道："易泽谦，你想不想离开这里？"

易泽谦动作一顿，茫然回头问道："文姬小姐说什么？"

"你在神庙的日子一定不快乐吧？"

"神天家与你有灭族之仇，你想要一辈子留在神庙，当个一事无成的人吗？"

"所以，跟我走吧。"

"文姬小姐想要去哪里呢？"易泽谦惊讶地看着元泓，完全料不到她会说出这番话。

"我想要去大胤啊。"元泓雀跃起来，"你的中原语言说得这么流利，完全可以在那里重新开始。"

"你为什么会想到去大胤呢？"易泽谦似乎被元泓的脑回路惊呆了。

"呃，其实，这一次谋反的西乡家的奸细，正是安清和。"

"啊，那不是文姬小姐的父亲吗？"易泽谦脸色剧变。

"是啊，我不愿意跟父亲同流合污，所以私自逃了出来。"元泓解释道，感觉自从来了东瀛，自己说谎的能力好像大有进步。

"那……您可以去找将军大人。"

"将军大人未必肯相信我。再说，父亲投靠了西乡家，将来万一兵戎相向，我该如何选择？我一个弱女子，生于这样的乱世，注定举步维艰。"

其实，元泓想过将一切坦白，但万一吓着眼前的少年就不好了。毕竟自己是大胤亲王这个消息太令人震惊，易泽谦不一定能接受，还不如就以文姬的身份来劝他，两个人一起离开东瀛，到大胤重新开始。

等到了大胤，自己可以给他安排一个官爵，按照他的兴趣，可以让他学习文学或者武道，或者干脆当一个富贵闲人，畅游天下，比起他困在神庙当学徒的日子绝对是天壤之别。

这么一想，计划简直太完美了，元泓简直要忍不住为自己欢呼。

易泽谦惊讶地张大嘴巴，显然被这一连串宏伟的计划震惊到了。

"我看到外面有不少树木，咱们可以扎一个竹排，很快就能抵达下游的村落了。到时候咱们典当一颗宝石，搭乘一艘去大胤的商船，很快就能抵达灵州城了。"

"西乡家和神天家迟早要打起来，到时候这里很可能沦为战场，不知要死多少无辜之人，若是卷入其中更加危险。"

描述了美好的理想，元泓又强调起残酷的现实。一旦西乡家与神天家开战，望京作为战略要地，必定是双方攻守的重点，到时候少不了血流成河，尸横遍野。战争就是这样残酷。

"这……让我想想。"易泽谦似乎被打动了，却无法立刻下定决心。

元泓心中着急，但并没有逼迫易泽谦，毕竟这是决定一辈子的大事，过犹不及。

然而，第二天，元泓发现，就算此时易泽谦下定了决心，自己也无法成行了，因为她病倒了。

多日来的忧思过度，再加上寒风秋雨中的逃亡，让她得了严重的风寒。

躺在柔软的干草堆上，元泓感觉自己全身如坠冰窖。她正在发热，呼吸困难。

病弱的时候，分不清楚时间的流逝，她迷迷糊糊之间，感觉到有一双坚实有力的手臂将她扶起，将汤药送到唇边。

辛辣温热，是姜汤和草药的味道，哪里来的姜汤呢？

汤汁顺着喉咙落进肚子，寒冷的身体终于感觉到一丝暖意，元泓勉强抬起头，分辨着眼前模糊的身影，是易泽谦吗？

很快，她又昏昏沉沉地睡了过去，虚弱得连手指都懒得动弹一下。

接下来的时间里，元泓感觉自己又一次被人扶起，然后有食物送到她唇边，滋味甘醇鲜美，好像是鸡汤的味道。

就这样不知睡了多久，元泓的意识逐渐清醒过来，她睁开眼睛，山洞里一片昏暗，唯一的光芒便是角落里的火堆，跃动的火苗吞噬着树枝，噼啪作响。架在火堆上的是一只铁锅，里面腾起白茫茫的雾气。

易泽谦正在火堆旁看着铁锅，从这个角度看上去，少年的背影越发纤细瘦弱。

一张白狐面具搁置在他的手边。

少年没有戴面具呢，意识到这一点，元泓突然好奇心起。

"易泽谦！"她低声呼唤道。

"你醒了！"听到身后的响动，少年欢欣地转过头来，对上元泓明亮的目光，猛地想起自己忘了戴面具，连忙转过身，拿起面具戴上。

元泓有几分遗憾，隔着白雾，又背着火光，她并没有看清楚易泽谦的容貌。但这一瞥，她看见少年脸上确实有一道鲜红的疤痕，划过鼻梁，将原本清秀的容貌破坏殆尽。

戴上面具，少年似乎松了一口气，然后他温声道："山鸡汤马上就好了，文姬小姐您先躺着歇息一下。"

元泓感觉身体还是疲惫乏力，却不再像之前那样昏沉不适了。

"过去多久了？"

"昨日你突然发热，已经昏睡了一天一夜了。我给你把了一下脉，情况很严重，只能先在这里养病了。"

"你还懂医术？"元泓诧异地问道，"不过草药是哪里来的？在附近采的吗？"

"我去下游的村镇拿山鸡换来的。"

"下游的村镇，不是很远吗？"

"是挺远的，不过前几天我在河岸上发现一条小船，船很结实，可惜船底破了一个洞，但是修补一下还能使用，不知为何被人废弃了，便宜了我。"

提起这个意料之外的大收获，易泽谦满是喜色。

"乘着小船，不用半个时辰就能抵达最近的小镇了。我昨天拿山鸡换了草药，还换了干净的被褥呢。"

呃……不会就是西乡鹤的那条小船吧？元泓暗暗想着。

"一天一夜过去了？外面有什么动静吗？"

"我去村镇换药的时候打听了一下，神庙的大火已经熄灭了，据说将军府来了好

些兵马,将神庙围住,也不知道如今的情况如何了。"

拖延越久,被发现的可能就越大,如今他们还在神庙废墟上搜索,现在正是逃亡的好时机。元泓想要站起来,却感觉双腿发软,眼前发黑。

"文姬小姐,您还是先歇息吧。您现在的状况不能随意活动,就算要走,也不能急于一时啊。"易泽谦着急地上前劝道。

元泓无奈地躺回到草垫上,只是跟易泽谦说了一会儿话,便有寒意涌上来,这样的身体状况确实不能长途跋涉。

易泽谦又回到火灶边忙碌了片刻,转过头来,笑道:"鸡汤炖好了,先喝点儿补补身体吧。"

在易泽谦的扶持下,元泓勉强起身,抱着白瓷碗,小口小口地喝着。鸡汤滋味鲜美,鸡肉口感细腻筋道,里面还放了山菌等物,更添香气。

"你的厨艺真不错,这些山鸡都是你自己打的吗?"少年年龄不大,本事却不小,通医术,擅厨艺,能打猎,还这么温柔体贴,自己真是捡到宝了。

"是啊,这里被白狐神庙封闭之后,野物极多,除了将军府的人偶尔过来行猎,平常很少有人过来打猎。这里的山鸡长得肥美鲜嫩,呆呆蠢蠢的,山菌也很多,放在一起烤着吃,滋味特别好,等文姬小姐病好了,我做给您尝尝。"少年开心地笑道,"我一个人来这边的时候,经常偷偷猎几只山鸡,打打牙祭。"

看着少年阳光般灿烂的笑容,元泓突然想到,他现在虽然身份低微,但他一个人照样能把日子过得很逍遥快乐,真的要因为自己一己之私,带他离开故土吗?

喝完鸡汤,又说了几句话,元泓躺下继续休息,不多时却又发起热来。

易泽谦着急,元泓却笑着安慰道:"病来如山倒,病去如抽丝,风寒热症本来就不是那么容易痊愈的,有反复很正常。"

"那我再去换些草药。"少年提议道。

元泓连忙阻止:"我已经感觉好多了,就是有些冷,多休息一阵子应该就能恢复。"易泽谦毕竟是神庙中人,安家父女刚刚逃亡,神天家对附近的搜查必然严密,一旦发现易泽谦的行踪,只怕会多生事端。

躺在床上,身体因为寒冷打着哆嗦,半睡半醒之间,元泓感觉身上又盖上了一层薄薄的衣物。

这孩子把外衣也给自己搭上了吗?万一着凉了怎么办?这样想着,心中却有一股暖意流过,也许人在病弱的时候格外容易被细微的关怀感动。尤其对元泓来说,易泽

第九章 阴影中的刺客

谦是她来到东瀛之后难得体会的一丝真诚和温暖了。

元泓在被窝里迷迷糊糊翻了个身，突然怀中又被塞进了一个东西，暖洋洋的，仿佛小火炉，有源源不断的热量散发出来。

好温暖啊！元泓抱紧了"暖炉"。

睡了一整夜，第二天清晨，元泓感觉舒服了些，睁开眼睛，这才看清楚怀中暖洋洋的小火炉是什么。

白嫩嫩，毛茸茸，竟然是一只肥肥胖胖的大兔子。

一人一兔大眼瞪小眼地看着彼此。因为一整晚的揉搓，这只兔子毛发凌乱，略显狼狈，一双黑眼睛亮晶晶的，正瞪着自己。

"呃，你好。"元泓忍不住向自己的"暖炉"打了个招呼，然而一句话没说完，又打了个喷嚏。

白兔子身体一颤，长耳朵颤动着，遮住了脸，似乎是在说，别把风寒传染给我啊！

"喂，不用这么嫌弃吧？咱们刚刚同床共枕，共度良宵呢。"身体舒坦，元泓心情也跟着轻松愉快起来。

一边说着，元泓试图去拽那两只长长的耳朵，却被兔子一脚踹在手腕上。

元泓松开手，抱怨道："真是冷淡薄情的家伙，这么快就翻脸不认人了。"

"咳咳……"尴尬的咳嗽声提醒元泓这个山洞里还有另一个人存在。

元泓顿时有点儿不好意思，虽然调戏的对象是一只兔子。

她从被子里伸出头来，看着站在山洞口的易泽谦，笑道："易泽谦，早上好啊。"

"文姬小姐现在感觉如何？"易泽谦进了山洞，将刚刚猎来的两只山鸡放到洞口，然后来到床边。

"我感觉好多了，这几天真是辛苦你了。"元泓支撑着坐起身来，身边的兔子跳上被子，压在她的腿上。

好沉啊！这只兔子真肥。

"文姬小姐没事就好。只是打点儿猎物，算什么辛苦。"易泽谦伸出手来，捏住兔子的长耳朵，将它拎了起来，"你先歇息一会儿，我这就准备早饭。"

元泓的目光落在不停蹬腿的肥兔子上："这只兔子就是今天的早饭吗？"有点儿期待呢。

易泽谦冷汗连连："咳咳，不好吧，这是咱们的邻居呢。"

"啊？邻居？"

"是啊，大白就住在我们隔壁。它脾气很好的，我认识它很久了，经常给它带些菌菇白菜来，它也很喜欢我呢。"

不仅有秘密基地，还养着宠物。这孩子能将憋屈的生活过得这么有滋有味，真是难得。

"难怪它这么胖，原来是被你喂的。"元泓单手托着下巴，坐在床边笑道。

"也没有，我其实很少来这里。不过之前有一次生病，我也是抱着它呢。大白暖暖的、软软的。"

"你生病是怎么回事儿？神庙的人都不管吗？"

易泽谦突然不说话了。

是因为自己提起了他的伤心事吗？元泓有些后悔自己的唐突，笑道："算了，不愉快的记忆就让它过去好了。"

还是带他走吧！元泓终于下定了决心。他不可能永远这样避世隐居，与山野林木、飞鸟走兽为友。等他到了大胤，以他的性情和才华，必定有腾飞之时。到时候，他想要再返回东瀛，也是衣锦还乡啊。

"等我病好了，咱们就动身离开吧。"元泓建议道。

易泽谦表情犹豫："文姬小姐，我刚才下山去换调料，遇到了一些逃进山林的村民。西乡家和神天家打起来了，听说战况激烈，西边的好几个村镇被殃及，已经化为灰烬了。"

元泓大惊，西乡家行动这么快？

"那咱们怎样离开？"

"我询问了一下他们的进兵方向，应该是冲着望京来的，恐怕很快就要抵达这里了。"易泽谦感叹道，"文姬小姐您之前说得没错，这里只怕要发生大战。"

"不能留在这里了。战事一开，不知要持续多长时间，而且波及四野，我们很容易泄露行踪。"

"我想，如果你身体能支撑得住，咱们现在就走吧。"

现在就走！元泓心念闪过，旋即惊喜道："你答应跟我一起走了？"

易泽谦笑着点头："我们一起离开这里，去看看你说的大胤吧。"

第十章 Mulan Di 一波三折 逃亡路

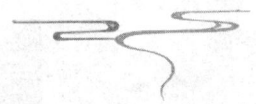

定下了目标,接着要考虑的就是行走的方向了。

"咱们乘着小船顺流而下,往东边冠城去,那里还没有被战事波及。而且,因为西边的战乱,往东逃难的百姓很多,混入其中,也可以躲避追查。"易泽谦建议道。

元泓点头赞成:"冠城是商贸重镇,很多豪商海客云集,在那里找出海的船只也容易。"身在大胤,她也听过冠城的名号,那是东瀛地界上不逊于望京的繁华城池。

两个人迅速收拾停当,准备出发。

走出山洞,温暖的阳光照在身上,元泓感觉整个人都暖洋洋的。

重病带来的虚弱感依然笼罩着她,但丝毫没有影响她明媚的心情。终于踏上了回家的路,虽然前路叵测,她依然充满了信心。

来到河边,易泽谦将隐藏在芦苇丛中的小船拖了出来。

果然是西乡鹤的那一条小船!元泓看着自己坐过的地方,明晃晃的破洞痕迹,哭笑不得。她做梦也想不到,自己还有再一次登上这条小船的时候。

两个人跳上小船,易泽谦拿起船桨往河岸的石头上用力一撑,小船进了河道,顺流而下。

清晨的绘东河上雾蒙蒙的,带着凉意的湿气扑面而来。元泓爽快地打了个喷嚏,然后裹紧了身上的薄被。

两个人急着赶路,易泽谦将小船划得飞快。

遥遥望去,矗立在河上的白狐神庙只剩下一个残破单薄的影子,很快连影子都消失不见了。

在薄雾中穿行,元泓放眼两岸。葱绿的色调中,不时会出现灰扑扑的身影,沿着河道艰难地行走,那都是因战火燃起而逃难的村民。

第十章 一波三折逃亡路

划船的间隙，易泽谦叹息道："这些百姓大都是西部村镇的人，原本准备去望京避难，但听说为防止有奸细混入，望京已经封闭全城，不容许难民进入，所以他们只能继续向东逃难了。"

无论是哪个地方，一旦发生战乱，承受苦难的终究还是百姓啊！元泓心情低落。

也许是苍天庇佑，他们一路上顺风顺水。风水相助，小船速度极快，两个人一路疾行，第二日黄昏，终于抵达了冠城附近。

将小船划进一处隐蔽的芦苇丛中，易泽谦扶着元泓下来。

"文姬小姐还撑得住吗？咱们入城之后立刻找地方休息。"

元泓的脸色有些发白，两天一夜的旅程确实很辛苦，幸好没有再发热。

"我没事，这两天都是你在劳心费力。"元泓笑道，在他的扶持下下了船。

到了岸边，易泽谦突然将脸上的白狐面具揭了下来，往脸上抹黑灰和泥浆。

天光黯淡，暮色渐深，荒郊野外并无灯光，元泓看不清少年的容貌，依稀能分辨出他脸上有一道狰狞的刀疤，从额头划下，穿过鼻梁，落在腮上，再加上他脸颊满是黑灰和泥泞，格外狼狈。

"戴着面具更引人怀疑。"易泽谦解释道，不自觉地低下头，似乎是在回避元泓的视线，"文姬小姐容貌美丽，最好遮掩一下。"

面具戴得久了，便不习惯以真容示人了。但这是个好的开始，总有一天，他会满怀自信地行走在阳光下的。

元泓体贴地不再细看，然后采纳他的建议，也去河边挖了些黑灰泥浆抹在脸颊上。

接近冠城地界，路上行人多了起来。

望京不容许难民进入，再往东，有着坚固城墙的大城便只有冠城了，所以路上难民极多。很多人拖家带口，扶老携幼，因为长途跋涉，都形容狼狈。元泓和易泽谦穿着粗布质地的男装，脸上抹着黑灰，混在人群中丝毫不引人注目。

城门口排起了长长的队伍，冠城虽然还允许难民入城，却需要通过严苛的排查，必须拿出身份证明来。

元泓冷眼旁观，所谓能拿出身份证明的，多半是衣着华丽、乘坐马车逃难的贵族或者富商，衣衫褴褛的平民百姓大多都被驱赶着往另一个方向去了。

终于轮到他们两人了，守城的士兵看他们衣衫普通，满脸黑灰，皱眉扫了一眼，便要抬手驱赶。

突然易泽谦一把握住了他的手，哀求道："我们是城中武安智大人的亲眷，前来投奔，逃难的时候马车和行李都被盗匪劫掠，好不容易才走到了这里。"

士兵感觉掌心一热，低头看去，手指缝隙里闪烁着剔透的红色光芒，虽只露出一丝光亮，却已经足够诱人了。

本以为这两个穷酸没有什么油水可榨，没想到竟然能拿得出上好的宝石来，说不定还真是落魄的贵族子弟呢。守城士兵立时爽快地大手一挥："进去吧。"

两个人顺利进了城门，只是一墙之隔，却像是进了另一个世界。

城内虽然也因为战事逼近和难民的到来而充斥着紧张的气氛，但依然保持着秩序，街边的商铺都在营业，路上行人众多，一切都带着大城市特有的繁华喧嚣，不像城外满是难民哀怨绝望的气氛。

元泓忍不住感叹："好繁华的城池，看着比望京更胜一筹呢。"

"商贸之都，自然格外繁华。而且此地主政的城主梅政宗也是难得的能吏。"易泽谦笑道。

元泓忍不住回头看了一眼城门口："可是这样松散的城防，肯定会有奸细混入吧？"

易泽谦道："不必理会，反正我们也不可能在这里久留。"

两个人先找到一家当铺，易泽谦拿出五枚红宝石，典当了些银两。可惜因为战事，珠宝的价格都被压得厉害，五枚宝石换来的银钱连平时两成都不如，但也足够保证两个人短期内衣食无忧了。

拿到银两，两人先到成衣店铺，换上了华丽的男装。出来的时候，易泽谦又戴上了面具。

两人略作打听，来到了本地最大的客栈广进楼。

广进楼不愧是整个冠城最繁华的所在，刚刚拐进街道，两人便听到广进楼方向人声鼎沸，热闹至极。广进楼占据了大半条街，楼高三层，后面带着占地广阔的后院，亭台楼阁鳞次栉比。

虽然时值半夜，客栈门前依然车水马龙，不仅有众多经商之人，还有很多来此地逃难的贵族，他们就算在落魄的时候，也不肯降低生活标准，选择了这家豪华气派的客栈。

两人若不是事先换上华丽衣衫，只怕连进门的资格都没有。

两人进了前庭，立刻有管事迎上前来，招呼他们。中年管事目光老道地在两人身

第十章 一波三折逃亡路

上转过一圈，基本就能断定他们的身份。待易泽谦开口，他更加确信自己的判断。

逃难的贵族子弟，遇到盗匪，丢失了车马等物，幸好保住了性命，靠着贴身放置的细软珠宝来到了广进楼。

对这样的顾客，广进楼还是欢迎的。

两人定了一个双人套间，交付了银两，跟着店伙计上了三楼。

不愧是招待豪商贵族的广进楼，就算是价格最低廉的套间，也配备着客厅浴室，还有两间精致典雅的卧室，当然，价格也是外面普通客栈的数倍。

进了门，元泓望着柔软干净的床榻，顿时两眼放光，恨不得立刻扑上去。在山洞和小船上接连住了几日，元泓感觉自己的骨头都僵硬了。

易泽谦体贴地笑道："一路舟车劳顿，文姬小姐早些休息吧。"

元泓立刻进了卧室，先在浴室里痛快地洗了个澡，出来之后立刻扑到床上，几乎没有任何犹豫，就这样简单直接地进入了梦乡。

一觉酣畅安宁，等她再次睁开眼睛，灿烂的阳光透过晶石窗格子照射进来，在床边绘出规律的金色光圈。

元泓条件反射地眯起了眼睛，然后猛然惊觉，低呼一声，坐了起来。

这是什么时辰了？她还想着早早启程返回大胤呢。

元泓匆匆起床洗漱完毕，穿好衣服，出门发现易泽谦的卧室房门敞开，人却不见了踪影。

元泓的目光落在桌边的西洋钟上，竟然已经午时了！自己睡了这么久？易泽谦去哪里了？也不叫醒自己。她正有些郁闷，门外传来响动。

是易泽谦推门进了房间，看到元泓站在客厅里，笑道："文姬小姐您醒了，怎么不多休息一会儿？"

"我已经睡得够久了。"元泓捂住额头，"睡到这个时辰，今天还能找得到船吗？"

"今天本来就没有出海的商船，我一大早就去下面打听过了。"易泽谦无奈地说道。因为战事，东瀛的商贸大受影响，虽然战火还未波及海上，但陆地的商道不畅，货物贩卖都艰难起来，所以出海的船只也比往常少了很多。

"我详细了解过了，近几日有几艘船要出海……"

少年还没解释完，就听见元泓的肚子"咕咕"叫了起来。

"是我疏忽了,"易泽谦体贴地说道,"我先叫人将饭菜送到房间,我们一边吃饭,一边细说吧。"

　　"不必了,去下面茶楼用饭吧。"元泓拒绝道,茶楼酒肆一向是消息最灵通的地方,她正想多了解一下如今的情势。

　　正是午饭的时间,两个人到了楼下,茶楼里人声鼎沸。元泓和易泽谦找了个角落的空桌坐下,点了米粥和几样简单的菜品。元泓一边吃着,一边竖起耳朵聆听四周的谈论声。

　　在座的大多都是海客豪商,谈论的重点自然也是生意。

　　"到处都在打仗,这生意还怎么做啊?"临近的一张桌上,一个中年男子高声抱怨着。

　　一句话立刻引来众多食客的赞同:"也不知道这场仗要打到什么时候。"

　　"不仅这边,大胤的边界也不消停,灵州城虽然开放了商贸,但最近海防极严密,听说康安家好几艘商船都被扣押了,因为贩卖的货物里面有违禁之物。以前哪里会这样严密地搜查啊?"

　　"听说大胤刚刚下了禁令,很多货物都要暂停买卖,药材、棉花、铁器等都在其中。我们家店铺可是给好几家药店供货的,这下子生意可怎么办啊?"

　　这些日子里头一次听到大胤的消息,元泓立时竖起了耳朵。

　　"药材被禁运了吗?我怎么听说古家的商船今天要靠岸,五条大船里面两条都装满了药材呢?"

　　"真的假的?"

　　"当然是真的,你没注意这两天客栈里来了好些药材商人吗?都是等着进货的。昨天我还碰到花家的管事,他们家可是经营着冠城最大的药材铺子啊。"

　　生意受到打击的商人难以置信:"他们家为什么能……"

　　旁边桌上与他熟悉的商人插嘴笑道:"那是高安你没本事,人家古家是什么家底啊?那可是咱们神天领地的两大豪商之一,跟灵州商贸来往几十年,谈起来动辄数十万两的生意。对了,人家前两年还被邀请参加万宝东来呢,是你能比的吗?"

　　"唉,天下乌鸦一般黑啊,说到头,这禁令都是卡着咱们这些小商人的。"

　　听了一阵子,元泓有些失望,几个客商抱怨的重点都在于灵州城严苛的禁令和海防,还有日渐艰难的海航路途。

　　"要我说,这些天不入海也好,如今海上的世道也不太平。"另一桌海商也加入了这个话题，"前两天石歧家出海的人遇到了盗匪全军覆没的事儿你们知道吧？"

"不仅石歧家，最近出事的人可多了。"谈起这个海商最关心的问题，众人纷纷提起了精神。

"听说灵州城那边正在严查青麟公和黑蛟王的旧部，这些散乱的海寇，一个比一个凶残，遇上了都不留活口的。唉，还不如白宸侯在的时候呢。"

"不一定是散乱的海寇，青麟公和黑蛟王能有多少旧部？听说因为大胤和北狄开战，北边专门组建了船队打劫东海的商船呢。"

"真的假的？狄人不太擅长海事吧。"

"你那是哪年的老皇历了？远的不说，那纵横东海多年的青麟公不就是狄族人拉扯起来的队伍吗？能建第一个，再来第二个也是轻车熟路。"

"是啊，听说前一阵子北狄还搜集了很多海寇残部去攻打灵州城呢，这才引来了灵州城的禁令。"

"听说北狄大君病危，他们不好好忙于内政，怎么又跑去挑衅大胤了？"

"哈哈，你果然是消息落后了，我跟你说吧，大君病危算什么啊，北狄可是出了位了不得的女人，就是他们的皇后娘娘。哦，北狄就叫作元妃来着。自从去年大君病危，北狄的朝政大权都落在了这位元妃娘娘手里了。这位元妃还是大胤出身，就是灵州城上一任的海务大臣沈崇阳的女儿，她全家都被抄家灭族了，就她一个人逃到了北狄，入了后宫，当了元妃。"

"什么，沈崇阳倒台不是最近两年的事情吗？一个大胤女子，入宫年余就当了元妃，还把持了朝政？"

"所以说这可是个了不得的女人啊，听说这位元妃娘娘长得如花似玉、倾国倾城，见过的男人没有一个不为她神魂颠倒的。再加上手段狠辣……听说北狄大君好几个宠妃都被她抄家灭族了。"

"这女人狠毒起来，比男人狠多了。"

众人啧啧称奇，话题逐渐转向了男人们最喜闻乐见的方向，围绕着一代妖妃如彗星般神奇的崛起历史谈论不断，各色花边消息频出。

元泓收回注意力，默默感叹一声。

想起当年府中初见，沈瑶君折枝玉兰般柔弱纤丽的身姿如在眼前，她做梦也想不到，这楚楚动人的女子会有这么大的杀伤力。

对了，当初沈崇阳还想要让她入宫来服侍自己呢，元泓打了个哆嗦。

沈崇阳身为太后亲信，海务大臣，却暗中勾结海寇，劫掠商队，牟取巨额财富，更危及圣驾。对沈家的处置，元泓自信是秉公执法，绝无偏袒，但沈瑶君会落入北狄人之手，纯属意外。对这个女孩，元泓本来是有一丝怜悯的，但如今听了她的"丰功伟绩"，元泓心情复杂，一言难尽。

摇头将这些杂念抛在脑后，元泓注意到对面的易泽谦一直垂着头默不作声。

"易泽谦，怎么了？饭菜不合胃口吗？"

"不是的，文姬小姐，我正在想，没有合适的身份，咱们该怎么出发？"

对这个问题，元泓也有些头痛，东瀛因为常年军阀割据，对百姓的管理并不如大胤严苛，但长途跋涉也是需要路引证明的。两个人能轻易入城，还是因战事混乱，难民增多才得了便利。但是涉及出海这样的大事，难民身份就行不通了，任何海商都不会同意将来历不明的人放上自己的船，万一是海寇的内应怎么办？

出海的第一步，就是得先找个合适的身份。

有钱能使鬼推磨，这个难题在易泽谦出门两趟之后，终于成功地解决了。

元泓看着站在自己面前躬身行礼的中年男子，终于舒展愁眉，他身材瘦小，举止带着几分小心翼翼。

他是上个月刚刚从海上返回东瀛的小商人，因为船只失事，货物损失惨重，还背负了巨额债务。易泽谦找到他后，他便决心将剩余的货物和生意交托给从乡下赶来的"儿子"继承，自己返回老家休养。

将身份证明和店铺契约交托给新出炉的"儿子"易泽谦，小商人毕恭毕敬地告退了。

"他的态度好像很恭敬啊。"元泓笑道。

"对一个能拿出六千两纹银替他偿还债务的人，能不恭敬吗？"易泽谦扬了扬手里的契约。

元泓瞪大了眼睛："你哪来这么多钱？"

"我把衣服上镶嵌的宝石和珍珠都卖了。"

"啊？"元泓吃了一惊，"那是你姐姐的……"

"只是旧物罢了，终究比不上活人重要。"易泽谦安慰道，"等我以后有了钱，可以再赎回来啊。"

也是，只是卖掉了珠宝，衣服还在，等到了灵州城，自己再派人回冠城赎就好了，元泓重新振作起来。

两个人并肩走在返回客栈的路上，易泽谦笑道："身份有了，剩下的就是尽快选择一艘船了。"

元泓心情大好："希望事情能继续这样一帆风顺。"说起来，这些难题的解决，好像都是仰仗易泽谦，自己从头到尾没有插手的余地。

看着身边纤细高挑的身影，元泓突然想到，易泽谦这些年来住在白狐神庙，应该没有人教导他这些经济俗务吧？为什么他看起来处理事情这么老到干练呢？天生的吗？还是之前易家族的教导？

走到客栈门口，元泓正想要询问，突然数十辆马车冲着这边疾驰而来，同时客栈里的管事带着十几个店伙计涌出大门，毕恭毕敬地迎上前去。

元泓、易泽谦，还有十几个行人都被挤到了角落里，这样一打岔，元泓无奈地将疑惑咽回了肚子。

"是谁来了？这么大的气派。"

"是古家的马车，听说商船刚刚从大胤灵州城返回，这一趟可是族长亲自带队的，带回来好多货物。"

"原来是他们家，难怪有这么大的派头，不过这么多人，广进楼住得下吗？"客商打量着车队，只怕有上百人呢。

"这你就孤陋寡闻了，他家是广进楼的老客户，在后楼有长年包着的院子，哪会没地方住啊？"

"这么豪气……"

一片议论声中，易泽谦拉住元泓的手，艰难地挤过众人，进了客栈大门。

进门的刹那，元泓转过头去，看到车队中最华美的一辆马车堪堪停在楼门口。小厮上前，恭敬地将车门打开。一个大腹便便、满面笑容的中年男子缓步下了车。

这就是古家的族长吗？来不及细看，元泓转头进了客栈。

古族长下了车，却没有急着进门，反而转过身去，神态恭敬地向着车内说着什么。

很快，一个高挑俊逸的身影出现在车门口，白衣如雪，气度不凡。

门前众人不禁感叹："好俊美的年轻人！"

人群中逐渐响起议论声："这个人是什么身份？古族长竟然如此恭敬相对！"

而且看男子装束，明显是大胤的衣着风格。冠城作为东瀛北部最繁华的商贸之都，常有各地的客商来此贩售货物，买进卖出。大胤的客商常见，但相貌气质如此出众的就少见了。

"白统领，房间已经准备好了，客栈简陋，暂且忍耐一晚吧。"古族长赔笑道。

白望舒微笑道："无妨，我没有那么娇贵。只是，已经抵达东瀛，古族长言辞谨慎，以免露出破绽。"

"我记得了，苏公子。"古族长连连点头，擦了擦汗，亲自引着白望舒进了客栈。

白望舒踏进客栈大门，放眼望去，客栈里人来人往，大都是等着跟古家洽谈生意，买进货物的商人。整个客栈的主楼是回字形，楼上人影幢幢，二三楼的住客极多。

"苏公子，咱们预订的房间在后院，都是独立的院落，住着也方便。"古族长领着白望舒向后楼走去。

白望舒又向三楼望了一眼，视线的尽头，三楼拐角处，一抹淡蓝色的衣袂从柱子后显露出来，须臾，便消失在敞开的房门后。

清淡秀雅的颜色，曾经是那个人喜欢的色彩。

自己真是疯魔了，看谁都觉得像是那个人。白望舒摇摇头，跟着古族长去了后院。

元泓进了房间，忍不住回头看了一眼："楼下好热闹，这个古族长好像带着客人呢。"

易泽谦将房门关上："也许是吧。古芳喜欢讲究排场，而且性情豪爽，经常一掷千金，招待远方客人。也因为如此，他的生意拓展得很远，在大胤、北狄都有他的商队。"

"啊？你怎么知道的？"

"这么有名的人，神庙里也经常提起啊。他还是白狐神庙的捐助者呢，每年供奉大量的金银给神官们。"易泽谦一脸理所当然。

"听起来好像是个很厉害的人。"

"一个商人罢了。"易泽谦低笑一声，隐有轻蔑。

元泓无奈，东瀛的商人地位低下，比大胤更甚。也难怪易泽谦看不起，他毕竟也

第十章 一波三折逃亡路

曾经是领主家的贵公子。

元泓转过身，突然易泽谦低呼一声："文姬小姐，您的衣服脏了。"

元泓提起外袍一看，果然上面有好几个清晰的黑泥脚印，是刚才挤过人群的时候被踩上去的吧？淡蓝色的衣服就是不耐脏，下次还是换深颜色的好了。

"文姬小姐先去梳洗休息吧，我去楼下叫饭菜，顺便打听一下这几天要出海的商船。"

元泓本来想去茶楼用晚饭，但想到楼下拥挤的人群，立时打了退堂鼓，点头同意了易泽谦的方案。

易泽谦的行动效率极高。饭菜送上来的同时，也带回了出海商船的消息。

"最近要出海的商船有三家，最近的一家明天出海，是冠城商贸联合会的商船队伍，统共七艘船，以三家大商人为主，另外还有二十几家中小商人加入，正适合咱们，我已经找线人提出要报名入股了。等吃完晚饭，咱们一起过去见见管事。"

"太好了！"元泓大喜过望，迫不及待地将饭菜扒进口里。

易泽谦无奈道："文姬小姐，不用这么着急，小心噎着。"

吃完饭，叫来仆妇收拾碗筷，两人略作休整，离开了客栈。

与商队管事的见面过程很顺利，管事是一个壮年男子，精明而挑剔，对谎称是兄弟的元泓和易泽谦问了很多问题。两个人有备而来，自然毫无破绽。

管事又仔细翻看了两个人的文书和财货清单，叹了一口气，答应下来，叮嘱道："明天中午就要出发，所携带的货物和行李都要在今晚送过来。好在你们的货物并没有多少，就先送到三号库房吧。"

其实以他们商队的名号，平时像眼前这对兄弟这样的小商人是不肯收的，尤其兄弟中还有一个因为事故损毁了容貌，藏头遮脸的。但如今世道不太平，出海风险大增，大多数商人都想平平安安地守在家中，船上的位置很空，能多赚一点儿是一点儿。

当天晚上，易泽谦雇了几个帮工，将几箱货物送到了管事指定的库房。从那个小商人手中转来的货物都是绢帕折扇等物，轻巧又不占地方，很快收拾停当。

两个人也住进了商队所属的客栈里。

万事俱备，只待明天一早收拾东西上船出发了。

整个晚上，元泓几乎兴奋得睡不着觉，同时祈祷着，千万别在这最后关头出纰漏。然而，怕什么来什么，元泓觉得自己可能真的点亮了乌鸦嘴这项技能。

时值半夜,她正掰着手指头计算路上的时间,突然听到外面一阵喧哗。

她匆匆起床,来到窗前,探头向外望去。

不知何时,楼前竟然出现了一队披甲持枪的士兵,领头的校尉站在中庭,正说着什么。商队的管事满脸赔笑地跟在一边。

校尉满脸不耐烦,快步向这边走来。

离得近了,元泓才听清楚他们的对话。

"都是清白的商人,绝对没有西乡家的奸细……"

"不经过搜查,怎么能确定?"校尉一抬手,将管事推了个趔趄。

管事忍不住喊冤道:"不可啊,我们家的商队城主大人也是有股份的。"

校尉脚步一顿,冷笑道:"哼,实话告诉你吧,今天的搜查就是城主大人亲自下的命令。"

"如今百姓蒙难,将军大人和城主大人带着我等殚精竭虑,为苍生和家园而奋战。你们这些狡猾奸诈的商人,不思援助也就罢了,还想要卷走财物,甚至逃往国外。"

"将军大人,冤枉啊,我们商队前天还捐助了一千两纹银,孝敬城主大人为城墙改造添砖加瓦啊。"

"一千两纹银算什么!如今西乡家大军进逼,需要征调更多的士兵,必须将财产全部拿出来!"校尉恶狠狠地道,"另外,城主大人明天就要发布禁令,海贸一概暂停,以免有奸细混入……"

元泓只觉晴天霹雳,她连忙关闭窗户。

楼下的骚动惊醒了众多客商,众人纷纷起来查探,不少人已经意识到要发生什么事情了。

城主大人这是要征调全部商人的财产啊!

在东瀛,商人地位低下,和平时,也免不了官府和贵族的盘剥,大多数都只能投靠贵族势力,作为附庸,每年乖乖上贡巨额的金银。一旦发生战争,他们又是第一批牺牲者,他们的财物都会被抢掠充作军资,多年积累付诸东流。

整个阁楼都骚乱起来,有机灵的客商已经开始收拾细软准备逃跑了。

校尉一见事情不好,立刻高喊:"堵住门口,谁也不能擅自离开!给我挨个儿搜身,一块银饼也不能让他们带走!"

搜身?元泓心里一沉,突然感觉袖子一紧,是易泽谦不知何时站到了她身边。

第十章 一波三折逃亡路

"我们立刻走!"他果断地道。

那点儿货物根本无所谓,但元泓易装改扮,绝对不能被人搜身。

两个人匆匆下楼,到了门口,发现前后门都已经被士兵堵死了。

十几个士兵饿狼般将想要逃跑的商人拦下,撕扯着他们装满金银细软的包裹,仔细搜查他们藏在身上的银票珠宝等物,稍有反抗就会招来拳打脚踢,甚至有一个反抗激烈的商人,被直接拖了出来。

那个商人还在嚷嚷着:"你们不能这样做,我是高岛大人的属下,我的货物有高岛大人的份儿的。"

校尉却冷哼一声:"本官怀疑这个是西乡家的奸细,立刻送到大牢里去严加审问。"

一声令下,两个士兵直接将那个倒霉蛋拖走了。

然后校尉提高了声音:"今次搜查,是世子大人和城主大人联合下的命令,谁也不能例外。不想去城墙上干苦力的话,都老老实实地配合!"

楼里乱糟糟的,很多商人绝望地喊叫哭泣起来。尤其一些小商人,这一趟几乎赌上了全部的身家财产,甚至还背负着债务呢。

眼看着前路不通,元泓和易泽谦停下了脚步。

"上二楼,走窗户。"易泽谦低声道,拉着元泓往上跑去。

来到二楼最东侧的窗台,"得罪了!"易泽谦一声告罪,拦腰抱起元泓,从窗台跳了出去。

落到地面上,易泽谦将元泓放下:"快走!"

然而整栋阁楼都被团团包围,两个人的举动立刻被院子里的校尉一眼看到,高喊道:"抓住他们!"

选择从这边突围,便是因为这里看守的士兵稀少。两个士兵举着长枪冲了过来,易泽谦迎上去,手里持着不知从哪里捡来的木棍。

挥舞的瞬间,元泓都没有看清楚他是怎么动手的,清脆的骨折声响起,两个士兵惨叫着跌倒。

"走!"易泽谦拉住元泓的手,向着院子东边冲过去。

到了墙边,他抱起元泓向上一送,将她送上了高墙。自己却来不及上去,校尉已经带着五六个士兵杀了过来。

对这个胆敢反抗逃跑,甚至打伤了自己属下的"出头鸟",校尉满是愤怒。

"竟然还戴着面具,鬼鬼祟祟的家伙,给我拿下,生死不论!"

几个人将易泽谦围住。一时间刀光剑影,鲜血飞溅。

坐在高高的墙头上,元泓俯身看着战况,因为过于惊讶,她的嘴巴久久合不拢,虽然易泽谦好几次向自己提起过他会武功,但她从未想过,他的武功会高明至此。

短短的时间里,五六个身强力壮的士兵躺在地上哀号着。

只剩下领头的那个校尉,持着长刀,满是警惕地看着易泽谦。他明显也是个高手,却在手持木棍的易泽谦的攻击下左支右绌,支撑了不过三五招,就被易泽谦一棍子打在肩头上。

骨头碎裂的声音响起,墙头上元泓听得牙酸。

那校尉倒是个硬气的,接连后退了两三步,就是撑着不肯倒下,瞪着易泽谦:"你是什么人?果然是西乡家的奸细吗?"

易泽谦没有理会他,转身跃上墙头。

他扶起元泓,跳下高墙的瞬间,元泓突然转过头冲着楼门口的方向喊了一嗓子:"你们还不快跑!"

楼里的商人们瞬间醒悟过来,眼前正是逃跑的最佳时机啊!

楼前守卫的士兵只剩下两三个了,根本挡不住拥挤的人群,眨眼间几十个商人冲出了大门。

士兵跟在后面疯狂乱叫,却也挡不住众人的步伐。

混杂在四散奔逃的人群中,易泽谦拉着元泓的手,一直跑到一处僻静的小巷,两个人才停了下来。

元泓调整着粗重的呼吸:"怎么办……去……哪儿……"

易泽谦想了想,道:"先回广进楼,那里的房间还没有退呢。"

元泓拍着胸口,急促地道:"不行,那个校尉和士兵都看到我们的形貌了,只要一打听就能查到我们以前住在那里,现在回去岂不是自投罗网吗?"

易泽谦叹了一口气:"我们必须回去一趟。连冠城商贸联合会的商队都受到搜查,另外一家也不可能幸免。最近要出海的船队,唯一有希望的,只剩下古家的了。他们预定在卸下这一轮货物后,后天出海。"

"可是城主的禁令……"

"古家势力庞大,之前几次战时海禁,他们家都有豁免权的。"

如此看来,古家确实是最好的选择,只是古家会允许他们上船吗?元泓犹豫起来。

"今晚我先去试探一下。"易泽谦咬牙道。

黎明之前，是整个夜晚中最黑暗、最静谧的时候，也是所有人睡得最深的时候。

孤月高悬，广进楼后院寂静清冷。

一个护卫打着哈欠从回廊下走过，突然感觉身后劲风袭来，没来得及回头，就感觉后颈一痛，失去了知觉。

易泽谦从回廊外的花丛中闪现，迅速接住护卫因为昏迷而瘫软的身体，然后将他拖到了树丛里。

片刻之后，护卫打扮的他出现在回廊上。拐过两个弯，便接近了古家住的阁楼。

易泽谦仔细聆听墙内声响，抓住巡逻错开的间隙，提气纵身，从后墙跃入院中。他收敛气息，靠近客房。

虽然已是深夜，客房里依然灯火通明，里面传来清晰的说话声。

"三条船上的货都筹备好了，这一趟少不得有三倍的利。"说话的似乎是个中年管事。

"哈，三倍的利算什么，过几日再走一趟大胤，带回来他们最新的润瓷，至少有十倍的利！"说话的声音豪迈有力，正是古芳本人。

果然有船要出海！而且还会去大胤，易泽谦放下一半的心来。

他之前就知道，古芳是个成功的商人，不仅头脑精明，手腕老练，更极具冒险精神，他最早发财，就是靠着东瀛诸军阀混战的时候，低价收购金银古董珍宝，去大胤贩卖，换来铁矿大米等战略物资，才暴富至此。

神天家和西乡家的这场战争，是他绝不会放过的大好商机。尤其他与冠城城主梅政宗是姻亲关系，别家的商船碍于禁令难以出海，他家的商船只怕能出动得比之前更频繁，以此赚取更高额的利润。

商议完商船出海的事情，古芳话题一转，笑道："这一趟还多亏了苏公子，要不是有苏家接应，我等在大胤也难以如此轻易打开市场。"

"有钱一起赚，谁会嫌银子多呢？"一个清朗的声音响起，带着笑意。

这声音莫名地熟悉，窗外易泽谦心神一颤，呼吸出现瞬间的紊乱。

房间里端坐的白望舒脸色微变，端起一盏茶，目光不动声色地扫过窗台。

易泽谦很快控制住自己，继续聆听。房间里依然在谈论着生意和货物，逐步敲定了出海的细节。

"哈，一谈起生意来就没完没了了，时间不早了，耽误了苏公子休息，实在失礼。"

"无妨，毕竟即将出海的船还有我们苏家三成的股份呢。"那苏公子笑着，起身告辞。

开门的声音响起，然后是杂乱的脚步声渐渐远去，应该是几个管事和那个苏公子离开了。

古芳回到了房内，不多时，房间烛光熄灭，陷入一片黑暗，又等了片刻，里面传来规律的呼吸声。

易泽谦翻身爬上了窗台，然后轻轻推开窗户。

房间里一片静谧，静谧得连呼吸声都几乎不可闻了。

易泽谦一只脚刚迈进房内，突然动作一顿，心中骤然生出让他毛骨悚然的危机感。

他没有丝毫犹豫，立刻闪身后退，但阴影中伏击的人比他更快一步。

一道锐利的光芒划破了静谧的黑暗，直冲他面门而来。易泽谦正卡在窗台处，只能下腰避开这一击。

躲闪之间，先机尽失。眼看着剑光疾风骤雨般袭来，易泽谦急速后退，同时伸手一扯，宽大厚实的锦缎窗帘迎风扬起，掩去了窗台上的身影。

剑气卷入窗帘一滞，持剑之人察觉不妙，立刻变刺为砍，锐芒划过，窗帘立时一分为二，同时去势不减。

易泽谦趁机跃出了窗台，身在半空，无处借力，只能勉强变换姿势，避开这锋锐无比的一剑，落到了地上。

一剑落空，白望舒抢到窗台边，俯身望去，不速之客已经不见踪影。窗下的花园一片宁静祥和，只余秋虫的鸣叫声。

刚刚抵达东瀛，为何就会有人上门来窥探呢？自己虽然没有易容，但身份伪造得毫无破绽，谁会对一个远道而来的富商感兴趣呢？

古芳走上前，皱眉道："哪里来的小老鼠，为何会来此窥探我们？"刚才白望舒察觉窗外有人潜伏，便以手势告知了他，双方话语不停，实际上早布下了埋伏。连同刚才几个管事表面上告别离开，暗中已经在外围安排护卫布下天罗地网。

"他逃不了的。"古芳自信满满。

第十章 一波三折逃亡路

"只怕未必。"白望舒目光沉冷，小老鼠吗？毫无防备之下，竟然能避开自己的那一剑，对方的武功只怕不在自己之下，古家的护卫根本拦不住他。

不多时，院子外围传来呼喊声，还有零星的惨叫声，很快又归于平静。

管事匆匆来报，结果不出所料，不仅没有拦下那个人，还被对方砍杀了三四个护卫。

古芳气急败坏，连声呵斥属下废物。

而白望舒已经缓步来到楼下，查看四周，花木完好无损，没有丝毫被人踩踏的痕迹，足以彰显对方绝妙的轻功和缜密的心思。

现场唯一留下的，便是……白望舒俯身捡起裂成两半的白狐面具。

最后那一剑还是刺中了他，几滴鲜红的血滴落在纯白的面具上，蜿蜒出别致的痕迹，朴素的面具竟然显出一种妖异的风华。

第十一章 战与和，火与沉

Mulan Di

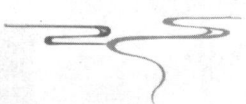

　　元泓在客栈里焦急地等待着,每过一刻钟,心中的焦虑就要成倍地增加。
　　天边渐渐泛起青白的光芒,她的心中也慢慢涌起无边的黑暗。
　　易泽谦一定是出事了!不然不可能拖延到这个时辰,继续等下去会有危险,必须离开客栈了!
　　元泓在客栈房间的角落里写下两个人约定好的标记,然后下了楼匆匆结账。
　　离开客栈之后,她并没有走远,而是选择附近的另一家小客栈住下来。
　　透过窗户,她看到成队的士兵急匆匆经过,很快在各个客栈酒楼以及民居房门前喧闹起来。
　　"城中有奸细潜入,要严密盘查!"门外响起士兵的叫声。
　　幸好之前易泽谦已经为两人弄来了身份,经过这些天的锻炼,元泓的东瀛语也算流利。核对身份的士兵翻看完文书,还给元泓,虽然只是个落魄商人之子,但气度高贵,容貌俊美,士兵也不敢小觑,问道:"可有见到一个戴着白狐面具,鬼鬼祟祟的人?"
　　"没有。"元泓老实地摇摇头。
　　士兵继续盘查别的住客,没多久,几个士兵匆匆跑进客栈:"第二队的人找到线索了,奸细曾经出现在广进楼!都快过去!"
　　一群士兵立刻丢下这边,一拥而出,往广进楼方向跑去。
　　元泓暗暗庆幸自己及时离开了广进楼,同时又犯了愁,易泽谦去了哪里?千万别被古家的护卫给逮住了啊!
　　清晨无事,客栈距离广进楼又近,很多住客好奇地跟着士兵出门看热闹,元泓也夹杂在众人之间,忧心忡忡地看着广进楼高大气派的门堂。

第十一章 战与和，火与沉

"我们楼里住的可都是守法的人，之前那对兄弟早就退房离开了。"楼前掌柜忙不迭地喊冤。

"刚才查过记录，明明是今天早晨退房的！立刻将与他们接触过的管事和仆役都抓过来！"领队的军官毫不容情。

"我们广进楼可是新崇家的生意……"

"窝藏奸细，任你是谁家的生意，一概从重处置！这是世子大人亲口下的命令，胆敢反抗，一概同罪！"

不能继续留在这里了！这样缜密地搜查下去，自己迟早会露出破绽。元泓提了提颈上的衣领，遮掩着面容，悄悄离开人群，回到小客栈。

形势比自己想象的更恶劣，元泓心中已经做好了最坏的打算，然而，这一刻来得比她想象中更早。

刚刚踏进客栈的大门，她便迎面撞上了一个熟悉的身影。

元泓险些以为自己见鬼了。楚仪！他还没死？他怎么会出现在这里？

她立刻转身想跑，视线扫过，却见几处小巷子的入口都被士兵占据了。同时对面传来带着笑意的招呼声："元公子，好久不见！"

元泓无奈地转过身来，叹了口气，招呼道："楚先生，真是好久不见啊！"

"见到殿下平安无碍，真是万分高兴。"楚仪脸上露出无限惊喜的神情，"听闻大胤风俗中，他乡遇故知，是人生三大喜事之一，想不到今日在下也能得此惊喜。"

元泓暗暗翻了个白眼："见到楚先生，也非常意外，还以为你已经遭遇不幸了呢。"

"哈，在下运气好，逃过了叛徒的暗杀，可惜随行的护卫多有蒙难，而且因为殿下的不幸遇难，我被三公子苛责……万万没想到，竟然还能在这里见到殿下。不知道殿下当晚是如何逃生的？"

"当时我见神庙起火，仓皇逃生，从窗户翻出，落到了河里，挣扎游走了片刻，攀着浮木随水漂流，又昏迷了过去。幸而被河上的渔民所救，便跟着他们来到了冠城……"

元泓信口开河，胡说八道，反正楚仪也不可能把安家父女找出来对质。

"原来如此，果然是天佑贵人。"楚仪似乎并没有怀疑元泓的话，欣慰地道，"这次让殿下受惊了，原本殿下参加淳姬小姐的葬仪，是一片好心，没想到竟会遇到这种意外。这些天颠沛流离，几乎与难民为伍，更是我等的失职。今天在下本来只是出门公干,没想到会在这里遇到殿下,可见是天意让我们补偿殿下这些日子受的委屈,快请跟我们来吧。"

我能说不吗?元泓暗暗叹了一口气:"也好。"

得到元泓的允许,楚仪立刻吩咐周围的士兵去城主府取马车。

看着眼前朱轮华盖、锦绣堆叠的马车,楚仪犹自笑道:"出门在外,招待不周,请殿下略委屈些了。"

元泓无奈地上了马车,目光落在周围数百名士兵上,随口问道:"这是你们三公子的手下吗?"

"咳,实不相瞒,之前因为殿下走失一事,我被三公子苛责,又被将军大人斥责,险些被迫自尽,是世子殿下为我求情,才免除了罪责。然而死罪可免,活罪难逃啊,如今发配军中效力,希望能以军功洗刷之前失误的耻辱。"

元泓眨了眨眼睛,楚仪这是从张天珩的门客变成神天健的属下了?

看了看后面,几个校尉军官都对楚仪极为恭敬,说明他在神天健身边应该颇受倚重。元泓笑道:"像楚先生这样的人才,如锥处囊中,迟早有出头之日呢。"

乘坐马车一路向北,不久便抵达城主府。

府中气氛紧张,众人忙碌,披甲持枪的侍卫四处可见,连婢女仆役之流都行色匆匆。

"忙中有序,想必城主大人这些日子为了难民之事殚精竭虑。"元泓感慨道。

"咳,城中是忙碌至极,却不是因为难民,而是因为西乡家兵锋逼近,大战在即了。"

元泓一愣,这些天她只顾着筹谋出逃,完全没有关心过战事,想不到西乡家兵芒锋锐,竟然已经打到冠城了。不是前些天还听说兵马往西进攻吗?

"难道绘东河沿岸的几座城池都被攻陷了?"元泓问道。

楚仪叹了一口气:"西乡家势不可当,世子殿下原本在前线领兵抵抗,如今也只能暂时退守冠城了。"

真是这样吗?元泓瞥了他一眼,神天家虽然在海战上吃了一次亏,但并未伤筋动骨,而且神天家这些年来征战无数,将官士卒无不身经百战,岂是这样容易败退的?

"世子殿下和城主大人正在前厅商议下一步军略,殿下可要前去一叙?"楚仪礼节性地问道。

第十一章 战与和，火与沉

元泓在内心翻了个白眼，谁要看神天健那张阴森森的脸啊："算了，我也累了，先去休息吧。"

楚仪从善如流地道："院子已经准备好了，我这就送殿下过去。"

元泓跟着楚仪走过厅后的回廊，不料见到了一个意外的身影。

张天珩正从前厅出来，见到元泓，神情一怔。

他依然清瘦俊美，穿着甲胄，比往日多了一分阳刚之气。

"你受伤了？"元泓目光落在他脸上，从额头到鼻梁，一道浅淡的红痕，似乎是被剑划过的痕迹。

张天珩条件反射地低下头："无事，只是轻伤而已。"

这种躲闪的姿态是怎么回事儿？看不出这家伙这么紧张自己的容貌啊。

"是在战场上受的伤吗？"元泓随口问道。

张天珩还没来得及回答，他身后传来一个声音，充满了尖酸的嘲讽："一个只会吃败仗的废物上什么战场？用这张脸蛋来跟敌人拼杀吗？"

神天健高大的身影出现在回廊尽头，他的脸上充满了战事不顺带来的怒火，黑眼圈让原本就阴沉的脸更加乌云密布。

他的目光落在庶弟身上："开战多日，都没有见到你的影子，平时不是很有本事吗？连父亲大人都多次称赞你智谋过人呢。"

张天珩低着头，没有反驳兄长。

然而这样乖顺的姿态并没有平息神天健的怒火，接连不断的败仗让他这些天脾气格外暴躁，已经有数名侍从被他鞭笞至死了。

"军略会议上不好好出谋划策，反而偷偷溜出来。你不是挺有本事的吗？七岁就能弑杀亲……"

"殿下！"急促的呼喊声出自楚仪之口，打断了神天健训斥的话语。

神天健喘息一声，目光落在元泓身上，似乎是察觉到自己刚才的失态，他收敛怒色，阴森森地笑道："亲王殿下，想不到还能见到活着的你，真是久违了。"

"哦，孤也想不到会在这里见到世子殿下呢，一日不见，如隔三秋啊。"元泓心不在焉地说着，目光在神天健和张天珩脸上扫过，刚才神天健似乎透露了什么重要的信息呢。

"亲王殿下一路奔波劳累，属下先送他去别院休息。"楚仪开口道，试图打破这尴尬的局面。

战事紧张，神天健也没心情在元泓身上浪费时间，冷哼一声："就请殿下好好在府中休息，可千万别再一不小心走丢了。"

又转头对楚仪道："梅城主有事要与你商议，先跟我走吧。至于亲王殿下，就由我这位好弟弟送一程吧，反正他整天闲着无聊。"

对世子殿下的安排，楚仪和张天珩都没有拒绝的余地。

元泓跟着张天珩走入回廊，转头看去。神天健往正厅去，楚仪跟在他身后，正回头看向张天珩，神情无奈又担忧，两个人视线一触即分。

他在担心张天珩吗？他之前提起的改投神天健门庭，似乎并没有这样简单呢。

张天珩在前面走着，沉默而冷淡。元泓笑道："看来三公子在府中的人缘不太好呢。"

张天珩低低"嗯"了一声，竟然没有出言反驳，那个尖锐又神经质的家伙去哪里了？元泓惊讶，继续调侃道："不过楚先生依然对公子关心备至啊。"

张天珩瞥了她一眼，转过头依然没有说话。他像是一只小刺猬，收敛起了全部的尖刺和爪牙，团成一个球，反而让人无处下手了。

元泓扒拉开尖刺，猛戳小刺猬肚皮："对自己倚重的幕僚改换门庭，没有想法吗？听说在东瀛，幕僚改换门庭是很严重的事情，不过你和世子是一家人，也许没有这样严重。"

"收起你无谓的试探吧。"被戳痛了的张天珩终于哼了一声，转过头不去看她。

真是无聊的家伙……以前明明不是这样的。

两个人并肩走在廊道上，清凉的风将艳丽的红色叶片吹送到廊下，元泓随手接住。深秋时节，风清露冷，庭院中遍植枫树，目光所及，尽是炽烈艳红，让人不禁有了温暖的错觉。

前面就是准备好的别院，白石黑瓦，雕梁画栋。侍女和仆役早已知晓有贵客临门，在管事的带领下齐齐迎了出来。

唉，又要开始笼中鸟的生活了。

张天珩站在回廊上，没有跟着她下楼梯。

进了院子，元泓回头望去，他正倚在回廊的柱子一侧，凝望着这边，房檐遮蔽了阳光，将他整个人都笼罩在一片阴影中。

少年脸上神奇地出现了柔和的表情，有种莫名的熟悉感，元泓一怔。张天珩敏锐地察觉到了，冷哼一声，不屑地偏过头去，转身走掉了。

是自己眼花了吧？元泓回过头，嘲笑着那一瞬间的异样感觉。

居住在冠城的日子比自己预料中要更舒服。

冠城是对外商贸的大城，通晓中原语言的侍女和仆役竟然比神天将军府还要多，交流起来毫无障碍。

而元泓的东瀛语也练习得很熟练了，当然，她理智地没有在众人面前表现出这一点。

也许是商贸之城都有这样的特色，民风和习俗都比别的城市开放而自由。比起居住在青玉阁时禾笋她们的拘谨，冠城的侍女更加活泼。住了没两天，元泓就与她们熟悉起来。从她们口中，听说了不少前线战事的消息。

原来，神天家的状况比自己之前想象的还要糟糕。东部接连丢失了五座城池，其中的朝露城还是拱卫望京的大城。

元泓坐在室内，一边品尝着侍女送来的冠城特产的鲜虾酥，一边听着她们讨论这些天城中难民数量暴增的事情，还有城中巡逻队近乎残暴的搜查手段。

元泓诧异神天家是怎么想的，与其这样扰民地进行搜查，不如直接关闭城门拒收难民算了。尤其之前被攻破的五座城池中的安城，就是西乡家的奸细假扮难民混入，在城中放火制造混乱，才这么快被攻破的。

这个疑惑一直持续到这一日，楚仪过来探视。

"殿下在这里住得可还习惯？"

"你们是想要在冠城决战吧？"元泓省下虚伪的客套，直奔主题。

楚仪脚下一顿，显然被元泓的简单直接吓了一跳："殿下为何会这样想？"

元泓眨了眨眼睛，没有回答。

楚仪叹了一口气："殿下真是聪慧过人。"

"多谢，在东瀛我已经数次收到这样的称赞了。"

楚仪失笑："看来这种庸俗的称赞已经让殿下厌烦了，"他顿了顿，又道，"不过在下确实惊讶，虽然之前听说过殿下智勇过人，但是……"

"但是你以为都是夸大其词吧？"元泓将他没说完的话补足。

不等楚仪客套，她耸耸肩："我明白，上位者的功绩总是有夸大的成分，尤其孤又是少年继位，再加上长得也不错，正符合话本小说中少年天才的形象，所以只要略有功绩，便会被百姓推崇赞颂。"

"哈哈，殿下说笑了。"楚仪忍不住笑出声来，他逐渐习惯了元泓的直白。

"殿下这样的人才，让人心惊，又让人庆幸。"楚仪顿了顿，"其实，在下心中一直有个疑惑。与殿下接触以来，在下发现殿下的体质并不像传说中那样虚弱，为何会甘愿让出皇位？"

"当然是因为，孤的那位皇弟，是比孤更加出众的人才。"元泓笑吟吟道。

楚仪面上露出深思之色。

元泓却没有继续说下去，她明白点到即止的道理，两人间的话题迅速回到东瀛的局势上。

"之前城池失守，损兵折将，都是将军大人布下的局吧？话说西乡家赢得如此轻松，难道没有起疑心？还是负责表演败仗的世子殿下演技精湛，足以让西乡家的人深信不疑呢？"元泓摸着下巴，摇头道，"可是据我观察，你们那位世子殿下不像是演技如此精湛的人啊，或者，世子殿下是本色出演，所有的败仗是真败退？"

"哈，亲王殿下似乎对我们世子存在很大偏见呢。"

"只是看着不顺眼罢了。"元泓言语毫无忌讳，反正她身份特殊，就算神天健听见了，也不能把她怎么样。

楚仪无奈地笑了笑："世子虽然勇武过人，但战争这回事儿，并不是单单依靠勇就能取胜的。不过这一点，也在将军大人的预料之中。"

这是从侧面承认元泓之前的推测。神天健吃败仗是真，而神天望借着这些败仗设局也是真。

"西乡家不缺聪明人，但诱饵太丰厚美味，饿狼会甘之如饴地吞下。"

"这几处城池，都是望京周边最富饶繁华的所在，城中多有富户豪商，能攻下这样的地方，是足以让任何武将夸口的功勋了。"

"这样繁华的城池，只怕成功攻城的将领很难舍弃吧？"元泓笑了起来。她已经明白神天家这一次的战术了。

财帛诱之，分而击之。西乡家这一次养精蓄锐，筹谋已久，一开始定势如破竹，难以抵挡，神天家想到了这一点，索性顺势而为，故意放弃这些富饶之地。西乡家攻占了这些要地城池，必须得分兵把守，这样就将攻势大大削弱了。

"攻占这几处城池，能够对望京形成合围之势，就算明知道是饵，西乡家吃进去也不可能吐出来。"楚仪简单解释着关键。

第十一章 战与和，火与沉

"神天将军果然有魄力。"元泓感慨道。这样的战略极为凶险，首先对己方士气就是一个重大的打击，稍有不慎，反而会被西乡家全盘吃掉，能下这样壮士断腕的决心，神天望果然够狠。

"话说你们世子这样的败退，应该也有楚先生辅佐的功劳吧？"

楚仪笑而不答，聪明人之间，有些话语不必太过直白。

元泓耸耸肩："看来这次的计划，楚先生应该居功甚伟呢。"

"如今西乡家正在从本土连续抽调兵马，希望能一鼓作气，将冠城攻陷。现在兵临冠城之下的大军已经超过十万，等到冠城改姓西乡，那么下一步就是望京了。"楚仪简单解释着如今的局势，"只是西乡家如今也有些内乱纷争，不知最后能抽调多少兵马出来。"

出来赴死吗？元泓心中一动："听闻西乡家最南端是伊家的领地，曾经与西乡家还是姻亲，后来西乡家主背信弃义，攻伐城池，侵吞领地，连伊家出身的结发妻子都斩杀了。"

"想不到殿下对这段也有所了解。"楚仪笑了笑，"西乡家主确实冷酷，也难怪伊家的旧部心怀怨怼，今次趁机作乱。"

这便是承认了神天家暗中跟伊家有联络这件事情，难怪他们对冠城之战这样有把握。

大军在外，中央空虚，到时候伊家一反，腹背受敌，前线再遇神天家大军夹击……西乡家如今的优势转眼成空。

这么说来，关键还是冠城的这一场决战。元泓忍不住问道："这一战，你们准备怎么打？"

"殿下聪慧，何不猜一猜呢？"楚仪笑道，"在下可以先给殿下一个提示，如今冠城的战略是一个字，等。"

等？时间越拖延，西乡家的兵马就会越多，他们这么有把握？而且城中肯定混入了不少奸细……

"哈，若殿下猜不出，不如让在下暂且保密，相信不久，殿下就能亲眼见证这一战了。"楚仪面上露出悠然神往的表情，"这一战之后，也许能迎来东瀛的统一呢。"

元泓笑道："那我就先以茶代酒，在此预祝旗开得胜了。"

所谓的等待,并没有持续多久。

元泓没有想到,战事结束得比她想象中更早。

这一天夜晚,她刚刚睡下,就被一阵侍女的惊叫声吵醒了。

披上外衣,推门而出,发现是数百名士兵冲入府中,分散到了这个院落周围。

领头的校尉是多日不见的竺岛普,原本跳脱的年轻人沉稳了很多,正跟管事说话。元泓聆听片刻,原来是城外西乡家大军开始攻城,为了保护院子里的贵人,所以专门调拨了一队士兵在此看护。

元泓目光扫过,数百名士兵都是精锐,披甲持枪,全副武装。估计一旦局面不好,他们还要护着自己突围,返回望京,毕竟她可是神天家如今最贵重的资产。

"这是要决战吗?"元泓随口问起战事。

竺岛普意料之外地嘴巴很紧,只告诉元泓目前敌人正在全力攻击南城门,此外便一概不知了。

反正也睡不着了,元泓索性披衣外出。只要她不离开后院,没人敢阻止她。

枫叶浓丽,装点了夜色。一片静谧中,她踏上回廊,却在那里见到了一个熟悉的身影。

"你不用上战场吗?"

"都已经安排好了,我去与不去,并无区别。而且我那位好哥哥也不喜欢有人与他分享胜利的光辉。"张天珩低声道。

"听起来胜券在握的样子。"元泓走近他。

"谋事在人,成事在天罢了。"张天珩有些僵硬地转过头去。

只是想看看你脸上的伤有没有好,元泓撇撇嘴,也转过身去。

吹了片刻冷风,元泓忍不住问道:"西乡家的攻势如何?"

"锐不可当,已经破城了。"

"什么?"元泓吓了一跳,刚刚那个校尉还说正在城外激战,怎么转眼就破城了?

张天珩笑了笑:"就在两个时辰之前,有西乡家的奸细打开了南城门,西乡家大军涌入城中,算算时间,如今已经抵达南城附近了吧。"

已经打进南城了!他还有工夫在这里优哉游哉地谈话,不应该赶紧收拾东西准备跑路吗?

元泓一愣,顿时恍然大悟:"你们在南城设下了埋伏?"想了想,又皱眉道:

"巷战虽然是守城方占优势，但西乡家大军十几万，光是埋伏，只怕未必能阻拦他们的脚步吧？"

张天珩笑了笑："普通的埋伏自然不可能。如果……"

他一句话没有说完，元泓突然发现自己听不见声音了。

耳边传来的是惊天动地的雷霆巨响，贯穿整个城池，一时间大地在颤抖，房屋在抖动，同时璀璨的光芒在幽黑的天幕上迸射开来，将原本漆黑的夜晚照耀得恍如白昼。

耳边温热，是张天珩突然伸出手，捂住了她的耳朵。

有了缓冲，爆炸声弱了不少，元泓终于感觉耳朵恢复了听觉。

持续了足足一刻钟，那震得人险些耳聋的爆炸声才终于告一段落。

张天珩将手放下，道："城主府距离南城还是太近了些。"

元泓揉了揉耳朵，此时的她已经顾不上考虑刚才张天珩反常的体贴动作了，她的全部注意力都被天边绽放的巨大火光吸引。

那是南城的方向。失火了！元泓猛地转头，震惊道："难道，你们在南城埋伏的不是精兵，而是火药？"

张天珩点点头，简单交代了整个计划。

南城一直是冠城富商聚居的地方，多是豪华宅邸，这些天神天健派出士兵，以搜掠军费为名，冲到南城富商的宅邸里抄掠家产，稍有反抗便以勾结奸细的罪名投入大牢，所以南城几条繁华的街道都前所未有地冷寂萧条。趁此机会，神天家在数百家宅邸里埋藏了火油炸药等易燃之物，只等着西乡家大军攻入城内，经过此地的时候引燃。

如今西乡家大军被围困在火场，损失惨重，神天健趁机领军出击，一举将西乡家主力击溃。

遥望着几乎染红半边天的火焰，张天珩的眼中绽放出灿烂的光华。

多日以来的连续失败，只为了这一刻的绝地反击。一战之后，西乡家主力消耗殆尽，只怕十年之内都无法缓过来。而十年的时间，足够神天家将整个东瀛收入囊中了，西乡家这个传承了数百年的庞然大物，再也不会是神天家的对手。这个风雨飘摇的战乱时代，终于要走到尽头了。

决定这一切的关键，就在今夜，就在眼前。

她转头望向身边的那个人，却突然一怔，原本热切的心思瞬间被浇了一桶冰水。

元泓的脸上不仅浮起震惊,还有愤怒。

秋季干燥,城中失火根本无法控制。因为燃起的火焰无法扑灭,不仅吞噬着西乡家的士兵,更吞噬了半个冠城,而且火势还在向着这边蔓延。

"以整座城池为代价,消灭西乡家的主力,这样的人,简直……"元泓不知道该用什么词语来形容,世间一切恶毒的词语,都无法形容定下这个计划之人的丧心病狂。冠城有数十万百姓居住啊!

"不要激动,之前楚仪以修缮城防为名,在城中挖了一条沟渠,火灾控制在城南范围,是烧不到这边来的。"张天珩低声道。

"那南城的百姓呢?"元泓转过头,目光落在他的脸上。其中的寒意让张天珩一颤,竟然不自觉地后退了一步。

"之前官府故意以充实军费、搜查奸细、抢抓壮丁等名义,在富裕的城南盘查掠夺,南城的百姓不堪其扰,很多都出逃了。所以被牵连的百姓并没有那么多。"张天珩解释道,声音却不自觉地低落。

元泓无法接受这个解释。

之前神天健以极其严苛的手段压迫商人,聚敛财富,稍有迟疑的便被投入大牢,并且毫无节制地接收难民,丝毫不顾忌会有多少西乡家的奸细入城,便是为了这一天吧!引诱西乡家上钩,同时在不引人怀疑的前提下,尽量将一个萧条残破的南城留给西乡家陪葬。可是,纵然再萧条,那片广阔的区域,民宅林立,店铺众多,只怕被卷入的也不下万人。

"以上万百姓的性命,为西乡家的十几万大军殉葬!使出这种歹毒的计谋……"元泓语无伦次,不知道应如何表达自己胸中的憋屈愤懑。

张天珩盯着她:"这就叫歹毒吗?没错,手段是很毒辣。但你可知晓,这数百年的战乱,诸如此类的事,在这片土地上发生了多少次?远的不说,之前西乡家攻陷朝露城,被残杀的百姓也数以万计。真正结束这个战乱的时代,才能结束这些残酷的杀戮。之前大胤不也是如此?天下战乱,民不聊生,白骨露于野,千里无鸡鸣……"

"哈,你也配提起我朝?"元泓不耐烦地打断了他的话,"我大胤皇帝上应天意,下合民心,领兵百战不折,才驱逐蛮夷,天下归一,还天下以清平盛世!你们靠着这种计谋来取胜,纵然消灭了对手,也不配为人君。"

张天珩认真地望着她:"历史是由胜利者书写,你们大胤皇帝难道就没有天子一怒,流血漂橹的时候?我不与你争执这些,只是想说,冠城位置上佳,等到明年,这里又会建起崭新的街市和漂亮的庭院，繁华依旧，甚至更胜一筹，那时候不会有人记得，这里曾经流过的鲜血。"

元泓气得发抖，只因为她无比清楚，张天珩说的是事实。等到明年、后年，这里又会恢复繁华热闹，崭新的亭台楼阁和商铺林立，那时候，如今的鲜血和残酷，只会在史书中简单留下一笔。甚至，在神天家辉煌的胜利光芒掩盖下，这点儿百姓的哀鸣只是微不足道的一笔。

最终，她只能厌烦地道："我累了，要歇息了。"然后转过身，步下回廊。

张天珩追上两步，却又停住，最终神情复杂地目送她的背影消失在庭院中。

第十二章 魔鬼的新娘
Mulan Di

冠城一战，神天家赢得极为痛快。

西乡家十多万精兵被困在火场，损失惨重，勉强逃出之后，又遇到神天健率领的大军拦截在撤退的路上。一场激战，最终西乡家仅余数千人逃了出去，宣告着这一战的惨烈。

冠城付出的代价是曾经富饶繁华的南城被焚烧成一片废墟。

接下来的数日，元泓都心情不佳，周围的侍女明显感觉到了，她们想方设法讨这位贵人开心，为她寻来各种新鲜美食，还有奇巧的小玩意儿。

侍女们的日子简单愉快，神天家胜利了，她们不必担心被乱军抢掠，而她们的主人梅城主还立下了大功，至于城南的惨烈，只是在她们欢快的谈话中偶尔提及，她们的亲眷都在北城，很快便毫不在意此事了。

也许是自己太偏执了。将手中的九连环扔在一边，元泓自嘲地笑道。

秋日的风日渐寒冷，赤红色的枫叶打着旋儿从树梢飘落下来，满地殷红，元泓走在上面，握紧了拳，在她的拳心里有一张纸条。日渐寒冷的秋日里，这是她唯一的安慰。

她收到易泽谦的消息了！

那是南城决战之后的第三天早晨，侍女为她送来城中特制的烤鸡。鸡肉鲜嫩光亮，还带着山菌的香气，让元泓忍不住想起藏在山洞中的日子。

她拨弄着，正想着从哪里下口，却发现烤鸡腿上露出了一小片可疑的闪光。

她借口让侍女去取蘸料，动手撕开鸡腿，发现果然有人将鸡腿肉割开，将一张小纸条塞在里面。取出信笺，元泓偷偷到了无人的室内查看，竟然是易泽谦的来信。

原来，他那一日前去试探古芳，却被外面的侍卫高手打伤，只好先逃了出来，躲在偏僻之地才逃过搜查，去找元泓却发现人去楼空，他多方打探，才知晓元泓被带进城主府了。他无处可去，暂时藏身在城主府旁边的烤鸡铺子里做工。直到前两天听城主府外出采购的侍女提起府里来了一位神秘的贵客，喜欢吃大胤风味的食物，便冒险一试。

整张纸条都是用大胤文字写成，语言隐晦，就算落入别人手里，也看不出关键来。

信笺还提到，城主府的守卫太多，他无法混入，不过他从侍女的口中得知，元泓他们不日将启程返回望京。他决定先走一步，返回白狐神庙，期待两个人能够再见面。

多日悬着的一颗心终于放下来，他平安就好，元泓握紧了掌心的纸条，期待着再一次见面的日子。

正想着，身后传来一声呼唤："殿下。"

"是楚先生。"元泓转头道，"楚先生满脸喜色，想必是战事顺利，旗开得胜了。"

"让殿下见笑了。"楚仪简单交代道，"之前失陷的五座城池已经全部收复，另外，今天早晨，西乡家求和的文书送到了。"

"求和？西乡家倒是干脆。"

"能不干脆吗？主力精锐都折损在这一战中，而后方伊家叛乱，拥戴他们的小世子为城主，自立门户。"

"伊家的世子吗？以西乡领主的冷酷，竟然没有将伊家斩草除根？"

"哈，伊家毕竟是西乡家的姻亲，两家世代交好，太过狠毒地对待，只怕西乡族中也会有非议。"

"看来这些年里，将军大人对西乡家也没有丝毫放松啊。"元泓笑道，伊家早不反，晚不反，会挑选在这时候反，背后必定有神天家的鼓动，说明双方早有联系。

"不知西乡家这一次求和，诚意如何？"

"割让边关的三座城池，还有联姻。"

"联姻？"元泓一怔，"还要迎娶神天家的女孩吗？"

"将军大人膝下并无适龄的女儿，所以此次联姻是西乡家的女儿嫁入神天家。将军大人的两位夫人都病逝多年，如今再娶新人也是情理之中。"

元泓无语，神天望已经娶过两任妻子了，均已病逝，如今确实中馈空虚，但东瀛有一点与大胤一样,原配为尊,续弦次之,第三任妻子就无足挂齿了。就像神天望,是尊皇册封的征夷大将军,他的前两任妻子被称为御谦,但第三任妻子,就没有这个封号了。而且神天望后宅宠妾极多,这位西乡家的小姐,未来的日子可不好过啊!不过这一切与自己无关。

"多谢楚先生的消息了。"

"今次冒昧来访,是想告知殿下,战事结束,殿下也可以启程返回望京了。冠城遭逢战乱,满地疮痍,实在不适合王驾久留。"

这也在预料之中,元泓自然不会反对,也没有机会反对。

安排好第二天清晨启程的事宜,元泓就早早休息了。

然而,这一夜注定不得安宁,元泓刚睡下,就听到前院一阵喧嚣。她坐起身来,披上衣服。

侍女进来服侍,低声道:"是城主夫人和城主在争执。"

元泓无语了,这么大的动静,她还以为西乡家的大军又攻进来了呢。

"为什么会这样吵闹?"

"听说古家要被抄家了。呃,夫人就是古家的女儿。"

古家?元泓想起在广进楼前看到的中年胖子,还有那豪华气派的排场,随口问道:"为什么突然要抄家?"如今战事已经结束了,而且这一场仗里,神天家搜刮了不少商户,已经赚得盆满钵满了,没必要再生事端。

"好像是说古家勾结奸细……"侍女低声说着。

元泓无语,古家身为冠城城主的亲戚,会白痴到投效对家?

侍女满脸忐忑,显然也不明白为何会发生这种事情。

过了片刻,外面的声响渐渐平息,元泓不再理会,勉强睡下了,蒙眬间隐约听到门外的侍女小声议论。

"不用担心,不会连累到我们城主的,听说是古家招待了什么苏公子,是个奸细。"

"什么苏公子,西乡家有这个姓氏的人吗?"

"谁知道呢?"

元泓迷迷糊糊翻了个身,苏公子,听起来是大胤的姓氏啊,总觉得自己忽略了什么重要的东西。

来不及深思,她便陷入了沉睡。

第二天一大清早,车队出发了。

冠城的城主也要入京朝贺,连带着元泓,一行车辆上百,数千名士兵护卫在四周。

行到绘东河畔,众人换乘大船,扬帆起航,旅途平稳而顺利。

在船上睡了一夜,第二天又是一路奔波,直到暮色降临,前方遥遥出现一座飞檐斗拱、精巧别致的阁楼。

元泓站在甲板上,遥望着白狐神庙,简直不敢相信自己的眼睛。

还记得那个烟雨蒙蒙的夜晚,整个神庙都付之一炬,数日后的清晨,她跟易泽谦逃亡,还看到过神庙残破不堪的影子,如今不过两个月,竟然就修复了?

"神庙地位尊贵,火灾的第二天将军大人就亲自下令修复,就连战时也没有停止,数百名工匠日夜不停地赶工,才能在最近完成。"楚仪解释道。

"原来如此,想不到神庙地位如此尊贵。"元泓感慨。仔细看去,四周确实有无数工匠正在忙碌,为洁白的神庙描绘图像,精雕细琢。

"只怕不仅仅因为神庙地位尊贵,更因为将军大人倾慕之人的遗骨,埋藏在神庙。"说话的人是冠城城主梅政宗,他年近四十,身材高大,仪态风雅,唇上两撇小胡子更显雍容。

虽然天气寒冷,他依然摇着手中的折扇。这次他配合大军主力,在关键一战中立下大功,必能得到优厚的封赏。

"倾慕?"元泓惊讶地望向他。

"就是那位艳冠群芳的雁姬小姐啊。当时攻陷易家的时候,将军大人还想要迎娶雁姬小姐为侧室呢,可惜啊,红颜薄命……"

神天望也够好色的……元泓耸耸肩:"听说那位雁姬小姐是自尽身亡,想必是不太希望嫁入将军府。"

"是啊,说起来,雁姬小姐有一位未婚夫,听说虽然身份不高,却是个极为风雅高才之人,两个人感情极深厚。"

"这个未婚夫的下场一定很惨。"元泓忍不住道,以神天望睚眦必报的性格来推测,应该会是这样。

"那倒没有听说,雁姬小姐这位未婚夫据说是东瀛与大胤的混血儿,少年时就随家族来往两地。易家覆灭的时候，他本人好像并不在东瀛。"梅城主摇着折扇，谈起往事。

元泓忍不住看了旁边的楚仪一眼，他背对着两个人，看不清楚脸色。

身边梅城主继续摇着扇子感慨道："说起来，听说今年文姬小姐担任白狐巫女时的舞姿倾世，丝毫不逊于雁姬，可惜啊！这样的美人……"

如今西乡家战败，听说神天家提出的和谈条件之一，就是要安清和的首级，神天望对这个背叛逃亡的臣僚恨之入骨，只怕文姬也不会有好下场。

楚仪板着脸："城主大人如此怜香惜玉，何不向将军大人奏请，将文姬小姐赏赐给你？"

"哈，哪里轮得到我，听说世子殿下对文姬小姐颇为惦念。只怕……"梅城主将折扇一收，姿态风雅，"说起来，楚先生是世子信重之人，不妨劝他一下，善待佳人。毕竟文姬小姐一个弱女子被其父裹挟，也是身不由己。"

身不由己吗？说起来，文姬会武功，并企图刺杀自己的事情，他们都还不知道呢。元泓摸了摸鼻子，一个柔弱温雅的名门淑女，确实惹人怜惜。

楚仪脸色阴沉："世子殿下的私事，岂是我一个外臣所能置喙的？"

元泓看了他一眼，楚仪好像很不喜欢这个话题。

梅城主继续道："难得来此一趟，也是有缘，不如咱们前去神庙游览一番。如今天色已晚，正好借宿神庙。"

元泓心中一动，想着如果能再见到易泽谦就好了。

楚仪却冷着脸："时辰还早，入夜之前应该能赶回望京，想必将军大人和世子殿下都在等着呢。"

梅城主遗憾地遥望着白狐神庙："唉，那就等日后再来吧，听说神庙里还有雁姬小姐遗留的服饰。难得回望京一趟，若有机会，一定要祭拜一番。"

衣服早就被人家亲弟弟拿走了好吧！元泓在心里嘀咕。

遥望着夕阳下的神庙，灿烂的夕阳余晖为洁白的墙壁涂上了一层祥和的金色，在天水一色的背景中，仿佛一颗金色的珍珠，镶嵌在琉璃玉带上，绽放着独一无二的光华。

还能再见一面吗？那个让她牵挂的少年。

第十二章 魔鬼的新娘

一行人抵达将军府已经是入夜时分了，侍从领着元泓往青玉阁去。

元泓站在熟悉的阁楼前，视线尽头，一个身影出现在门口，是小葵带着侍女迎了出来。

"殿下，您总算平安回来了！"小葵声音哽咽，激动不已。

元泓注意到他走向自己时一瘸一拐的，惊讶道："小葵，你受伤了？"

"我没事，前几天不小心……"

身后楚仪打断了他的话："神庙失火的时候，这孩子不顾火势跑去三楼救你，结果没找到人，自己被烧伤了，幸好阁楼坍塌，他摔进了河里，才保住性命。"

元泓一怔，目光落在小葵的手腕上，那里还缠着绷带。

"是我的失误。"她心下怅然。

"不，都是我无能，没有好好保护殿下。"小葵双目含泪，满是愧疚。

"伤势怎么样了？"这孩子也算是将军府里难得对自己真有几分关切的人了。

"并不严重，而且三公子还赏赐了药膏，已经不碍事了。"小葵欣喜地道，将元泓迎入内殿。

回到青玉阁，元泓像是又回到了初到东瀛时的日子。

走在熟悉的庭院中，天气渐寒，遍地青翠葱茏化为苍茫黄绿，白霜点缀，透出一股森冷之意。

庭院风雅依旧，只是再也没有淳姬这样的美貌佳人前来陪伴了。

元泓循着白石小径一路走到熟悉的院子门前，失去了主人后不过数月时光，这座华美精致的庭院迅速寥落。

侍女都离开了，只剩下两三个中年仆妇负责扫洒，见到元泓带着小葵进来，慌忙跪地行礼。

元泓摆了摆手，进了正厅，回想起跟淳姬在这里下棋的场景，恍如昨日。

小葵跟在元泓身后，暗暗想着，这位殿下真是长情之人，竟然还惦记着淳姬小姐呢。

游览一番别院，元泓回了青玉阁。侍从送来消息，请元泓参加今晚的宴席。

和谈的事情进行得非常顺利。实际上，就在元泓抵达青玉阁的第三天，西乡家的

使节团也到了。

接待使者的宴席在将军府的大殿举行,也不知是出于什么心理,神天望特意邀请了元泓参加。觥筹交错之间,宴席上气氛融洽,仿佛之前残酷惨烈的战事都已经远去。

元泓品尝着美酒,笑看着眼前一派和谐的景象。

神天望格外照顾她这位贵客,除了安排了她熟悉的楚仪作为陪客之外,安排在她周围的都是精通中原语言的风雅臣子。

她微微晃了晃手里的酒水,酒色清澈如玉,隐有光芒浮动。

旁边楚仪体贴地介绍道:"这浮光酒是取百谷为底,桑葚为引,以秘法酿制的,滋味清爽,同时比普通的果酒要甘醇。"

"颇有趣味,初品时酸甜清冽,后劲却不小。"元泓喝了一口,看着主桌上笑眯眯说话的西乡家使节,突然问道,"其实我一直纳闷,将军大人为何会如此痛快地同意和谈呢?趁着西乡家元气大伤的时机,大军齐出,彻底击败对手,岂不痛快?"

之前因为冠城一场大败,西乡家精锐尽丧,军心浮动,再加上后方不稳,内乱迭起,正是神天家吞并攻伐的好时机啊。

楚仪压低了声音,苦笑道:"实不相瞒,之前五座城池沦于敌手,兵马和财物都损失惨重,这一场仗打下来,神天家同样是元气大伤啊。"

"战争岂有不伤元气的?一鼓作气,再而衰,三而竭。如今东瀛地界,神天家也只余西乡家一个对手罢了,只要一举诛灭,可以慢慢休养生息。至于损耗的财物……"元泓微微一笑,"不是还有我这棵摇钱树吗?"

"哈,殿下说笑了。"面对元泓如此豁达的态度,楚仪反而不知该如何应对了。

"也许是将军大人已经老了,这些年,过多的醇酒美人,逐渐消磨了他的意志。"元泓满不在乎地笑道。

楚仪吓了一跳:"殿下慎言。"

元泓笑而不语,这些天她从青玉阁的侍女口中,也知道了一些事情。

乘胜追击,是如今军中主战派的呼声。尤其边境五城沦陷之后,西乡家为了鼓舞士气,放任士兵劫掠财富,五城的百姓和财富都损失惨重,反而神天家的兵力因为及时撤退,实力尚存。

收复失地之后,面对残破不堪的家园,这些城主和士兵个个义愤填膺,战意十足。

第十二章 魔鬼的新娘

"不知道世子殿下和三公子有何想法？想必年轻勇武之人，想法不同吧？"

"殿下……"楚仪声音低沉，却格外郑重。

"哈，算了。"元泓举起酒杯，一饮而尽。

楚仪松了一口气，目光扫过旁边几个眼观鼻、鼻观心的静默臣子。这个话题不好继续深入。好在接下来的事情吸引了他们全部的注意力。

"今次前来和谈，我们西乡家可是真心诚意，特意为将军大人带来了一份礼物。"在众人的目光中，中央主座上的西乡家使节拍了拍手。

一个青衣素服的女子低眉颔首从殿外进入，手里捧着一个木匣子。

西乡家使节笑了笑："这是我们西乡大人送给将军大人的一点儿小礼物，不成敬意。请将军大人笑纳。"

那女子行至殿中，跪倒在地上。她微微抬起头，元泓的手一颤，险些将杯子跌落。

素面花容，神态堪怜，竟然是文姬。而她手中捧着的……

两个侍从上前，将匣子打开。

神天望目光扫过，露出满意的笑容："西乡领主果然很有诚意。"

西乡特使谦卑地笑道："都是这个奸贼居中挑拨，才导致我们两家失和，也不顾及我们两家本是姻亲。听说连淳姬小姐都是因为此人而身亡的，我们大人听闻此事，悲恸至极，与淳姬小姐虽然缘悭一面，但魂牵梦萦，念念在怀，如今将这个奸贼斩杀，也算是得偿所愿了。"

匣子中是安清和的首级！元泓意识到这一点，目光落在文姬身上。亲手捧着自己父亲的首级来献给仇人……纵然对这个女孩满心厌恶，此时，元泓心中竟然也不免升起一丝同情来。

"西乡大人是明理之人。"神天望笑得开怀，似乎对这个礼物极为满意。

元泓移开视线。楚仪低声道："此人害得殿下颠沛流离，吃尽了苦头。如今也算大仇得报了，但看殿下似乎不太高兴。"

元泓转过头，面无表情地道："看刚才文姬的架势，我还以为她会从匣子底下摸出短剑来呢。没有好戏可看，当然失望了。"

楚仪险些被噎住："呃，殿下还真是思路开阔。"

"哪里比得上眼前这一幕出奇！也不知西乡家特使是怎样想的，竟然会勒令文姬来奉送父亲的首级。"偏偏神天望似乎很吃这一套。

楚仪闻言神情一变，忍不住将目光投向对面。

张天珩正坐在那里，低眉顺目，没有丝毫表情。

元泓没有察觉两个人的异样，复又叹了口气："其实，从西乡家这一举动，我便知道他们将来绝不是神天家的对手。"

安家父女潜伏在神天家多年而不露破绽，身居高位依然对西乡家忠心耿耿。这样能力与忠义兼具的臣子，身为主公应该视如瑰宝，但西乡家主却弃之如敝屣。君视臣为草芥，则臣视君为寇仇啊！

楚仪神态恢复平和："西乡大人也是无奈之举。将军大人对安家父女势在必得，之前双方议和的时候就勒令必须将叛徒交出。"

元泓没有说话，宴席的气氛越发热烈，她却感觉索然无味。

神天健当众命令将叛徒的首级送去喂狗。至于献上首级的文姬，反而没有直接的惩罚，只是勒令退下。

元泓虽然对文姬深恶痛绝，但看到眼前这一幕，也没有丝毫愉悦感。

浮华风雅的氛围中，元泓只感觉窒息，满殿的歌功颂德宛如不断涌上的潮水，侵袭着她的五官知觉。终于无法忍受，她随意寻了个借口，起身离开。

走出大殿，清冷的空气扑面而来，令人耳目一新。

小葵带着侍从跟在她身后，不敢离开，却也不敢出声打扰。

缓步迈过河上的小桥，来到一座偏僻的凉亭，元泓凭栏遥望，大殿里依然灯火通明，殿外的平台上，几十个舞女正在翩然起舞，手中持着绮丽的纸伞，随着舞女的动作变幻各种色彩。透过半透明的幔帐，隐约可见殿中气氛热烈，宾主尽欢。

元泓长长呼出一口气，像是要把刚才的不愉快统统呼出来。

在这个将军府里，就没有轻松惬意的时候。她仔细回想在东瀛的这些日子，也只有躲藏在山洞里的短暂时光，有过温暖和期望。那段她最落魄、最病弱的时光，反而是最值得怀念的。

初冬的夜晚已经非常寒冷了，他在神庙还好吗？那些势利的神官有没有为难他？还有他如何解释这些日子的失踪？

身后传来细碎的脚步声，元泓转头望去。来人竟然是文姬，身后还跟着几个侍女。

文姬看到元泓，脸上也露出惊讶的神情，然后转道向这边走过来。

第十二章 魔鬼的新娘

踏上凉亭,她躬身行礼:"想不到会在这里遇见殿下,真是万分意外。"她白皙如玉的脸颊上还残留着泪痕,但神情已经恢复了平静。

意外吗?元泓冷笑一声,这样偏僻的凉亭,如果文姬不是刻意跟随,绝不可能与她偶遇的。

"是很意外,没想到文姬小姐有空出来,毕竟你可是整个宴席引人注目的焦点啊。"元泓的声音里没有丝毫温度,她还没有善良到对一个想要杀害自己的女子有好脸色,没有当众揭穿文姬会武功且曾经刺杀自己,已经够宽仁了。

"我的戏份已经谢幕,还不赶紧退下,只会惹人厌烦。"文姬低声叹息道。

"怎么会厌烦呢?今日将军大人对文姬小姐的表现可是非常满意。"元泓笑了笑,她没有忽视神天望在看到文姬托着父亲首级的时候,那得意的眼神,充满征服者居高临下的快感。

"还有神天世子,似乎也对文姬小姐格外有好感呢。"

文姬脸上露出一丝惨然:"哈,殿下何必如此尖锐?文姬这次前来,一是为了之前的事情说一声对不起,毕竟因我父女之故,害得殿下颠沛流离。午夜梦回之际,我时时深感愧疚,难以入眠。二是为了淳姬小姐,我们交好的时候,她曾经送我一样礼物,如今我跟着父亲,背弃于她,实在无颜收藏这样东西。思来想去,只有交托给殿下吧,毕竟您曾经是她恋慕之人。"

说着,她从怀中取出一枚发簪。

元泓沉着脸,本想拒绝,目光落在那发簪上面的一刻,却骤然心神巨震,伸出的手由推拒变为摊开。

文姬微微一笑,将发簪放进了她的掌心。

冰雪般清冷的触感从掌心传来,提醒着元泓保持冷静,控制自己没有流露任何异样。

"殿下今日谈兴不高,文姬不敢打扰。我被安排在颂荷居,希望将来能有再见到殿下的时候。"说着,她躬身行礼,带着侍女转身离开了。

元泓目光复杂地望着她离去的背影,握紧了掌心。

返回青玉阁,元泓借口梳洗,将小葵和侍女们都打发了出去,一个人在内室,元泓摊开掌心。

一支小巧玲珑的白玉发簪躺在那里。簪子的一端做成半开的兰花模样,清爽简单，花瓣上一滴晶莹剔透的白露，浑然一体，栩栩如生。

整个簪子触手生寒，宛如冰雪。

没有了众人监视，元泓压抑不住地颤抖起来。这支发簪，是她当年在大胤的后宫中得到的，当初衡州太守进贡了二十四支金钗，她悉数赏赐给了丽妃和沈充仪她们，只有这一支冰心寒玉簪，她专门挑出来，赐给了白妃，也就是白望舒。

后来，白望舒恢复男装，担任侍卫统领，自然用不着这枚发簪，却一直精心收藏着。

是谁，能让一支深藏在灵州城亲王府的发簪，漂洋过海，出现在一个东瀛女子手中呢？还有文姬今日话中的意思……

元泓闭上眼睛，下定了决心。

幽深的夜晚，寒风穿过树梢，飒飒作响。一个身影从青玉阁房顶上闪现，连续翻越房檐，落在最顶层的阁楼上。

听着窗外的敲击声，元泓起身拉开窗，看着外面预料之中的黑色身影。

"文姬小姐就不怕被盯梢的侍卫发现？"

"与西乡家一战，神天家精锐尽出，折损严重。这青玉阁的守卫，也大大不如从前了。"黑衣人从窗户缝隙挤进房间，笑道。

"是你！"元泓眼睛眯了起来，不是文姬的声音，而是一个清朗的男声，熟悉又让人厌恶。

西乡鹤将黑巾扯下，含笑看着元泓："由我来跟殿下谈，相信比文姬更有说服力。"

元泓冷笑一声："你竟然还敢出现在望京城里，只怕神天望很希望见到你的首级。"

西乡鹤苦笑一声："就算我此时不出现，只怕不久殿下也要见到我了。今次神天家提出的和谈条件之一，就是要西乡家遣送质子，并指明了要嫡出之人。"

西乡家的嫡出公子本有多位，但身为续弦的伊夫人被西乡领主亲手斩杀之后，其子女也被西乡领主厌恶，不久相继身亡，如今两位嫡出公子，都是原配所出。除了那位世子殿下，就是西乡鹤这个二公子了。

看来神天望对之前淳姬之事极为恼火，一个安清和平息不了这份怒火啊！等西乡鹤到了望京，神天望只要随便捏造一个理由，就可以让他死得无声无息。

第十二章 魔鬼的新娘

"那么二公子想要怎么办？"

"自然是要为了自己的性命，垂死挣扎一下了。"

"要行刺神天望吗？"

"哈，我还没有这样愚蠢的勇气，神天望这些年越发爱惜性命，随身数位侍卫，个个都是以一当百的高手。"说完，西乡鹤又笑起来，"说起来，我还以为殿下会急着先问那支发簪的来历呢，没想到殿下先关心起我的生死，真是让人感动。"

元泓撇撇嘴，她心中当然万分迫切，但是跟西乡鹤这种人谈条件，越是急切，就越不能表现出来。

果然，她不问，西乡鹤反而迫不及待地解释了起来。

"之前西乡家从冠城败退，我领兵接应，途中遇到了一队被神天家精锐士兵追杀的商旅队伍……"

本着敌人的敌人就是朋友的精神，他与那支商队联手，剿灭了追兵。

"据说那位是大胤来的剑客，假扮客商，前来拯救一位贵人。恰好我有这位贵人的消息，于是我们一拍即合。"

"哦，你向他们提了什么条件？"

"在殿下眼中我就是那种唯利是图的小人吗？"西乡鹤苦笑一声，然后正色道，"此一时彼一时也，之前我西乡家坐拥半壁江山，自然希望开疆拓土，财源广进，如今我西乡家风雨飘摇，所求的，也只是平安渡过这次危机罢了。

"只要殿下答应助我们渡过此次危机，我可以发誓从此西乡家在一日，东瀛便是大胤的藩属，绝无二心。"

"好啊，只要你将我救出去，返回大胤，我必定点齐大军，替你们将神天家扫荡一空。"

"哈，殿下说笑了，从大胤发兵，只能来得及给我收尸了。"

"哦，那你是何意？"

"请殿下助我行刺神天望，一举翻盘。"

元泓眉梢抽搐："你刚刚自己还说不会干这种蠢事。现在难道准备蛊惑我去干吗？"

"殿下说笑了，就算您有这样愚蠢的勇气，您的武功也……咳，而且，据我了解，神天望不仅武功好，水性也很不错呢。所以说殿下您是完全没有机会的。"西乡鹤笑道，似乎对上次栽在元泓手中怨念颇深。

元泓耸耸肩："那你的计划是？"

"请殿下将神天望引出来，我自然会安排人动手伏杀。"西乡鹤简单明了地说出了他的计划。

神天望日常起居，都有高手跟随，外人根本无法接近，唯有趁他成亲的时候。西乡家送亲的队伍还有七日抵达望京，到时候神天望将在神庙举行婚礼，届时还要有白狐巫女的祝祷。

"到时候请殿下假扮白狐巫女，将神天望引出来。"

元泓眨了眨眼睛，有点儿不懂西乡鹤的逻辑："这么简单就能把神天望引出来了？"

"殿下也许不知道，您的容貌酷似雁姬，平时穿男装并不明显，若换成女装，便有三四分相似，若是穿上白狐巫女的服装，巧加装饰，足有六七分相似，一旦跳起舞来，姿态娴雅高贵之处，便有八九分相似了。"

"殿下来自大胤，并不明白神天望对雁姬的痴迷，上次绘东河神庙那里传出雁姬显灵的谣言，神天望不仅将几个目睹的士兵传召入府，亲自询问细节，更亲自前去神庙探查了一番。"

元泓无所谓地道："只是这样简单的话，试一试也无妨。"

"多谢殿下了。事成之后，在下必定协助殿下离开望京，返回大胤。"

"不必谢我，谢你自己有遇到那个人的好运气吧。"

商议完行动的细节，西乡鹤没有耽搁，立刻起身离开。

来到窗台前，他突然转过头来，笑道："其实最让在下震惊的是，堂堂大胤亲王，甚至曾经的天子，竟然是个女子。这才是殿下退位的真正原因吧？"

元泓冷冷瞥了他一眼："你很好奇？"

"只是好奇那位剑客与殿下之间的关系。"西乡鹤笑道，"说起来，殿下这样高贵无比又美貌倾世的佳人，难怪能让那样高明的剑客倾心。在下自认游戏花丛，从未对女子真正动心，见过殿下后也不禁要动心了。"

元泓冷笑一声："那是我的爱妃。你若是有意，永安王府里侧室的位置，孤也可以替你留一个啊。"

西乡鹤正要跃出，闻言踏在窗台上的脚一滑，直直跌了出去。

所幸他应变极快，及时调整姿势，终于悄无声息地稳住身形。

"哈，殿下厚爱，若是今次大事不成，说不定真要去殿下王府里讨口饭吃，只求殿下到时候千万别不认账啊。"说罢，不等元泓回答，西乡鹤身影一晃，消失在茫茫夜色中。

真是厚脸皮的家伙！元泓冷哼一声，将窗户关上。

跟这样的人合作，完全是与虎谋皮！

而假扮巫女……黑暗而宁静的房间里，元泓陷入沉思。

第十三章 冰与血之歌

Mulan Di

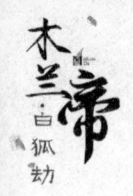

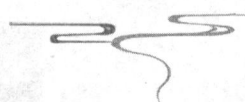

　　西乡家送亲的队伍比预料中晚一天抵达，不过并没有误了吉日。

　　整个望京城都装点了起来，似乎战争的阴影已经彻底过去，繁华的城池又恢复了往日的喧嚣热闹。但元泓从侍女们的议论中得知，这次婚礼的气派比起神天望前两任御谦的婚礼来说还是朴素多了。

　　成亲这一天，一大早天色阴沉沉的，到午时，阴云终于化作细碎的雪花，纷纷飘落。

　　婚庆的典礼就在城中的神庙举行，神官和巫女主持祭礼和赐福的环节。元泓作为贵客，也被邀请前去观礼。

　　事有凑巧，今次给元泓安排的房间，正好是阁楼东边的第三间，也就是元泓曾经跟淳姬和文姬她们偷龙转凤，易装出逃的那一间。

　　不会是故意的吧？元泓瞥了一眼跟在她身后的楚仪。这家伙看着毕恭毕敬，其实一肚子坏水。

　　担任白狐巫女的依然是文姬，这也是西乡鹤有把握让元泓成功替换上去的原因。

　　对此元泓深感疑惑，没有人提议撤换吗？文姬可是叛臣之女。

　　对她的疑惑，楚仪给出了解释："将军大人之前已经在大殿上当众宣布赦免了文姬小姐的罪责，怎么会有人这么没眼色地提议呢？更何况如今世子殿下对文姬小姐颇为热切，再过一段时间，也许文姬小姐会成为世子的侧室。"

　　婚礼完成，车驾返回将军府。

　　将军府中各处挂着明亮的金色鲤鱼灯，将亭台楼阁映照得辉煌典雅。这是东瀛的风俗，迎娶新妇的时候要点燃鲤鱼灯。

　　回到青玉阁，元泓洗漱完毕，换上常服，天气寒冷，阁楼中早早燃起了火炉。

第十三章 冰与血之歌

跃动的赤红色火苗舔舐着饱含油脂的松球，发出松木特有的清香，元泓手中把玩着那支冰晶玉簪，目光落在西洋钟上。

前殿的宴席应该快要结束了吧？与大胤一样，新婚的日子，府邸里都有盛大的宴席。

估算着时间，元泓亲手点燃了油灯，然后微微推开窗，坐在桌前。

元泓透过敞开的窗户，遥望着青松上的皑皑白雪，静坐品茶。不多时，侍女通报，文姬小姐前来拜访。

对于这么晚了，忙碌了一天的文姬小姐上门拜访一事，小葵和众侍女都觉惊讶，却没人敢说什么。

文姬窈窕的身影出现在殿门外。脱下积了白雪的裘衣递给侍女，她缓步进了内殿。

小葵自觉地带着众侍女退避到外面回廊之下。

元泓静静地坐在阴影中，油灯闪烁，爆开零星的灯花。

"我来迟了，让殿下久等。"文姬走到她对面坐下，一身宝石蓝绣银色梅花纹的裙装，华美绮丽。

元泓笑道："无妨，静坐在这里，能思考很多事情，这种感觉很好。"

文姬微微一怔，似乎不知道该怎么接话，沉默片刻才道："想不到殿下会如此痛快地答应二公子的计划。"

"此一时彼一时也。倒是我，完全想不到，你竟然还肯帮助他，毕竟抛弃你们父女的是西乡家，还逼令你亲手将父亲的首级奉献给仇敌。"

"战乱之地，身为弱者总是身不由己。"文姬脸上露出苦涩的笑意，"父亲知道难以幸免，是自刎身亡的，而让我亲手奉上首级，也是他的交托。侍奉神天家族多年，父亲深知，神天望就是这样变态，他最喜欢看对手血亲相残、痛苦不堪的模样，当年攻陷易家的时候也是这样……"

众人站在回廊下，房间里传来低声细语，虽然听不清楚说的是什么，依然能感觉到内中融洽的气氛。

小葵疑惑地皱起眉头，殿下与文姬小姐的感情越来越好，但他总觉得不对劲儿。毕竟文姬小姐也是害得他颠沛流离的人之一，虽说主要责任在安清和。而且，世子殿下已经表明了对文姬的兴趣，这个女子极有可能成为世子的侧室……

想着想着，小葵却感觉思绪越来越迟钝，终于沉沉睡了过去。

房间里，文姬和元泓停住了话语，文姬侧耳倾听片刻，笑道："似乎是药效起了。"然后她看向元泓，"接下来该殿下行动了，不如先换上衣服。"

"也好。"元泓脸上突然露出一个笑容，却没有起身。

文姬眼中闪过一丝轻蔑，正要起身，却突然发现自己身体酸软，竟然全身无力。紧接着头脑发晕，天旋地转。

"你！"她又惊又怒，立刻意识到自己中了元泓的计。她最后的目光落在桌上的油灯上，来不及发出任何声音，就重重跌倒在地上。

元泓站起身来，第一时间冲到桌边，将油灯熄灭。

打开窗户，房间里清淡的香气很快消失不见了。元泓刚才一直倚靠在窗台边，呼吸着新鲜空气，才勉强保持清醒。而文姬处在避风的角落，紧挨着油灯，所以很快中招。

看着昏迷不醒的文姬，她终于松了一口气。

螳螂捕蝉，黄雀在后！文姬负责解决外面的侍女和护卫，却没有料到自己也是元泓的猎物。

迷香是从淳姬的房间里找出来的，返回将军府之后，她以思念故人为借口，几次前往淳姬的居所搜寻，终于在香料盒子里找到了她暗藏的迷香。

会在此时出手针对文姬，原因很简单——她根本就不相信西乡鹤和文姬的说辞。

什么假扮巫女，将神天望吸引出来再安排高手刺杀。开玩笑，这种变数太大的计划，如果需要靠着这种不靠谱的计谋来为自己博取胜利的话，西乡鹤早死不知道多少次了。

元泓脱下文姬的服饰，迅速穿到自己身上，再将包袱里白狐巫女的服饰给文姬穿上。

虽然不知道西乡鹤和文姬他们蛊惑自己假扮白狐巫女的目的是什么，但现在巫女依然是文姬呢。

然后，元泓来到门边，披上蓑衣。万幸今天一直在下雪，文姬是戴着斗笠来的。

离开青玉阁的大门，一个侍女迎上前，低声问道："小姐，一切可都妥当了？"

元泓立刻意识到这是文姬的心腹，与阁楼里几个被迷晕的侍女不一样。

她点了点头，含混不清地答应了一声。

侍女大喜，连忙道："我这就去通知二公子按计划行动。"然后转身匆匆离开。

幽暗的廊道里，只剩下元泓一个人。

她转头望去，卓然而立的青玉阁在阴沉的天幕中勾勒出冷寂的黑影，与前庭的金碧辉煌、遍地金灯形成鲜明对比。

接下来的行动，是她一个人的战场了。

扶了扶斗笠，她往光华遍地的前庭走去。

前庭的酒宴已经接近尾声，不时有醉酒的臣子被侍从扶持着离开宴席。

浓郁的酒香传来，混杂在一片冰雪中，交织成一股冷冽的气氛。

元泓走过偏僻的廊道，取出她早就藏在树丛里的酒壶和托盘，一直抵达后院。路上偶尔遇见侍从，也只以为她是奉酒的侍女，没有阻拦。

这是元泓第一次踏足神天望的后宅，放眼望去，满目莺莺燕燕，遍地脂粉浓翠。这世上的后宫，大都是一副模样啊！

因为天冷雪大，外面行走的侍女极少，一路走到正殿门口，才有女官带着侍女迎上来。

"我是文姬，奉世子殿下之命，前来为将军大人奉送醒酒的汤药。"元泓抢先开口道。

文姬？传说中即将成为世子侧室的女子？女官不免打量元泓，虽然戴着避雪的斗笠，依然看得出是个极美的人。难怪见惯佳丽的世子殿下也心动了，不顾其叛逆之女的身份，要将其纳为侧室。

女官上前将汤药收下，道："多谢文姬小姐了，等将军大人有空闲，我等会替世子殿下奉上的。"

"这醒酒汤是中原秘法所制，需要立刻饮用才能有效。不如我这就前去拜见将军大人……"

"胡说什么！"女官不耐烦地打断她的话语，"将军大人刚刚进新房，岂是闲杂人等能够打扰的？"

元泓笑了笑，正要继续说什么，突然，从殿内传来一声呼唤："让她进来。"

声音清和中平，隐隐带着一丝颤抖。

不是将军的声音，却是刚刚嫁到神天家的那位西乡小姐的声音。女官略一迟疑，遵从了女主人的吩咐。

声音入耳的刹那，元泓就明白自己赌对了。心中涌起滔天巨浪，她强自压抑着掉眼泪的冲动，端着酒壶，缓缓步入了内殿。

垂下的轻纱幔帐如一层层涌动的迷雾，遮蔽着房中的一切。

女官将人送到门口，就止步不前了。而元泓端着酒壶，掀开轻纱，进了里面。

扑面而来的是一股清淡的血腥味，似有若无，缭绕在鼻端。

血腥味的来源是躺在地上的神天望。

他曾经是这片土地上最尊贵、最有权势的人，如今躺在地上，也只是一具干瘪苍老的尸体罢了，失去了一切权柄和力量。

站在神天望尸体旁边的，是那个令元泓朝思暮念的身影。

白望舒的眼神比她更激动，一脚踢开碍事的神天望，他猛地冲上来，抱住心心念念的人。

元泓压抑了半天的泪珠终于滚落下来，她抬头看着白望舒："你来了。"

"我当然来了。"白望舒将声音压低，却压不住满心的激动。

元泓抬手擦去脸颊上滚落的泪珠，两个人有千言万语要倾诉，却明白眼下不是诉说衷肠的时刻，必须尽快脱身。

实际上，早在听到西乡鹤的刺杀计划的时候，她就感觉不对。如果假扮雁姬引蛇出洞的计划只是迷惑自己的托词，那么西乡鹤真正的计划是什么呢？

神天望身边高手环绕，寸步不离，但有一个时刻，是绝不会有护卫在他身边的，那就是他进入洞房之时。

毫无疑问，想要刺杀他，这才是最佳时机，而不是什么假扮白狐巫女将人引出来。

但神天望自己也是高手，手无缚鸡之力的西乡小姐肯定不可能完成这个艰巨的任务。只有找一个高手，这个高手不仅武功高，能够杀得了神天望，而且必须美貌，假扮女子也毫无破绽。西乡鹤有这样的手下吗？就算有，他只怕也舍不得用，因为刺杀完成之后，刺客将深陷重围，必死无疑，几乎注定是一枚弃子。

这样算计下来，某个远道而来，武功高强又美貌过人的高手，简直是天上掉下来的刺客人选。

如果元泓是西乡鹤，也必定会这样谋划，而只要以她为条件，不愁白望舒不答应他的条件。

推测出这个计划，元泓就开始行动，先设计文姬，偷梁换柱，然后以文姬的身份来到后宅。

事实证明，她赌对了！不过接下来的情势依然艰难。

"你这么简单就将人杀了？西乡鹤可要得意了。"

"哼，敢将脑筋动到我大胤头上，侵扰灵州，还掳走你，他本就是我必杀之人。"白望舒不屑地瞥了一眼地上的尸体，"而且拿他的命换你的消息，这个条件不算苛刻。"

"杀人简单，可是现在咱们怎么脱身呢？"元泓皱起眉头。

抬头望去，白望舒正微笑着凝视着她。

心念微动，他也想到了吧？眼前局面，竟然诡异地似曾相识。

当年狄族大军营地里，白望舒潜伏入内，行刺狄族少君，那时候，两个人配合无间，虽然元泓险些身死，却完成了计划。

只是这一次，不会再有白宸侯和西府水军从天而降，救他们于水火之中了。

还是要靠自己努力啊！局面虽然危急，但只要跟他站在一起，元泓心中没有丝毫惧怕。

"你先走，再等片刻，我杀出去就是了。"白望舒对自己的武功自信满满，"只要离开将军府，外面我安排了接应的人，海边也布置了船只。"

"这样也太简单粗暴了。"元泓想了想，说道，"我们还是委婉一点儿吧。"一边说着，她举起桌上的蜡烛，凑到重重轻纱幔帐处。

火苗舔舐着掺杂着金丝的绢纱，迸发出比黄金更灿烂的光华。

你这种手段更粗暴好不好！白望舒低笑一声，然后弯腰捡起了神天望的佩刀。

火苗燃起，很快滚滚浓烟充斥了整个房间，并向外蔓延。

外面的人顿时察觉，惊叫起来："新房里面着火了！"

刹那间外面一片混乱，有高呼救火的，有四散奔逃的，同时，十几个带刀护卫从殿外冲进来。

白望舒拉着元泓的手，弯腰冲出房间。

"夫人出来了！"

"将军大人还在里面！"

烟雾弥漫，一片尖叫声中，元泓和白望舒跑到殿外，终于有人察觉到事情不对。

一个护卫拦住两个人的去路："请夫人留步，将军大人在哪里？为什么……"

话还没有说完，迎接他的是璀璨的刀光。

猝不及防，连续两个护卫被砍杀在地，鲜红的血液洒落在洁白的雪地上。终于有人惊声尖叫起来:"有刺客!"

"你不是西乡小姐!"

"将军大人身亡了!"

混乱中,火势越来越大,浓烟滚滚,遮蔽了灯光。

白望舒已经抱起元泓,脚下急奔,消失在了庭院中。

后方护卫头领声嘶力竭的呐喊传来:"封锁中庭,谁也不准外出!搜捕刺客!立刻救火,将军大人还在里面!"

今晚的将军府注定不得安宁。

一片混乱中,行刺的"新娘"和接应她的"文姬小姐"失去了踪迹。

不仅正殿失火,紧接着偏僻的青玉阁也爆发出火光,同时望京城里数处要地同时爆发了混乱,一名偏将率领着数百手下开始作乱,十余大臣府邸被劫掠,大臣被砍杀。

在这样重要的时刻,身为将军的神天望却被困在火场,凶多吉少。

而这一切混乱的始作俑者正躲避在一处僻静的房梁上,悄悄倾诉着积攒了多日的千言万语。

"你们怎么知道我在东瀛的?"

"日前在东海的水军巡逻队抓到了汪晏与其残党,这才确定你是被东瀛之人掳走,而不是落在了北狄的手中。"

"抓到汪晏了?"元泓惊喜,总算放下了一件心事。

"这些天神天家有没有为难你?"白望舒关切地问道。

"放心吧,他们还指望着我卖个好价钱呢。"元泓耸耸肩,"只是苦了你们,与北狄的战事怎么样了?"这是她困居东瀛以来最关心的问题。

"互有胜负,陆将军在北方,你不必担心。"

"可恨,都是神天家居中挑拨。"

"就算没有神天家,我们与北狄终有一战,他们那位元妃对我大胤可是恨之入骨,早已磨刀霍霍了,如今早开战也好。"

两个人说话的间隙,外面数次响起混乱的噪声,有时是士兵正在与乱党厮杀,有时是建筑物轰然倒塌。

"看来西乡鹤的手笔够大的!"元泓忍不住感慨。骚乱不仅没有平息,反而在不停地扩大。

"西乡家经营多年，在神天家可不止安清和一个卧底。"白望舒笑道，"之前威逼利诱我替他们行刺神天望，他们就说起过，他们会在将军府和望京城里同时制造混乱，到时候我可以凭借武功出逃。"

"所以你才这么冒险？"

"只要能将你救出来，付出任何代价都是值得的。"白望舒凝望着她，这段日子，他无数次深深地悔恨自己的无能，让这一生最重要的人落入险地。若能够有挽回的机会，哪怕以他的性命为代价，他也甘之如饴。

没有说出口的深情，元泓心中了然。她低笑一声："也罢，反正能看到你穿新娘装的模样，对我来说也值得了。你真的很适合东瀛风格的服装呢。"

白望舒也忍不住笑起来。外面雪花簌簌落下，一切都如同往昔。

"不过为了待会儿的行动，咱们还是换一下衣服吧。"元泓指了指后方，"那边是衣橱，有一些淳姬的猎装，是男装式样，有些她还没有穿过，尺寸可能不合适，不过情势危急，就请白统领先将就一下。"

白望舒从善如流地跃下横梁，从衣橱里翻出一身簇新的还算宽松的男式猎装，然后迅速将繁复的新娘裙换下。

他一边更换，一边忍不住道："你对这里很熟悉啊。"

"这里是雅韵阁，本是神天望一个庶女神天淳姬的居所，因为她已经亡故，最近一直空闲着。"

白望舒自然不会遗漏她话语中那一丝遗憾，动作一顿，抬头望去："这位淳姬小姐你很熟悉？"

"嗯，是个风雅可爱的美人，可惜红颜薄命……"

"看来你在这里经历了很多。"白望舒望着她，目光深邃。只是短短数月不见，她似乎走出了他的生命，这让他心底深处有种难以言喻的恐惧感。

他低下头，掩去了那点儿微妙的心思。

换好衣服，白望舒跃上横梁，两个人并肩坐着，又等待了片刻，白望舒掏出怀中的西洋表。

"到约定的时间了，咱们该出发了。"

虽然答应了西乡鹤提出的这个九死一生的行刺计划，但白望舒从来没有想过真把性命搭在这里。他来东瀛是为了救人，可不是为西乡鹤的霸业添砖加瓦的。所以在入府之前，他在外面秘密安排了接应的人手，并约定了行动的时间。

元泓心头一热,透过敞开的窗户,看着沉浸在一片黑暗中的庭院。

是该离开了!这一次,终于能够真正踏上归途了。

白望舒将元泓抱起,两个人轻飘飘地从房梁上落下。出了大门,隐约可见府邸里一片混乱,四处都有火光。

"那边……"元泓遥望着青玉阁的方向,皱起眉头。

青玉阁竟然也失火了!小葵他们还好吗?时间过去了这么久,迷药的效果应该已经消退了才对。

压抑着不安的心情,元泓跟着白望舒走过沉暗的后花园。

中间有匆匆跑过的护卫队伍,白望舒都及时带着元泓闪避。终于拐过一处回廊,一个杂役模样的人鬼鬼祟祟地上前,冲白望舒招了招手,同时好奇地看了一眼元泓。

两个人跟上这个杂役的步伐,元泓忍不住低声问道:"来这里这么短的时间,就能够买通下人吗?"

"只是利益交换,神天府邸里也有很多家臣开着海贸生意的。"白望舒笑道。

任何时候都要将后路掌握在自己手里,才是有把握的行动。

引路的杂役将两个人带到围墙处,低声道:"越过这面墙是一条偏僻的巷子,原本是安清和大人的府邸,抄家之后这里门庭冷落,极少有人靠近……"交代完后路,引路人匆匆告退。

安清和的府邸?这样的巧合让元泓心中骤然掠过一丝不安,旋即摇了摇头,甩开这些无聊的担忧。终于能够离开这里,自己竟然疑神疑鬼起来。

白望舒抱起元泓,正要翻墙出去,变数又生。一片喊杀声逼近,转眼到了近前。

此时上墙必会被人发现,白望舒只好拉着元泓闪避到树丛后面。

似乎是几个仆役被乱兵追杀,中间传来一声惨呼,莫名地熟悉,元泓身体一颤,忍不住探头张望,顿时变了脸色。

是小葵!还有三四个侍女仆役,正被一队乱军砍杀在地。

小葵跟跄着摔倒在地上,后面的乱军猛扑上来。小葵满脸血污,抬手一挡,但血肉之躯怎么可能挡得住利刃?

小葵惨叫一声,竟然是一只手臂被生生砍了下来,刹那间鲜血飞溅。

元泓忍不住惊呼出声,声音低沉,狂躁的乱兵并没有听见,旁边白望舒却听出了其中关切的心情。

他按住了她的肩膀,阻止她冲出去,自己却疾风般掠出去。

长刀划破沉暗的夜色，几个乱兵来不及惊叫，就被砍杀殆尽。

元泓这才跑了出来，地上的侍女仆役大多已经没了声息，她匆匆弯腰来到小葵身边。

幸好，这孩子还活着！

感受到温暖，小葵勉强睁开眼睛，看清楚是元泓，刹那间眼中闪烁起亮色。

"殿下……"他低声呼道，声音微弱得像是一只刚出生的小猫。

元泓抬手阻止他的呼唤，为难地看向白望舒。这孩子伤势严重，血流不止，放他在这里很快就会死亡。可是两个人还要逃亡，带着他势必大大延误行程。

白望舒立刻明白了她的为难之处，爽快地道："先带他走吧，外面就有接应的人，车马都准备好了，不会妨碍行程。而且我带来的人中有医术高手，他的手臂也许还能接上。"

元泓大喜，院子里的嘈杂声不仅没有平息，反而越来越大，必须尽快离开。

"你先带着他翻墙出去，再回来接我。"

白望舒略一迟疑，目光落在小葵鲜血淋漓的断臂上，心中一软，点头同意了。

他叮嘱元泓在树后藏好，然后打横抱起小葵，纵身一跃，便上了高墙。查看四周无人，他迅速落到墙外，然后来到一处僻静的角落，将怀中少年放下。

"你先在这里等着，我回去……"

话未说完，突然一阵刺骨的寒意逼近，白望舒闪身后退，却已经来不及了。

寒光闪烁的匕首骤然刺进了他的胸膛，鲜血在他的衣服上洇开，如同冰雪之上绽放的凄美的花，迅速汲取着他的生命力，而匕首的另一端，牢牢握在少年唯一完好的手中。

"对不起……"耳边传来颤抖的低语。

满是愧疚的面容，让白望舒掌心提起的内力又松懈下来。罢了，这终究是她关怀的人……他苦笑着，奋力一推，将少年远远送了出去。

同时，数道黝黑的身影，悄无声息地逼近，阻断了所有的退路。

雪花簌簌飘落，掩去了地上刺眼的血迹。

白望舒闭上眼睛，复又睁开。

他提起长刀，站了起来。

第十四章 Mulan Di 黎明前的黑暗

元泓藏在树后,急切地盯着高高的围墙,等待着白望舒出现,然而,让她惶恐的是,等待了许久,那个人都不见踪影。

雪越下越大,整片天地都笼罩在湿冷之中。突然一阵莫名的心痛涌上她胸口,仿佛是被人刺了一剑般疼痛。

元泓捂着胸口,难以压抑心头的恐慌。怎么回事?白望舒还没有回来接自己,难道墙外有埋伏?

不过并没有听见声响啊!而且就算有埋伏,以他的武功,杀出去也不成问题吧?虽然带着小葵有些麻烦,但他不会实心眼到宁死也不放弃小葵吧?

元泓站起身来,左右徘徊,终于忍耐不住,看了看四周无人,她搬起几块石头叠在一起,然后向上攀爬。

这该死的围墙,建这么高干什么!

元泓竭力攀住墙缝,想要爬上去。眼看着就要爬到墙头上了,却冷不防一脚踩空,径直跌落下来。

她强压住惊呼的冲动,蜷曲身体,希望尽力避免伤害。

预料中的疼痛并没有袭来,她感觉身体一缓,竟然落到了一个温暖的怀抱里。

她睁开眼睛,映入眼中的是一张熟悉而俊美的容颜。

"你没事吧?"声音温暖而关切,听在元泓耳中,却充满了森然寒意。

她整个人都僵硬起来,惊惧地看着眼前的少年。他脸颊上满是鲜血,宛如地狱爬出的恶鬼一般,也不知在这个混乱的夜晚里斩杀了多少敌人。

张天珩的笑容依然温柔,他抬手擦了擦脸颊,然而半边衣袖都成了赤红色,擦拭只是将脸上弄得更脏。

第十四章 黎明前的黑暗

对元泓警惕的目光，他低声笑着："吓着你了？只是遇到了几个乱党罢了。"

他的目光温柔而澄澈，元泓却感觉一颗心直直沉落下去。

"青玉阁失火了，还好你平安无事。我带你回安全的地方吧。"张天珩自顾自地说着，抱着元泓转身就走。

"先放我下来。"元泓挣扎着，转头看向依然毫无声息的墙头。

张天珩没有回答，却固执地抱紧了她。以元泓的力气，根本无法挣脱他的束缚。身后几个护卫紧紧跟着张天珩的步伐。

走过中庭，突然侧后方传来一个凉凉的声音："我的好三弟，你要去那里？父亲大人还生死未卜呢！"

张天珩脚步一顿，抱着元泓转过身来。

出现在回廊尽头的人是神天健，他带着十几个护卫，匆匆往正殿方向赶去。

看到张天珩，他眼中充满了厌烦和怒火："有奸细勾结西乡家的刺客，在府中作乱，父亲大人生死未卜，你不赶紧杀敌，这是要去哪里？"

他的目光落在张天珩怀中的元泓身上，蓦然一怔，这是……哪儿来的美人？

对上他毒蛇般的目光，元泓猛然惊觉，这是神天健第一次看见自己穿女装！难怪他认不出自己来，而刚才张天珩却轻易地认出了自己……

"如今族中大乱，你不好好杀敌，竟然在这里幽会私通！"神天健怒气上涌，对张天珩满身血污视而不见，厉声斥责道。

张天珩脸上露出笑容："兄长大人，我这不正在调查奸细的事情嘛。"说着，他松开对元泓的钳制。

双脚落在地面上，元泓立刻后退一步，本能地想要离这对疯子兄弟远一些。

神天健在她窈窕的身姿上狠狠剜了一眼，上前一步："是吗？我看这女子就很像奸细，面目陌生，鬼鬼祟祟，是西乡家的人吧？我带回去严加审讯……"

他站在元泓面前，目光中充满了毒蛇般的贪婪，然后……就没有然后了。

对着这张脸，元泓的目光先是厌恶，然后变成了震惊。

神天健毫无防备地受了一刀，看着他倒下的身躯，元泓整个人都颤抖起来。

"你竟敢杀戮世子！"不知道是哪个侍卫惊呼起来。神天健带领的十几个侍卫眼睁睁看着世子死在三公子手上，顿时大乱。

"都杀了吧。"冷淡的吩咐出自张天珩之口。

刹那间刀光剑影，鲜血横飞。是张天珩身后的几个护卫冲上前，对着神天健带着的护卫展开屠杀。

确实是一面倒的屠杀，不过片刻，地上又多了十几具尸体，鲜血在洁白的雪地上流淌，迅速冻结成赤红的冰。

这个混乱的夜晚，将军府中所发生的杀戮和流的鲜血已经无法计量了。眼前的残酷，也不过是给这个原本就浓墨重彩的夜晚添上了微不足道的一笔。

对上元泓怔怔的眼神，张天珩温柔地一笑："别担心，就算父亲和兄长都死了，这神天家还有我在呢。"

然后，他拉住她的手，并肩向前。

元泓不由自主地跟上他的步伐，走过漫长的回廊，一直抵达内殿。

因为一场大火，原本华美典雅的正殿已经遍地狼藉。残破的建筑与地上横七竖八的尸体交相辉映，奏出一曲战乱特有的悲歌。

元泓目光扫过，地上的尸体有护卫，也有侍女，还有两个时辰前从自己手中接过醒酒汤的那个女官，巨大的伤口从她胸口一直蔓延到腰间，她狼狈地倒在满地尸骨之间。

张天珩对这一切都视而不见，他拉着她的手，就这样踏过遍地尸骸，满目残破，走进了那个曾经金碧辉煌的大殿。

原本金碧辉煌的寝殿已经被火灾肆虐得灰暗残破，而神天望的尸首竟然还在那里，因为位置低，甚至都没有被焚烧到。

张天珩却连看都没有看他一眼，径直来到桌前翻找着。

两个时辰前，元泓从这里离开的时候有多么充满希望，此时就有多么绝望，不仅是因为自己，因为白望舒，更因为眼前这个人。

曾经有人说过，一天中最黑暗的时刻，就是最接近黎明的时刻，而此时此刻，黎明之前，元泓感觉到一阵深深的悲凉漫上来，痛彻心扉。

"你在找什么？"她听到自己问道。

"我记得父亲大人的将军印信就是藏在这里的。"他笑着回答。

"啊，终于找到了！"

天光乍破，第一缕曙光透过被烧成空洞的窗户，照在那枚象征着无上权柄的赤金印信上，也映照在张天珩纯净无比的笑容上。

在满地残破阴暗中，这个笑容是如此灿烂，带着孩子般的单纯和执着，一如她曾经见过的那样。

然后，他拿起印信，来到桌前，摊开明净的白绢，提起笔筒中的毛笔。

他甚至没有费力去研墨，弯腰在地上流淌的血中蘸了蘸，随即笔走龙蛇。

元泓的目光落在地上安静的尸体和鲜血上，神天望的眼睛还没有闭合，带着难以置信的震惊。是为了瞬间化身刺客的新娘，是为了今夜满地的鲜血厮杀，还是为了这个意料不到的庶子……

片刻之后，那个人搁下笔，拿起白绢，转过身来。

那是他用父亲的鲜血为墨，写下的今生的第一道军令。元泓看不清楚上面的内容，只觉眼睛被那刺目的鲜红色深深刺痛了。

"这是调动兵马平乱的命令，很快这场可笑的混乱就能够平息了。"

"马上，我就是将军了！不为我高兴吗？"

他的声音充满欢喜，而她只能闭上眼睛："我只是……很累了。"

第十四章 黎明前的黑暗

望京城的内乱，终于在第二天拂晓时分被镇压下去。

西乡家的刺客假扮新娘，行刺将军神天望，并杀害了世子殿下，同时勾结潜伏在望京城中担任偏将的奸细，引发城中内乱，给这座在最危险的战争中都未受到丝毫伤害的坚固城池一记重重的迎头痛击。

百姓本以为战争已经彻底结束，并且远离，却没想到会骤然爆发在身边。

当晚城中惨遭杀害的大臣有十几家，而被牵连的平民也死亡上千，作为叛乱和行刺重点的将军府更加损失惨重。西乡家一队精锐的刺客混在新娘的陪嫁队伍中，事发时在府中作乱纵火，趁机砍杀，引发了巨大的伤亡，不仅神天将军和世子惨遭杀害，内廷中参加宴席来不及离开的大臣也有数十人遇害，至于被牵连的侍女仆役，更是不计其数。

幸好之后还有三公子神天珩力挽狂澜，及时联络了冠城的梅城主，调派城外驻军，才平息了战乱。

一场大雪将整夜的鲜血杀戮统统掩埋，却掩不去受害者的悲痛哀号。有目光长远之人立刻意识到，将军和世子都被残杀，神天家与西乡家的仇怨是不可能化解得了的，一场大战在即。

而有通晓朝政，并更加心细之人，也许会发现，变乱中不幸身亡的大臣，竟然大多都是主和一派的老臣，真是微妙的巧合啊！

没有了这些人的阻拦，再加上不想开战的神天将军也身亡了，战事立刻被提上议程。

变乱之后的第七天，神天府邸三公子神天珩继承征夷大将军一职的尊皇诏令送到了将军府。

望京城迎来了新的主人。

而短短的七天之内，将军府里也已经迅速褪去了战乱带来的残破血污，重新变得华美辉煌。被火焚烧过的阁楼重新开始改建，被践踏和污染的庭院很快被清理干净，损失的侍女仆役也将得到补充，有新的仆从入内侍奉，府中一切都以焕然一新的姿态迎接着新的主人。

刚刚继承了权位和责任，年轻的将军前所未有地忙碌起来。

不仅因为刚刚到手的权柄，还因即将到来的战事，一桩桩一件件都逼得整个将军府繁忙不已。

如今将军御驾所在的东殿，几乎日夜长明，不熄灯火。文臣武将流水般从内殿进出，忙碌不停。

短短数日的接触，臣子对这位新任将军无不赞誉有加，比神天望更加积极进取，而又比神天健更加沉稳善谋。如今茁壮成长的神天家所需要的，正是这样一位文武兼备的主人。

天气阴沉沉的，雪花从天际飘落，时值半夜，几名武将从灯火通明的内殿离开。

一天的政务处理完毕，张天珩微微松了一口气，起身来到门前。侍从立刻上前，想要为他披上外衣。

年轻的将军却抬抬手："不必了，你们都下去吧。"

侍从躬身后退，没有发出一丝声响。

他们都是将军府的老人了，原本只觉得这位三公子俊美无比，温雅高贵，却并不太引人注目。然而他继任将军没几天，却很快多了一分杀伐决断的威仪，让人身处他左右，竟然不敢轻易出声，也许这就是天生的贵气吧。

只是这位年轻的将军也未免太辛苦，太尽职了，这些日子经常忙碌到天亮。

站在殿外的回廊上，看着无数洁白的雪花从天而降，中庭的小桥流水正在被大雪一点点掩盖。

　　这一场雪，来得可真不是时候啊！张天珩微微叹息着，与西乡家的战事已经迫在眉睫，雪天不易行军，对掌握主动权的神天家不利。

　　屏退了所有侍从，他在门廊处坐下，静静看着眼前幽深的夜色和雪景。

　　经历了这么多，背负了这么多，终于有一刻，能够稍稍松懈。

　　身边青玉香炉中燃着他惯用的安息香，清冽的气息中，压抑已久的疲惫感涌上来，他就这样睡了过去。

　　不知道过了多久，他蒙眬中听到细碎的脚步声。

　　外面的雪已经停了，一轮孤月高悬在天际，照亮这一方静谧的庭院。

　　殿外似乎有个影子。值夜的侍从都已经被他屏退，张天珩没有惊醒任何人，独自起了身。

　　那个人正站在水边一株青松之下，仰头看向清冷的月光。如雪般洁白纯净的上衣，如血般赤红鲜艳的下裙，乌黑的发披散在肩头，勾勒出美得惊人的线条。

　　如同一个从遥远梦境中走出的幽魂，刹那间唤醒了他深埋许久的记忆。

　　"雁姬……姐姐。"他颤抖着低声呼唤道。

　　那个人转过身来，熟悉的容貌出现，眼眸中充满控诉的怒火。

　　美梦瞬间破碎，张天珩惊醒过来，他颤抖着想要挪开视线，却又不舍得离开分毫。

　　在他万分矛盾而纠结的目光中，元泓缓步踏上了回廊。

　　"果然是你，易泽谦！"

　　"我不知道你在说什么！"张天珩垂死挣扎着偏过头去。

　　"神天家的臣子竟然能接受一个毫无神天家血统的人上位？还是说你一直欺瞒着他们？"元泓进了内室，盯着他问道。

　　张天珩沉默片刻，终于开口解释道："东瀛的风俗不同于大胤，比起血缘来说，更看重家名的传承，既然冠了神天这个姓氏，我就是神天家的人，更何况梅政宗他们原本就是我易家的臣子。"

　　他声音尽量低沉温和，迎接他的却是一声冷笑。

　　"认贼作父，你还挺光荣的呢！"

　　张天珩像是被人抽了一鞭子，却只是沉默着。

　　然而这样的退让平息不了元泓的怒火。

"终于承认了，你欺骗我。你这个卑鄙无耻的家伙，你勾结西乡家！没错，真正跟西乡鹤勾结，掀起这场内乱的人是你吧？难怪西乡鹤如此自信，仅凭着一队刺客和一个偏将卧底，就能在望京城里制造混乱，行刺将军。有你这个想要弑父杀兄的内贼在，他当然有把握了。

"倒是你，好歹神天望也算饶恕了你的性命，你竟然如此狼心狗肺地回报他……"

骂到一半，张天珩猛地抬起头："够了！没错，我就是这么忘恩负义，冷酷心狠，吃里扒外！你第一天知道吗？"

元泓一怔，他这么爽快地承认了，竟然不知道该怎么继续骂下去了，好在刺痛他的手段她不止一个。

"淳姬其实是你的人吧？"

张天珩脸色终于变了。

猜中了！元泓继续冷笑道："那你知不知道，淳姬其实是恋慕着你的呢？"

"记得淳姬向我讲述白狐巫女故事的时候，说起巫女最终离开了尊皇，相思相恋的情人，却只能分隔两地。她曾经说过，'打破禁忌的恋慕，最是真挚而可贵'。

"我原本以为她是哀叹自己爱慕西乡鹤这个敌人，现在想想，她是哀叹自己竟然恋慕上你这个兄长啊！

"为了你这个冷酷的家伙，她故意伪装成倾心于西乡鹤，想要换取情报。之前将我的消息透露给西乡家，也是你的计划吧？这样才能尽快挑起两家的战争，以便于你重新获得权力，没想到被我破坏了，而且淳姬也因为意外，不幸死在西乡鹤手上。

"而事后你身为兄长和主公，竟然不思为她报仇，反而趁机跟对方勾结，然后毫无芥蒂地合作。我本以为你的底线再怎么样，也比西乡鹤那种人强一点儿，哼，现在看完全是蛇鼠一窝。"

张天珩偏过头去："淳姬的死只是一个意外。我将来一定会杀掉西乡鹤，为她报仇的。"

"杀他报仇？哈哈，你们这对盟友，还真是臭味相投，西乡鹤也是这么想的吧？所以之前才会蛊惑我假扮巫女。"

之前西乡鹤建议她假扮雁姬，将神天望引出来然后刺杀，元泓觉得根本不靠谱，现在回想起来，这个计划根本不是为神天望准备的，而是为了神天珩，眼前这位三公子。

第十四章 黎明前的黑暗

西乡鹤与张天珩勾结，一个想要谋夺权位，一个想要诛灭对手。但事成之后，对西乡鹤来说，最得利的结果当然是张天珩也一起死掉，这样神天家的直系继承人就全部死亡了。而神天家族的旁系没有能压制众多位高权重的领主和将军，神天家势必要分裂和内战。这才是西乡鹤的真正计划，毕竟能够被雁姬吸引出来的，肯定是她的亲弟弟啊！

所以在与张天珩联合杀掉神天望和神天健父子之后，再利用元泓假扮雁姬将张天珩吸引出来杀掉，这才是西乡鹤的真正目标。可惜被自己从中破坏，让他逃过一劫。

"这些日子你表面乖顺，却一边勾结西乡鹤，一边暗中联络主战派的领主和武将，这样繁忙的日子，竟然肯花费数日的光阴在我的身上。一路逃亡到冠城，陪我玩这个落难少年的游戏，你一直都在看笑话吧？你这个骗子！"

"我不是。"

"你骗我。"

"我没有！"少年的声音满是倔强。

话题又陷入僵持，元泓长吸一口气，压抑住对眼前之人的满腔愤恨。

"告诉我白望舒去了哪里，别说不是你动的手脚。"

"他死了！"张天珩冷笑一声。

瞬间元泓的心脏几乎停止了跳动，回过神来，抽出檀木刀架上的长刀，向着对面的人迎面砍下。

张天珩却没有闪避，抬手握住了砍过来的刀锋。锋锐无比的刀刃立时切入他的肌肉。

元泓一怔，看着鲜血顺着他的手指缝隙流淌而下。

"你要为他报仇吗？"他凝望着她，问道，"在你的眼中，我就这么不值一提？"

元泓没有回答，只是奋力将刀向外一抽。然而他握得极紧，长刀竟然抽不出来，却因为她的动作，他的伤口被搅碎，血流得更多了。

这个疯子！

元泓喊叫起来："你这个欺瞒我、伤害我的人，有什么地方值得一提？我恨不得杀了你……"

张天珩身体一颤，手松开。

元泓趁机将刀抽出，正要提刀再砍，突然，门被猛地推开，是小葵冲了进来，身后是楚仪，还有几个侍从，似乎是刚刚接到消息赶了过来。

"殿下，请不要动怒，那位公子没有死，他逃了出去！"小葵扑到元泓的脚边，抱住她的腿。

"请杀掉我吧，是我欺骗了你们，是我行刺了那位公子！"小葵用仅存的一只手拉住元泓的裙裾，苦苦哀求，"求求您了，把刀放下吧。就请你看在将军大人为了救你，险些死在青玉阁的分儿上。他……"

"滚出去！"张天珩近乎咆哮地打断了他的话。

元泓视线一顿，落在张天珩的手臂上，因为抬手握住刀刃，他的衣袖滑落，露出烧伤的痕迹。

之前西乡鹤和文姬发现元泓不见了，为了引张天珩过去，所以干脆在青玉阁放了一把火。

"不是因为你，别想多了，我知道文姬在那里，杀了她给淳姬报仇罢了。"张天珩冷然道，"至于西乡鹤，将来战场上，我迟早会斩下他的头颅。"

筋疲力尽的一夜，楚仪他们来了，自己也不可能杀得了他。元泓终于松开了刀柄。

"我永远不会原谅你的！"她转过身，离开了正殿。

走在回廊上，拐过一道弯，元泓停下了脚步。

"你还有什么事情吗？"她的心情极度糟糕，对跟上来的楚仪自然也没有好脸色。

楚仪叹了一口气，微微躬身道："殿下，我知道任何为三公子辩白的话语都会让你厌烦。但你确实误会他了，其实，有些事情他也无法控制自己。"

"无法控制自己去欺骗别人吗？"元泓言辞尖锐。

"哈，这样说也没错。"楚仪的神情有一丝怅然。

"当年，易大人为了让幼子有一线活命的机会，逼令当时才七岁的孩子亲手杀掉……"楚仪脸色苍白地顿了顿，才继续道，"亲手将自己父亲的头颅奉送给神天将军，才换来神天将军的青睐，收为义子。"

所以文姬之前的所作所为，只是投其所好罢了，元泓瞬间了悟。

"三公子因此深受打击，虽然日常不显，但每到了白狐祭前后，也就是当年易家覆灭的时间，他都会不受控制地出现精神错乱。他会变成易泽谦，那个曾经单纯的少年，甚至以为时光还停留在他承欢在父母膝下的时候，到处寻找易大人和夫人，还有他的雁姬姐姐。

"直到最近几年，那个'他'才慢慢接受父母已经离去的现实，只是那一日，他都要去河边祭奠。"

"好在他变化的时间很短，只要在河边祭祀完成，回到白狐神庙，一夜之后，他就会重新变回那个深谋远虑、杀伐决断的三公子。所以，我们从来不会前去打扰。"

"可是今年，他的状态极为混乱，甚至影响到了他的日常行动，也许是因为看到了太像雁姬的巫女……"

"总之，那天白狐祭结束之后，他回来便魂不守舍，在两个人格中反复切换。"

是因为遇到了自己！想到那一夜的相逢，元泓心绪混乱，难以言喻。

她没有怀疑楚仪在说谎，这种离奇的事情，哪怕想象力再丰富的人，也不可能编造得出来。甚至她希望楚仪是在说谎，他不是个小说家吗？如果是在胡说八道欺骗她就好了，那个少年并不存在，她也可以十足地恨着他了。

"殿下终究是要离开这里的，说了这么多，只是希望，殿下不必抱着这样愤恨的心情离开。也许那个少年对您来说，只是尊贵人生之中一个不值一提的过客，但您对他来说，却是长久的黑暗中，难得的一缕光明。"

"而且，说不定一切很快就会终结，所有的人都会付出代价。"说到最后，楚仪脸上露出神往的表情，像是在看着遥远的方向。

这样陌生的神情让元泓忍不住一怔，总觉得哪里不对。

诡异的表情一闪即逝，楚仪很快恢复了冷静，目光落在元泓身上，变为真切的感激。

"最后要说一句，殿下，您真的很美，像极了当年的雁姬小姐。"他深深地弯下腰去，掩去了眸中隐含的泪光，"多谢您，让我又一次见到这样的美。"

第十五章 Mulan Di 万里江山 万里雪

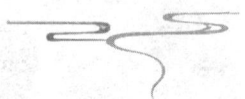

海上的风冷得刺骨。视线的尽头，阴沉的天幕与幽暗的海浪交织成一条线，仿佛整个世界都笼罩在一片冰雪寒风之中。

这样的天气，哪怕最勤劳的渔夫都不会出海。因为堆积的乌云清晰地昭示着即将到来的暴风雪，一个不慎就会船毁人亡。

而这样的天气里，神天家的兵马却选择出击了。谁都料想不到，仅仅是行刺事件结束后的第十三天，张天珩正式担任将军的第六天，神天家就策动了对西乡家的第一场攻势。

速度快得出人意料，而选择的道路更是出人意料。

三十六艘战船从刚刚修复的冠城海港扬帆启航，十万精兵带足三天的粮草，直扑西乡家的首府莹城杀去。

雪天不易行军，暴风雪的海上，更是凶险难测。选择这样奇巧的路线，目的只有一个——速战速决，一局决胜！如今神天家的积累已经经不起太过漫长的战役了。

元泓站在战船上，眺望着苍茫的大海。似乎是上天都在帮助神天家，他们入海行驶了两天一夜，眼看着就要抵达西乡家的领土了，积聚在天上的阴云始终没有化为暴风雪降落下来。

面对突然而来的袭击，西乡家显然猝不及防。

入夜时分，神天家的战船抵达西乡家南部港口上冈，只用了短短两个时辰，就击溃了港口的驻军，杀入内城。

实际上，西乡家也早已预料到即将到来的战事，所以在双方的边界线上驻扎了充足的兵马，这也导致后方越发空虚。

上冈这样的要地，两万的驻军被抽调走了大半，仅存的数千士兵根本不是神天家精锐的对手，上冈被迅速攻破了防线。

西乡家的内庭里，众多大臣还在争吵着是继续增加边防力量，还是派遣使者争取和谈，至少也要争取将战事拖延到开春。而神天家的兵马，已经无声无息地杀到了门前。

天边绽放曙光时，上冈的城池已经彻底清理完了。前方的将领回来禀奏捷报，并恭请将军大人入城。

元泓的早饭还是在船上用的，而到了午饭时分，便已经移驾到了城中。

元泓坐在马车上，看着四周风景，上冈也是商贸之地，此时，原本繁华的街道空无一人，商铺民宅无不闭门锁户，偶尔能看到门前墙壁上飞溅的鲜血，路上还有来不及清理的尸首，在洁白的雪地里分外刺眼。

抵达城主府，楚仪亲自上前，扶着元泓下了马车。

张天珩继承爵位之后，楚仪被晋升为内掌尹，一个品级不算太高，但责任重大的职务，这次出征，他负责整个军队的后勤补给，而元泓也跟在后勤的队伍中。

这种突袭的战争，张天珩亲征也就罢了，竟然还要带着自己，元泓也说不清楚张天珩是出于什么目的。为了防止自己趁机逃跑吗？

"城主府的房间已经打扫好了，殿下暂且委屈一下。"楚仪带着元泓进了府内。

虽然时间很短，但东庭已经打扫得非常干净了，至少看不见任何血迹和污痕，只有回廊柱子上清晰的刀剑痕迹还来不及修补，昭示着这里刚刚经历了怎样残酷的厮杀。

"上冈城主带着数百名亲信和护卫在府中殊死抵抗至最后一人，临死前还放了一把火，所以满地残破，短时间内难以清理，只有东庭这边还勉强能够入眼。"楚仪一边解释着，一边带着元泓来到清理好的院子里。

元泓脚步一顿，她立刻明白楚仪为什么要这样解释了。真正清理干净的只有一处院落，这也就说明她要跟张天珩住在一起了。

看着回廊尽头走过的熟悉身影，元泓不禁停住了脚步。

张天珩同时脚下一顿，却没有转头看向这边，而是一边继续跟身边的几个武将说着什么，一边走了进去。

元泓松了一口气，那一场争执之后，这是她第一次见到他。

她实在不知道该用什么表情来面对那个人，也许，张天珩也一样吧。

看着他的身影在臣子的簇拥中消失在殿内，元泓转过身："我们走吧。"

她住在东侧的房间里,这里似乎是上冈城主招待客人的别院,修建得精致风雅,却颇为冷寂。

躺在床上,元泓聆听着窗外簌簌的落雪声,入夜之后,终于开始下雪了。

白望舒现在怎么样了?他伤势严重吗?

既然确定了自己在东瀛这边,相信大胤很快就会有所动作,会不会影响到北边与狄人的战事呢?

元泓辗转反侧,隐约能听见院子另一侧的声响,是张天珩那边还在忙于政务,直到后半夜,才渐渐平息下来。

元泓却已经睡意全无了,她索性起了床,披上外衣。值夜的侍女在外间打着瞌睡,元泓没有惊醒她,悄悄推开门,来到庭院里。

暮色沉暗,风雪交加,外面冷得出奇。

元泓搓着双手,正想着还是回去算了,突然身后传来一个声音:"睡不着吗?是我那边吵着你了?"

转过头去,张天珩正从廊下走过来,他肩头披着墨色绣松纹的鹤氅,露出洁白的中衣,苍白的脸色如同这满地的冰晶白雪一般。

"既然睡不着,过来一趟吧。"

你说过去我就过去了?元泓本想着出言讽刺两句,那个人却已经转过身,同时传来另一句话。

"有大胤的消息,你应该会感兴趣。"

就好像是鲜嫩的鱼儿对猫咪有着天然的吸引力,元泓根本没有拒绝的余地,立刻乖乖跟上了他的步伐。

元泓跟着张天珩来到内室。侍从奉上茶水,悄悄退了出去。

不等元泓发问,张天珩从桌案上拿起一封奏报,递给了她,同时将两个取暖的铜炉推到元泓脚边。

元泓什么都顾不得了,迫不及待地将奏报翻开,一目十行地阅览完毕。

然后,她抬起头来:"你还要继续这里的战事吗?"

奏报是神天家埋伏在外海的线人送来的,就在三日之前,大胤西府水军四十艘战船从灵州城海港起航,直扑东瀛而来。算算时间,纵然海风不顺,路途艰难,再有十几日,也该抵达了。

到时候神天家将要陷入两面作战的窘境，现在从西乡家撤军，还来得及整顿备战。

对元泓的疑惑，张天珩却只是微微一笑："当然要继续，再过十几天，我有信心打到西乡家的首府莹城去。"

"那又如何呢？"西乡家的首府啊，不逊于望京的大城，绝不是短时间内能够攻陷的。一旦在这里被拖住步伐，只会迅速走向败亡。

"你就这么希望僵持在莹城城外的同时，听到本土被攻下的消息？"元泓微微偏着头，问道，"还是有什么底牌给了你特殊的自信？"

张天珩的眼中闪过一抹亮色，似乎是在赞赏她敏锐的直觉。他笑道："自信的来源就是我认为，大胤的那些人应该首先以你的性命为重。"

"那可未必，我如今已经不是天子了。之前你们侵扰灵州，这是绝不能轻饶的侵犯。"元泓冷然道。

她相信自己在陆天祈和裴正源他们心中的地位，但是更相信他们的理智，在面对家国大义和自己时，会做出最正确的抉择。

"侵扰灵州，这样就不能轻饶吗？那如果做出更恶劣的侵犯呢？"张天珩突然凑近了她，声音压得极低，嘴唇几乎碰触到她的耳朵。

温热的气息传来，她触电般颤抖了一下，然后惊惧不安地看着他。

好在张天珩一触即离，他站在那里，两手交叠，脸上满是顽皮又恶劣的笑意，看着眼前受惊的小兔子。

元泓嘴角抽搐，恨不得冲上去抽他一顿，奈何打不过他，只能将怒火积蓄在心头。

此时，元泓是真的相信，他们是两个人了。那个单纯的少年，绝不会开这样恶劣的玩笑，露出这样恶劣的神情的。

她将手中的奏报扔下，冷笑一声："洗好脖子等着吧。"转身快步离开。

身后传来一声朗笑："哈哈，在这之前，一个月之内，我先带你去欣赏莹城的玉符雪景。"

张天珩并没有说大话，攻陷上冈之后，接下来的攻势，如同摧枯拉朽一般，简直顺利得惊人。十万精兵如同一把锋锐无比的匕首，插进了西乡家的腹腔，原本就空虚的城池根本无法抵挡。

攻势迅速推进，每一天都有捷报传来。张天珩停留在上冈，并没有跟随兵马出击，只是遥遥指挥着前线的战事。

数日之后，又一道捷报传来。西乡家紧急调派驻扎在前线的大军返回救援，却在林安城南侧的夹道上遭遇了神天家的伏兵，八万精兵折损大半！这是十多万主力葬送在冠城之后，西乡家仅存的精锐兵马了。

至此，元泓已经能够确定，如果没有外因，西乡家的这一场仗，注定是败局了。

"远水解不了近渴，这个时候与其调兵返回救援首府，不如破釜沉舟，趁机攻入神天家才对啊。"元泓深恨西乡家的不争气。

"哈哈，如果西乡领主有你这样壮士断腕的狠辣，我可能真的要多费一番手脚了。"张天珩对此是抚掌大笑，笑完之后，才道，"年迈的人，总是更加惜命，西乡领主是如此，我那位亲爱的父亲大人也是如此。失去了进取之心，在这个乱世，就是将刀俎送给别人，将自己变为鱼肉。"

元泓心中感慨，战乱的世道就是如此残酷，虽然没有经历过之前大胤平定天下的战火，但如今遥想，太祖皇帝纵横天下数十年，只怕也是经历了无数血与火的厮杀。史书上留下的，终究只有胜利者的辉煌，至于战败者的哀歌，很快就会随着漫天风雪，飘散不见了。

在攻陷上冈短短二十日之后，神天家的兵锋就已经抵达莹城脚下。

陈兵城下的第三日，西乡领主派出的使节抵达了上冈，表达求和的意愿，同时送来了一件礼物。

元泓被邀请到了张天珩的书房，一眼就看到了案上的首级。她猛地转过头，不想多看一眼。

"我还以为你会很高兴呢。"张天珩将匣子盖上，"淳姬的仇终于报了。"

盒子里是西乡鹤的首级，曾经意气风发的年轻人，如今只剩下冷冰冰的头颅。

"西乡领主真是山穷水尽了，连自己的亲儿子也能斩杀。"元泓长叹一声。

"能撑到现在也算不错了。"张天珩将手里的文书递给元泓。那是西乡领主的亲笔信，毫不意外，信中将一切罪责都推给了西乡鹤，说明自己这些日子年迈糊涂，不理政务，才被这个逆子乘虚而入云云，提出的谈和条件也非常优厚——丰富的金银和大量的土地。

第十五章 万里江山万里雪

"不接受吗？"元泓放下书信。

"拿已经是我囊中之物的东西来送给我，换取生机，你觉得我会同意吗？"

元泓沉默了。

张天珩拿过她手中的文书，示意侍从将东西送下去，同时还有西乡鹤的首级。

比起感慨西乡鹤的死亡，元泓更加挂念的是另一件事。

西府水军走得太慢了，就算路上逆风而行，天寒不便，如今快一个月了，也应该抵达东瀛了吧。

西府水军至今不见踪影，难道是遇到暴风雪了？一想到这个可能，她简直要发疯。不会的，连神天家的船只都能顺利航行两天一夜，抵达西乡领地，西府水军的战船更加坚固庞大，而且配备了新研发的白鱼服，不可能折损在海浪中。

这些天，这件事始终沉甸甸地压在她心头，而且随着时间的推移，越发让她难耐。

唯一能够破解这个疑惑的，只有眼前这个人了。

她长吸了一口气，终于开口问道："西府水军的消息呢？"

张天珩脸上露出调侃的笑容："我还以为你会一直忍耐着呢。"

不想问就是因为不想看到这家伙恶劣的嘴脸！元泓真想一拳冲着这张满含笑意的脸打下去。

没有继续调侃元泓，却也没有直接回答，张天珩笑道："以你的聪慧，何不猜一猜呢？"

元泓心里一沉，将那个她猜测的最坏的可能说了出来："是北狄的水军在拦截，你跟他们有勾结。"最后一句话，她几乎是咬牙切齿地说了出来。

果然猜到了！张天珩流露出赞赏的笑容。对元泓的敌意，他只是耸耸肩，笑道："什么叫勾结，战略盟友，有同样的敌人，自然会走到一起。"

元泓长吸一口气，平复复杂的心情："战况怎么样了？"

"势均力敌，一触即分。如今大胤的水军退守玉岛附近，而北狄的兵马占据安郡。"

得到了想要的答案，元泓转身离开。只怕再多待一刻钟，她就要控制不住怒火了，留下身后的张天珩目光复杂地凝视着她。

接下来神天家终于迎来了最终的胜利，在一个风雪飘摇的夜晚，莹城的城墙终于被攻破。

元泓已经没有丝毫精力关心神天家的胜利了，虽然这是整个东瀛重新归于一统的历史时刻，但她没有丝毫兴趣，她全部的注意力，只牵系在西边那场大战上。

攻破了首府，张天珩留下臣子处理后续的事务，立刻率领兵马踏上归程。

返回时依然是走海路。

乘坐着来时的船只，元泓被困在舱室之内，如同困兽般来回走动着。她只恨自己没有丝毫的武力值，不能干什么。她甚至想过在船上纵火，或者偷一艘小船下海，可是没有机会，时时刻刻都有侍从和婢女盯着自己。

在这种时刻，她竟然只能眼睁睁看着一切发生。

张天珩并没有说自己要去干什么，但她已经猜到了下一步的计划。毕竟返程根本没必要再冒险乘船入海，完全可以从莹城向北，走陆路返回望京。走过刚刚征服的土地，想必也是每一个征服者的乐趣。

而放弃这个荣耀，匆匆率领精锐兵马，乘风破浪来到海上，目的只有一个，这里有更危险的敌人！

他是要与北狄配合，夹击西府水军！

战船一路向南，走得飞快。元泓每一刻都比上一刻更加急躁，就在这样绝望的环境下，万万没想到，转机自动找上门了。

当楚仪冷静地坐在对面，说出那个离奇的建议的时候，元泓第一反应是不相信自己的耳朵。

等到了琉岛附近，偷偷放自己离开？

"为什么要这样做？"元泓打死也不肯相信眼前之人会背叛张天珩。不说两个人之间那深厚的感情，单论楚仪已经因为这一战的功劳，被提拔到中枢尹，身在此位，他不应该这样做。

"将军大人这样做是不对的，我在替他做出更好的选择。"

元泓眼睛眯起："别用这种谎话来搪塞我。"

"哈，那么殿下要拒绝我吗？"楚仪微笑着，冷静而自信，因为他知道，对方根本没有选择的余地。

没错，无论他出于什么理由，她根本不可能拒绝，因为这是唯一的机会了。哪怕他想要趁机将她杀死在海上，她也要冒险一试。

最终，她没有再追问理由，爽快地点头答应了楚仪的计划。

这一天晚上，元泓紧盯着西洋钟。终于到了行动的时刻，她翻身起床，悄悄推开窗。外面的侍女和守卫果然都被调离了。

元泓披上斗篷，小心翼翼地走出了舱室，迅速拐入一道回廊。沿着楚仪提供的路线，她一路畅通无阻。

张天珩所在的旗舰，船体庞大而宏伟，虽不及白宸侯当年的座驾，但也相差无几。

拐过数道弯，沿着楼梯径直向下，元泓终于抵达了船舱底部。

看着那个熟悉的身影，还有他旁边精致的小船，元泓忍不住掀开斗篷兜帽："你竟然真的来了。"

"难道殿下以为我是在撒谎吗？"楚仪笑道，拍着身边的小船，那是一艘白鱼服。

"海图就在里面，殿下操纵得很娴熟，应该不必我再安排人手协助了。这里距琉岛也不远，以白鱼服的速度，半天就能抵达，只是小心控制方向，别跑到北狄的船队那边就好。"

元泓沉默地走近白鱼服，略微检查了一遍，中枢和船舱都完好，没有任何动手脚的痕迹。

他是真要放自己离开？走到船边，元泓忍不住抬起头："没有什么要说的吗？"

"殿下期待我说什么吗？"楚仪耸耸肩，"比如返回大胤之后请务必劝谏那位陛下撤军？或者开通海贸，给予神天家的生意优厚的待遇？这些要求，挟持人质在手的时候提出来比较有底气吧？"

"这个时候还有心情开玩笑，你就那么有把握张天珩不会杀你吗？"元泓微微偏着头，"就凭你是他的准姐夫？"

"原来殿下早就猜到了。"楚仪低声笑着，"也是，上一次，梅城主的试探已经足够明显了。"

"那位城主应该也是张天珩的心腹吧？不过似乎也不知晓你的真实身份呢。"

"哈，毕竟是很久之前的事情了。我从小跟着父母长年在大胤和东瀛两地往返，在领地的时候不多。"提起往事，楚仪脸上流露出怅然的神情，"其实殿下不必疑惑，我所做的一切，都是在为我心爱的人……复仇啊！"

复仇？对谁？神天家不是已经覆灭了吗？虽然这个家名还维持着，但里面的芯子已经完全被易家取代了。

　　盯着元泓，楚仪的脸上露出如梦似幻的表情："我曾经想过，杀掉你，让他也尝尝痛失所爱的滋味，但是，我无法下手。哈哈，从我看到殿下穿着白狐巫女服饰的那一刻，我就知道自己无法下手了，因为你实在是像极了雁姬小姐。如今让你离开，相信能达到同样的效果。反正他这辈子都不可能再见到你了……"

　　元泓满心疑惑。这时，一个冷淡的声音从后面传来，打断了楚仪的话语："这就是你跟西乡鹤合作的原因？"

　　元泓瞬间整个人都麻了！她瞪大眼睛望过去，张天珩的身影出现在白鱼服后面。

　　他早就在这里等着了！楚仪和自己的计划，完全在他的预料之中。

　　他慢慢地，一步一步走过来，脸色苍白，让元泓禁不住想起当初在灵州城外救起的落难贵公子。

　　而此时此刻，他的状况，似乎比当初重伤在身的时候还要孱弱。

　　也许，眼前这个人的背叛，是比捅他十刀都要惨烈的酷刑。

　　楚仪神情有了变化，像是刚刚从梦中惊醒，却并没有忧惧。选择了这条路，对即将到来的惊涛骇浪，他早已做好了承受的准备，虽然时间提前了些。

　　"你是怎么知道的？我和西乡鹤有合作的事情。"

　　"她是女子的秘密，我只跟你一个人提起过。如果没有人提醒，西乡鹤不可能知道，更不可能知道她酷似雁姬。"张天珩低声道。

　　"是西乡鹤太多事了。"楚仪叹息一句。

　　"为什么要这么做？为什么要背叛我？"张天珩脸上流露的是从未有过的失态。

　　元泓本以为这个人永远都是冷酷而理智的，哪怕是在将军府变乱的那一夜，都没有过任何动摇。如今，这张面具终于碎裂了，流露出脆弱的底色。

　　"你如果恨我，杀掉我算了，你明明有很多机会的！为什么要这么干？"

　　"杀掉你，雁姬也会怨恨我吧。哪怕她因为你而被逼选择死亡，善良的她也不会希望自己最心爱的弟弟死在别人手中吧。"楚仪苦涩地笑着，"可是，我终究……意难平。她本来能够逃掉的……白狐神庙的那条暗道……她本来能够离开覆灭的深渊，等待我回来，然后我们会有美好的未来。如果不是为了你，为了让你有一线生机，她又岂会被迫做出另一种选择？"他的目光落在张天珩身上，充满了复杂的感情，是控诉的怨怼，也是无奈的怜悯。

第十五章 万里江山万里雪

"别说了！别说了！"张天珩的眼神开始错乱，他捂住脸孔，低声重复着，"我没有，不是我，不要逼我……为什么……"凌乱的语句折射出他纷乱的心绪。

元泓没有关注两个人在说什么，实际上，从张天珩一出现，她就开始偷偷摸摸靠近白鱼服。趁着两个人争执的空当，她终于爬了进去。看着熟悉的操作台面，元泓扑上去。只要打开前冲板，就可以入海了！

就在这时，外面突然响起急促的警戒声，尖锐的鸣笛声音伴随着弹药炸裂的巨大杂音响彻整个空间，一时间整个船只都剧烈摇晃起来。

是敌袭！

白鱼服里的元泓正要关闭舱门，猝不及防地摔倒在地。

沉浸在回忆中的两个人被骤然打断。张天珩猛然惊醒，他的目光落到元泓那边。下滑的水道舱门已经打开，她马上要操纵着白鱼服往外离去了！

"不行，你不能离开！"他不顾一切地冲上去，抽出长刀，雷霆般劈砍在舱门上。

刺耳的声音传来，整个白鱼服被这一刀震得簌簌作响。因为用力过大，张天珩的虎口直接震裂出血，随之而来的是白鱼服的舱门发出碎裂的"咯吱"声。

舱内的元泓被惊得魂飞魄散。

这个疯子！

接二连三的重击下，白鱼服的舱门终于承受不住，裂开了缝隙。

张天珩不管不顾地抓住那一线希望，试图冲进里面。元泓则在里面试图将他推开，却反而被他从缝隙间伸进手来，一把抓住了手腕。

因为连续拔刀重击，他的手上满是鲜血，却丝毫没有影响那铁钳一般的强大力道。

鲜血从他的掌心流出，顺着元泓的手臂蜿蜒而下。眼看着最后的一线机会也要失去，绝望和愤怒让元泓彻底失去了控制，她猛地低头咬向钳制着自己的手臂，血腥的味道传来。

张天珩身体一颤，却坚持着没有松开。

就在这时，又一阵雷霆般的轰鸣声响起，是敌人的火弹落到了旗舰上，整个船只再一次剧烈晃动起来。

白鱼服晃得厉害，谁也无法料到，就在这一片混乱中，一声细微的"咔嚓"声响起，那是固定白鱼服的缓冲阀门断裂的声音。

小船颤抖了一下，迅速离开了原本的固定点，下滑到了水道里。

元泓和张天珩只觉得一股巨力袭来，两个人不受控制地被这股力道拖拽向下，滑向万丈深渊。

　　后面传来楚仪的惊叫声，他眼睁睁看着坚固的小船像个一往无前的投水者，带着两个人，向着苍茫黑暗的大海一头栽了进去。

　　水花翻卷冲撞，像是幽深的巨口中伸出了贪婪的舌头。

　　小船瞬间没有了踪影。

——本季完——

下册预告

遥远的北疆,一支歌舞团北上献艺。

苍茫的风雪中,一位佳人声名鹊起。

传说,这位流光姬舞姿倾世,美貌无双,任何男人只要见过她一面便会为之倾倒。

元泓:"我不是,我没有!"

传说,这位流光姬性情冷酷,杀人无数,连忠心跟随的侍卫都任意斩杀。

元泓:"我不是,我没有!"

传说,这位流光姬来历神秘,手中还掌握着东海三大寇之一青麟公的宝藏秘密。

元泓:"我不是,我没有!"

传说,这位流光姬入宫献艺之后,北狄太后沈瑶君身边竟然多出了一个神秘的新宠。

元泓:"好吧,是我,我认了!"

冰封万里,白雪纷飞,遥遥千里路,兵燹染征途。

死里逃生之后,元泓发现,想要返回大胤,还真不是一件容易的事儿,尤其身边还带着一个失去记忆的拖油瓶。虽然这个拖油瓶包揽了烧火做饭、打工赚钱、安全护卫……

四面皆敌,重兵环绕,她只能选择北上,而这条路,如此曲折,一不小心她走到了北狄的上京城,走进了北狄的皇宫大内,走进了新任太后沈瑶君的软红玉帐之前……

漫漫返乡路,天下归一时,
更多精彩请期待《木兰帝·流光姬》。

《赝妃传奇》

西西东东/著

真假太后 ✕ 真假恩人　真假青梅 ✕ 真假皇子
真假父子 ✕ 真假龙神　真假情趣 ✕ 真假妃嫁

唯美分享价：25.00元/本

从乡野丫头变作宫中贵妃，
再从万千荣宠到百无一用，
为了寻找未婚夫婿，白穆一路波折，步步危机。
那年连理树下的少年，如今竟变身**少年皇帝**！
可曾经日夜相伴的他，如今却全然失忆？
突然出现的慕白，
蔑视皇帝，却对白穆格外关心，
难道是因为二人名字相似，曾有渊源？
慕白想要的，可没那么简单……

这个女子，
杀过狼、说过书、中过刀，
险些葬身火海、父母含冤入狱，
凭着一手可以改变容貌的绝技，
能否得爱人真心，护亲人周全？
她的后宫险途，**分秒必争，步步惊心**！